| 多维人文学术研究丛书 |

诗赋取士与诗歌用韵研究

对诗韵超时稳定现象的考察

杨春俏 | 著

中国书籍出版社
China Book Press

图书在版编目（CIP）数据

诗赋取士与诗歌用韵研究：对诗韵超时稳定现象的考察/杨春俏著.—北京：中国书籍出版社，2020.1

ISBN 978－7－5068－7708－4

Ⅰ.①诗… Ⅱ.①杨… Ⅲ.①诗律—诗歌研究—中国 Ⅳ.①I207.21

中国版本图书馆 CIP 数据核字（2019）第 290896 号

诗赋取士与诗歌用韵研究：对诗韵超时稳定现象的考察

杨春俏　著

责任编辑	姚　红　李雯璐
责任印制	孙马飞　马　芝
封面设计	中联华文
出版发行	中国书籍出版社
地　　址	北京市丰台区三路居路 97 号（邮编：100073）
电　　话	（010）52257143（总编室）　（010）52257140（发行部）
电子邮箱	eo@chinabp.com.cn
经　　销	全国新华书店
印　　刷	三河市华东印刷有限公司
开　　本	710 毫米×1000 毫米　1/16
字　　数	203 千字
印　　张	16
版　　次	2020 年 1 月第 1 版　2020 年 1 月第 1 次印刷
书　　号	ISBN 978－7－5068－7708－4
定　　价	95.00 元

版权所有　翻印必究

目 录
CONTENTS

绪　论　"诗艺"重于"诗意"的泱泱诗国 …………………… 1

上编　诗赋取士制度考

第一章　诗赋取士制度的历史沿革 ……………………… 11

　第一节　隋唐时期：从"以诗逞才"到"以诗选才" …… 11

　　一、隋代"选官试赋"：诗赋取士制度之滥觞 ………… 12

　　二、刘思立建言"进士试杂文"考辨 …………………… 16

　　三、对诗赋在唐代科场中地位日益尊崇过程的分析 …… 31

　第二节　北宋和南宋：诗赋取士制度的激变与因循 …… 51

　　一、熙宁变法前诗赋取士制度的沿革 …………………… 52

　　二、北宋中晚期的诗赋、经义之争 ……………………… 66

　第三节　清代：试帖诗最后的辉煌 ……………………… 79

　　一、乾隆二十二年：试律诗的回归 ……………………… 80

二、乾隆帝个人素质对诗歌成为考试内容的影响 …………… 82
三、乾隆二十二年之前各类考试中诗赋的踪影 …………… 84
四、加试唐律制度的逐步推行与完善 ………………………… 88

第二章 应试诗：诗为"过桥术" …………………………… 93
第一节 应试诗辨名 ………………………………………… 93
一、省试诗与省题诗 …………………………………………… 93
二、程式诗 ……………………………………………………… 96
三、试律（诗） ………………………………………………… 98
四、试帖（诗） ………………………………………………… 99

第二节 应试诗的命题 ……………………………………… 101
一、应试诗命题的基本要求 …………………………………… 101
二、清代会试所用试帖诗命题分析 …………………………… 103

第三节 应试诗的限韵 ……………………………………… 117
一、唐代应试诗用韵分析 ……………………………………… 118
二、清代应试诗限韵分析 ……………………………………… 125
三、应试诗限韵的操作及影响 ………………………………… 137

下编　古典诗歌创作论

第一章 官方化的诗韵系韵书 ………………………………… 147
第一节 从永明文学传统看《切韵》编纂目的 …………… 148
一、关于"欲赏知音，即须轻重有异" ……………………… 149
二、关于"颜外史、萧国子多所决定" ……………………… 151

第二节　《礼部韵略》：宋代科举的考试大纲 …………… 157
　一、《雍熙广韵》与《雍熙韵略》 ………………………… 158
　二、《大宋重修广韵》与《景德韵略》 …………………… 159
　三、《集韵》与《景祐韵略》 ……………………………… 162
　四、北宋官修韵书造成的韵书职能分化 …………………… 167
第三节　神秘的"平水韵"：金代官韵 ……………………… 169
　一、刘渊《壬子新刊礼部韵略》 …………………………… 169
　二、王文郁《平水新刊韵略》 ……………………………… 171
第四节　《佩文韵府》：最后一部官韵 …………………… 180
　一、《佩文韵府》的成书与编撰体例 ……………………… 180
　二、《佩文韵府》所体现的韵书职能的转变 ……………… 181

第二章　针对科场的诗艺训练 ………………………………… 183
第一节　试帖诗辨体：惟在颂扬，宜占身分 ……………… 185
　一、有褒无贬，有颂无刺 …………………………………… 186
　二、占身分之法 ……………………………………………… 188
第二节　试帖诗审题：其义主于诂题，其体主于用法 …… 191
　一、审题贵精 ………………………………………………… 192
　二、作诗必此诗：字字打碎点出 …………………………… 194
　三、试帖诗诂题的若干技法 ………………………………… 199
　四、颜色、数目、方向等字需运巧思 ……………………… 202

第三章　和韵的盛行 …………………………………………… 206
第一节　和韵的发展历史及概念演变 ……………………… 206

第二节　和韵原因及心理分析 …………………………… 214
　　　一、外部原因：创作环境—诗歌功能 ………………… 216
　　　二、内部原因：思维方式—诗歌传统 ………………… 221

主要参考文献 …………………………………………………… 232

后　　记 ………………………………………………………… 243

绪 论

"诗艺"重于"诗意"的泱泱诗国

诗歌在中国有着悠久的历史。自"饥者歌其食,劳者歌其事"的《诗经》时代起,诗歌这种形式就成为先民最主要的抒情方式。汉魏时期,五言诗取代四言诗,七言诗亦逐渐雅化。在文学自觉化的进程中,由于社会上层对纯文学的刻意追求,以及宫廷文学创作氛围的影响,再加上汉字与汉语客观上所固有的特殊性,中国古典诗歌(尤其是律诗)在初唐时期最终发展成一种极度精致、精美的语言艺术,并作为一种艺术范型稳定下来,不断被后世作家模拟蹈袭。词、曲等继起的韵文形式虽亦堪为一代文学特色的标识,却始终无法取代诗歌的正统地位;直至清末,文人诗仍然以其高雅品位,居于抒情文学与传统审美意识的主流。

中国历来被誉为诗歌的国度。从最早的诗歌总集《诗经》中那些大多没有留下姓名的诗人,到目前仍遵循旧体格律进行诗歌创作的人,漫漫岁月长河中,究竟曾浮沉过多少位诗人,究竟曾诞生过多少首诗歌,几乎不可能做出确切统计,历代诗歌总集、选本、别集亦是汗牛充栋。逯钦立先生纂辑《先秦汉魏晋南北朝诗》,"摭上古迄隋末的歌诗谣谚","网罗放佚","删汰繁芜",总成"一百三十五卷诗歌,完什残篇总计不下百万余言"①，至于散佚的作品就更不知道有多少了。唐代是中国诗歌史上的黄金时期，创作诗人多，创作数量大，作品质量高。清代康熙年间所编《全唐诗》900卷，收唐代300年间2000多位诗人的作品48000余首，也还未能反映唐代诗歌创作的全貌。傅璇琮先生领衔主编的《全宋诗》，成书72册，凡3785卷，收9000余人的诗作。由中国社会科学院文学所主编的《全元诗》，收4000多位诗人的大约12万首诗。正在由复旦大学等联合编纂的《全明诗》，预计总册数在200册以上，总字数将超过1亿。近人徐世昌辑《清诗汇》，收清代诗人6100余家，得诗27000余首，正在筹备阶段的《全清诗》编纂组通过初步测算，认为清代诗人总数约为10万家，成书则当在1000册以上。除了中国，没有哪个国度曾经拥有数量如此庞大的诗人群体；除了汉语，没有哪种语言曾经历久不衰地凝结出体制如此精致稳定的诗篇。

中国古代诗歌理论源远流长。"赓歌纪于《虞书》，六义详于古序，孔孟论言，别伸远旨；春秋赋答，都属断章。三代尚矣，汉魏而降，作者渐夥，遂成一家之言。"②自梁代钟嵘创作堪称诗话史上"成书之初祖"的《诗品》之后③，历代诗歌创作者与研究者不断进行诗歌理论方面的探索与总结，诗话专著、诗集评点以及谈论诗艺的片语只言浩如烟海，蔚为大观。宋人已致力于诗话纂辑，著名者有阮阅的《诗话总龟》、胡仔的《苕溪渔隐丛话》、魏庆之的《诗人玉屑》等。近年来由吴文治教授主编的《中国历代诗话全编》，其中已出版的《宋诗话全编》收录诗话562家，《辽金元诗话全编》收录诗话420家（辽诗话21

---

① 逯钦立：《先秦汉魏晋南北朝诗》，北京：中华书局1983年，第1页，第2791页。
② [清]何文焕：《历代诗话》(上)，北京：中华书局1981年，第3页。
③ [清]章学诚著，仓修良编注：《文史通义新编新注》内篇卷五"诗话"："《诗品》之于论诗，视《文心雕龙》之于论文，皆专门名家，勒为成书之初祖也。"（杭州：浙江古籍出版社2005年，第290页）

家、金诗话154家、元诗话245家),《明诗话全编》收录诗话722家(含原已单独成书的明代诗话120余种)。至于清代诗话,丁福保《清诗话》收录43种,郭绍虞踵之而为《清诗话续编》,收录34种。这些诗话、诗论寻绎中国古典诗歌历史发展的轨迹,探求诗学流派兴衰演变的规律,形成了中国古典诗歌的理论范畴,建构了诗学批评的范式与体系,呈现着各家各派的诗学观点与主张,倡导着诗歌的审美趣味与风尚,规范着诗格与作诗的法度。

"诗言志"(《尚书·尧典》)、"诗者,志之所之也。在心为志,发言为诗"(《毛诗序》),这是中国古人对诗歌本质的定位,他们认为诗是一种借以表达情志的手段;"诗是一种语词凝练、结构跳跃、富有节奏和韵律、高度集中地反映生活和表达思想感情的文学体裁"①,这是现代文学理论对诗的界定,在强调文学反映生活这一理论前提的基础上,突出了诗歌的体裁特征。

律诗作为中国古典诗歌最为精粹的代表,在唐代前期基本定型;此后的千余年间,在平仄、对仗、押韵等基本形式特征方面几乎一成不变。在此期间,作为诗歌表现内容的社会生活自然发生了变化,作为诗歌创作媒介的语言(特别是语音)更是发生了巨大变化。中古音向近古音的演变,造成韵字在韵部中隶属关系的改变;而入声字的消亡,则直接影响律诗的平仄与对仗。但是,一个令人费解却毋庸置疑的事实是:辉煌璀璨的唐诗不仅成为中国古代诗歌艺术的最高峰,成为后世或试图超越或极力模仿的对象,而且唐诗所用的韵部,竟在语音业已发生剧变的千年后仍然规范着诗歌的创作。律诗的语音外壳并未随实际语音发生改变,而是顽强地、扭曲地停留在唐诗用韵阶段。在中国古典诗歌中,俨然存在着一个既独立于实际语音系统之外,又不可能完全等同于

---

① 童庆炳:《文学理论教程》,北京:高等教育出版社1998年第2版,第170页。

唐人口语的特殊的语音系统，它被刻意强调着、传承着。

中国古典诗歌（尤其是律诗）体制与用韵的稳定性，吸引我追索隐藏在这一不寻常状态背后的原因，也直接促成了本论题的萌生。律诗绵延不绝的生命力源自何处？律诗故步自封的约束力又来自何方？我发现，古典诗歌用韵不只是诗歌形式的问题，甚至不只是诗歌艺术的问题；诗韵牵涉到政治制度、文化选择、民族心理等方方面面，自唐代以来长期实行的诗赋取士制度是尤为重要的制约因素。

随着唐代诗赋取士制度的确立，诗赋被纳入人才选拔的程序，由抒情言志的艺术创作变成了科举入仕的敲门砖。出于技术方面的考虑，考试客观上要求诗赋必须是命题创作，必须符合一系列程式要求，同时，限韵作诗可以在一定程度上防止举子们抄袭同题旧作。随着诗赋取士制度的发展完善以及考试竞争的日趋激烈，随着人们对试律诗认识上的僵化迷信以及写作技法的套路化，试律诗越来越丧失诗歌抒情言志的本质，过分追求对诗歌题目的完美阐释，要严格遵循起、承、转、合的布局谋篇原则，从而蜕变成五言六韵或八韵形式的"诗体八股"。同时，本来服务于创作的韵书被指定为押韵评判标准，并在时间推进、语音演变的历史进程中逐渐僵化。相对于评价诗歌艺术水平的高低，考察诗歌对题目的摹写是否到位、是否出现声病杂犯、是否符合押韵要求，显然更具客观性与可操作性，更方便考官做出取舍。在应试诗的影响下，扣题合体、用韵工稳取代诗意创新，成为诗歌创作的重心；而诗赋取士命题时越来越严苛的用韵限制，使得韵字选择成为诗人创作思维的出发点，作诗变成了作韵。

在诗赋取士时代，家弦户诵使得诗歌成为一种广泛普及、备受关注的技艺，数十万人以诗人的身份留下了自己的作品。但是，当我们翻开许多诗歌总集、选集或别集，连篇累牍尽是贺喜祝寿、唱和应酬、游戏应景的陈腔滥调，其琐碎无聊的内容、模拟蹈袭的手法、狡狯卑琐的气度，直令人难以卒读。《清朝野史大观》卷八"清人逸事·满员笑柄"曾讽刺粗俗无文的满洲官员附庸风雅作诗的可笑：

  吴县潘文勤公祖荫于前清光绪初叶长刑部。有满司员某，闻其好尚文雅，思所以媚之者，乃急就成诗数十首，恭楷录正，于堂上署诺时揖而进之。文勤即时翻阅，及首章题目乃《跟二太爷阿妈逛庙》八字，不禁狂笑，冠缨几绝。①

此位满员为取媚上司，居然能够"急就成诗数十首"，创作速度之快、产量之高、胆子之大，真堪叹为观止。张伯驹先生在《春游纪梦》"试帖诗"条下引述这一几乎令人笑断帽带的俗鄙滑稽之事，并且说：

  证于余所见者，此当为事实。余邑夏姓者为富户，亦附庸风雅，父子兄弟叔侄间皆为诗。叔某者号"项城才子"，余曾见其《辛亥革命感时》七律诗，内一联传为名句，云："早知北地赞成少，孰意南方反对多。"侄某，七绝诗题为《闲游三叔厅院》，诗云："闲游三叔大庭堂，一派清幽非寻常。两边排列太师椅，中间安放象牙床。"父某年事高，曾赶上科考时代，为诗皆旧题，其赋《鸣鸠在桑》五绝云："老鸠立树枝，两翼勾尾鸣。忽然往下转，落在地流平。"又《赋得小楼一夜听春雨》（得春字）试帖诗，前四句云："一夜昏昏睡，无精又少神。不闻雨打点，但听猫叫春。"余改编湖南戏《祭头巾》为京剧，以此四句为老举子自念其闱中所作得意之诗，颇为恰当。

---

① 李秉新等校勘：《清人野史大观》卷八，石家庄：河北人民出版社1997年，第869页。按："冠缨几绝"语出《史记·滑稽列传》："淳于髡仰天大笑，冠缨索绝。"

> 清末，外邑文风窳陋，其已中举人者诗文殊不足观，其已中进士者甚至尚不知岳飞为何时人，因所存所读之书皆八股文与试帖诗，除此外更不知有学问之事，亦科考制度之流毒也。①

张氏所见为清末民初"才子"赋诗、自鸣得意的鄙陋情状，科举流毒的浸染自然难辞其咎。当诗歌成为一件工具、写诗成为一种时尚，本无诗意之事、绝无诗意之人，套上"平平仄仄"、"平水"《佩文》的面具，居然也能混迹诗坛；本质上是滑稽取笑的"张打油"的拙劣翻版，竟然也敢一本正经地以"诗人"自居。难怪吴敬梓要在《儒林外史》中尽情嘲讽一群"斗方名士"②，难怪袁子才要开出"少年科甲""先得出身，以捐弃其俗学"这样一剂偏激的拯救诗道的药方③。

---

① 张伯驹：《春游纪梦》，沈阳：辽宁教育出版社1998年，第48页。
② ［清］吴敬梓：《儒林外史》第十八回"约诗会名士携匡二"：(匡超人) 忙走下楼来，见是景兰江。手里拿着一个斗方卷着，见了作揖道："候迟有罪。"匡超人把他让上楼去。他把斗方放开在桌上说道："这就是前日宴集限'楼'字韵的。同人已经写起斗方来。赵雪兄看见，因未得与，不胜怅怅，因照韵也做了一首。我们要让他写在前面，只得又各人写了一回。所以今日才得送来请教。"匡超人见题上写着"暮春旗亭小集，同限'楼'字"。每人一首诗。后面排着四个名字是："赵洁雪斋手稿""景本蕙兰江手稿""支锷剑峰手稿""浦玉方墨卿手稿"。看见纸张白亮，图书鲜红，真觉可爱。就拿来贴在楼上壁间。……次日出去访访，两人也不曾大受累，依旧把分韵的诗都做了来。匡超人也做了。及看那卫先生、随先生的诗，"且夫""尝谓"都写在内，其余也就是文章批语上采下来的几个字眼。拿自己的诗比比，也不见得不如他。众人把这诗写在一张纸上，共写了七八张。匡超人也贴在壁上。
③ ［清］袁枚：《随园诗话》卷七："或言八股文体制出于唐人试帖，累人已甚。梅式庵曰：'不然。天欲成就一文人、一儒者，都非偶然。试观古文人如欧、苏、韩、柳，儒者如周、程、张、朱，谁非少年科甲哉？盖使之先得出身，以捐弃其俗学，而后乃有全力以攻实学。试观诸公应试之文，都不甚佳，晚年得力于学之后，方始不凡。不然，彼方终日用心于五言八韵、对策三条，岂足以传世哉？就中晚登科第者只归熙甫（归有光）一人，然古文虽工，终不脱时文气息，而且终身不能为诗，亦累于俗学之一证。'"（《续修四库全书》第1701册"集部·诗文评类"影印清乾隆十四年（1749）刻本，第349页）

<<< 绪 论

　　袁枚（1716~1797）与赵翼、蒋士铨合称"乾隆三大家"，是"性灵诗派"的主力。他于雍正五年（1727）考中秀才时只有12岁，"门前已送好音来，阶下还骑竹马戏"，甚至"倚宠仍眠大母怀"（袁枚《重赴泮宫》）；乾隆四年（1739）以二甲第五名进士及第时，也不过24岁。当时科场尚未加试五言八韵诗，此前曾让袁枚"四战秋闱，自不惬意"的是其"心之所轻"的"四书文"。后来他被举送参加乾隆元年（1736）博学鸿词科考试，落选后羁留京师，寄人篱下，"不得不降心俯首，惟时文之自攻"，仅用半年即成个中高手，连捷举人、进士，从此遂"与时文永诀"。①可是能像袁枚那样以绝顶"聪明逐陈腐"（袁枚《途中寄金二质夫》），迅速跨越科举障碍、进入自由境界的人，能有几个呢？据张仲礼统计，清代童生考中生员平均年龄约为24岁，举人约为30岁，进士约为35岁。②"以最幸运的进士为例，如果他6岁开始读书识字，到36岁出仕，准备应考的时间是30年。"光绪二十年（1895）甲午科状元张謇（1853~1926）就曾花了35年读书应考，单是在考场里就待了160天。"至于那些绝大多数的落第者，他们应试时间之长，有时甚至无法估算，最长的有考到一百岁以上的记录。"③而且按照规定，秀才必须年复一年地参加学政主持的岁考，达到一定水平，方能维持已经取得的身份。对于这些人来说，终其一生都不能脱离考试生涯，写八股文、作试帖诗，是他们读书应试、谋生处世所必需的内容。更可悲的是，很多人沉迷其中，不仅应付科场之诗之文充斥着八股习气，

---

① ［清］袁枚：《与俌之秀第二书》，《小仓山房文集》卷三十五，《续修四库全书》第1432册"集部·别集类"影印上海图书馆藏清乾隆刻增修本，第426页。
② 张仲礼著，李荣昌译：《中国绅士——关于其在19世纪中国社会中作用的研究》，上海：上海社会科学院出版社1991年，第103页。按：清代举子在履历中瞒报年龄的情况非常普遍，据以统计的文献资料如地方志、朱卷中的履历等，所记载的年龄一般都会比实际年龄小一两岁，甚至有相差十来岁者。
③ 张杰：《清代科举家族》，北京：社会科学文献出版社2003年，第160页。

即便日常为诗为文，也难以摆脱应试套路，因为科场程式已经束缚了他们思维方式，内化到他们的心灵世界。像袁枚那样有能力挑战积习、有勇气弃捐官场、有天赋独树一帜的卓荦不羁的奇才，毕竟是凤毛麟角、难得一见的。

唐代之后的中国诗坛，官方力量以诗赋取士的形式介入诗歌创作，干扰了诗歌艺术自身的发展轨迹，更改变了诗歌创作者的思维方式。诗意随着原创性的衰退而淡化消失，诗艺则因试律诗的程式化要求而被过分强调凸显。传统的诗歌研究把重点放在历朝历代那些熠熠生辉的著名作家、芬芳美丽的经典作品上，本书则关注名家名作脱颖而出的平庸琐屑的大环境，把研究重点放在古典诗歌的生存环境与创作状态上。因为我始终觉得，最终决定诗歌发展方向乃至社会整体发展前景的，不是个别不世出的天才奇才，而是具有广泛影响的政治制度与文化心态。

全书分上、下两编。上编"诗赋取士制度考：唐代之后古典诗歌创作的重要背景"着眼于诗赋取士制度的复原，力求清晰呈现唐代之后诗歌发展的社会环境，剖析官方力量逐渐介入艺术创作的过程；下编"古典诗歌创作论：诗赋取士背景下的诗国风貌"则着眼于创作状态的描述，揭示在诗赋取士制度影响下诗歌传授、传承、传播的既非高雅也无诗意的现实，说明"言志"的诗歌如何蜕变为应试、应制、应酬的工具，剖析体现着强烈官方意志与功利色彩的考试"指挥棒"如何影响着文学的创作方式与文人的思想行为方式。两编均以古典诗歌研究为核心，互为表里，各有侧重。

上编　诗赋取士制度考
——唐代之后古典诗歌创作的重要社会背景

科举制度始于隋朝，确立于初唐，此后历朝沿用，除元代前期曾间断数十年外，直至清末废科举、兴新学，科举考试几乎不受战乱甚至改朝换代因素的影响，成为一种超政治的稳定制度。诗赋同为考试项目的朝代包括唐、五代、宋、辽、金；元代曾试古赋，不试诗歌；清代自乾隆二十二年（1757）始，科场加试五言诗。唯明代专以八股时文取士，是唐代之后唯一一个正式科举考试中既不试诗、亦不试赋的朝代。

　　对于统治者来说，科举是选拔人才的重要手段；对于读书人来说，科举则为利禄之途，得之则荣，失之则辱，"天上人间一霄分，泥途翘首望青云"①。在"学而优则仕"成为文人普遍的人生定位与价值取向的大环境中，科举考试作为一种具有坚实广泛社会基础的政治制度，不可避免地对文人的生存与创作状态产生深刻影响。诗赋被纳入考试系统之后，诗人的身份、吟诗的契机都发生了重大改变，抒情言志的艺术创作在某种程度上蜕变成科举入仕的敲门砖，染上了浓重的功利色彩。诗赋取士制度演变的历史，亦可看作一部诗文由抒情言志转为通向功名利禄的发展史。对诗赋取士制度进行考察，可以帮助我们了解唐代之后中国古典诗歌创作的重要社会背景，揭示影响中国文学发展演变的外部原因。

---

① 江畲经：《历代小说笔记选·清》，上海：上海书店1983年，第957页。

第一章

诗赋取士制度的历史沿革

第一节 隋唐时期：从"以诗逞才"到"以诗选才"

唐代是科举制度正式确立的朝代，又是在政治、经济、民族意识、文化成就诸多方面对中国历史具有重要意义与影响的朝代。长期以来，关于唐代科举制度的研究进行得颇为细致深入，所取得的成果相对来说更具重要性与影响力。唐代也是中国古典文学史上诗歌极盛的朝代，不仅诗人数量众多、诗作质量极高，更重要的是，它为后世树立了一个祈慕的典范。唐代诗歌繁荣与科举中强调诗赋取士之间的关系，向来是唐诗评论与研究中一个引人注目的话题，历代学者论述颇多；唐代诗赋取士制度的渊源与影响，也是近年来很受关注的话题，对相关文献资料的发掘、梳理与阐释工作目前已做得比较深入细致，结论性成果比较集中，进一步深入研究的余地相对有限。有鉴于此，本文将围绕"诗赋取士"这条主线，对前人研究相对薄弱的几个问题进行较为细化的分析。

一、隋代"选官试赋"：诗赋取士制度之滥觞

科举制度在隋炀帝时已经产生，这在学界已成定论；但是唐初贬低炀帝，相关资料散佚颇多，惟余"炀帝始建进士科"一语，见于杜佑《通典》①。五代后晋刘昫所著《旧唐书》记载唐代宗宝应二年（763）礼部侍郎杨绾上疏条奏贡举之弊，有"近炀帝始置进士之科，当时犹试策而已"之语②，提及炀帝时进士科所试内容；北宋欧阳修等所修《新唐书·选举志》亦有类似记载③，但当时进士科实施的具体情况基本已不可考。至于诗赋在隋朝是否曾经作为考试项目的问题，虽有"炀帝好文词，始置进士科，专诗赋取士，不复阌行能"的零星记载④，但目前学界基本倾向否定性结论。

（一）州郡举士，惟务文词

从中国古代官员选拔体系的发展历史来看，隋朝处于从察举制与九品官人法向科举制过渡的时期。隋文帝为了加强中央集权，"罢中正之法，委铨举之司"⑤，禁止州郡长官征辟属官，"大小之官，悉由吏部"⑥，完成了举才选士权力的转移。而在人才考量方面，从汉魏至南朝，举才选士的标准逐渐由"以德取人"转向"以文取人"，尤其是经过南朝极度尚文风气百余年的浸润，"以文取人"的原则更被进一步强化，"世俗以此相高，朝廷据兹擢士。禄利之路既开，爱尚之情愈笃。

---

① ［唐］杜佑：《通典》卷一四《选举二·历代制中》，清光绪二十二年（1896）浙江书局本，第20页a。
② 《旧唐书》卷一一九《杨绾传》，北京：中华书局1975年，第3430页。
③ 《新唐书·选举志》："进士科起于隋大业中，是时犹试策。"北京：中华书局1975年，第1166页。
④ ［明］冯梦祯：《历代贡举志》，上海：商务印书馆1935～1937年丛书集成初编据学海类编本排印本，第2页。
⑤ 《旧唐书》卷一六六《元稹白居易列传》，第4359页。
⑥ ［唐］杜佑：《通典》卷一四《选举二·历代制中》，第19页b。

于是闾里童昏，贵游总卯，未窥六甲，先制五言"①。虽然隋文帝本人并不风雅，甚至有点儿敌视文学活动，但重文轻武毕竟是潮流所向。开皇九年（589）四月平陈后的诏书曰：

  代路既夷，群方无事，武力之子，俱可学文，人间甲仗，悉皆除毁。有功之臣，降情文艺；家门子侄，各守一经，令海内翕然，高山仰止。②

这是隋代较早倡导文艺与儒学的官方文件。十八年（598）七月，又"诏京官五品已上、总管、刺史，以志行修谨、清平干济二科举人"。"志行修谨"重道德，"清平干济"重才干，但在具体实施过程中却出现"州郡举士惟务文词"的局面。治书侍御史李谔上疏对"属文之家，体尚轻薄，递相师效，流宕忘反"的现象忧心忡忡，写《上隋高祖革文华书》，对之进行严厉抨击：

  州县选举，不遵典则。作轻薄之篇章，结朋党而争誉；竞一韵之奇，争一字之巧。连篇累牍，不出月露之形；积案盈箱，唯是风云之状。③

隋代选举的具体程序与方法已不可详考。诗赋在当时并未列为考试项目，并非由考官直接命题，对候选人进行统一考试，只是作为进行评价的参考标准，可以称之为一种通用方法，尚未固定为制度。对于士子来说，争巧竞奇、连篇累牍、邀名获誉等诸般做法，一般是在平时进行

---

① 《隋书》卷六六《李谔传》，北京：中华书局1973年，第1544页。
② 《隋书》卷二《高祖本纪下》，第33页。
③ 《隋书》卷六六《李谔传》，第1544页。

的，要依靠积累方能生效，而非在考场上临时完成。但这毕竟是诗赋比较经常地进入选官系统的开始。

（二）关于"开皇十五年选官试赋"

当代学者高光复提出"隋开皇十五年（595），选官开始试赋"①的说法。他给出了明确的时间，却并未说明是以何种方式选官，也未提供相应文献记载。推考其说，当以《北史》所载杜正玄的经历为据：

> 隋开皇十五年，（正玄）举秀才，试策高第。曹司以策过左仆射杨素，怒曰："周、孔更生，尚不得为秀才，刺史何忽妄举此人？可附下考。"乃以策抵地，不视。时海内唯正玄一人应秀才，余常贡者随例铨注讫，正玄独不得进止。曹司以选期将尽，重以启素。素志在试退正玄，乃手题使拟司马相如《上林赋》、王褒《圣主得贤臣颂》、班固《燕然山铭》、张载《剑阁铭》《白鹦鹉赋》，曰："我不能为君住宿，可至未时令就。"正玄及时并了。素读数遍，大惊曰："诚好秀才！"命曹司录奏。②

此处涉及隋代科举中的秀才科。"秀才"一词始见于《管子·小匡篇》，意谓才之秀美者。在汉代察举诸科中，秀才科地位低于贤良方正，高于孝廉科；经魏晋南北朝而至隋代，秀才科成为贡举诸科之最，地位相当崇高，要求也极为苛刻，一般人不敢轻易问津，以至"隋代举秀才止十余人"③，开皇十五年则只有杜正玄一人应秀才。他出色地通过了吏

---

① 高光复：《赋史述略》，长春：东北师范大学出版社，1987年，第165页。
② 《北史》卷二六《杜正玄传》，北京：中华书局1974年，第961~962页。
③ 《旧唐书》卷七〇《杜正伦传》，第2541页。

部曹司主持的方略策考试①，无奈尚书仆射杨素决意将其黜落，故而亲自额外命题，令其限时拟作赋、颂、铭等文章。《隋书》记载此事更富传奇色彩：

> 杜正玄……开皇末举秀才，尚书试方略，正玄应对如响，下笔成章。仆射杨素负才傲物，正玄抗辞酬对，无所屈挠，素甚不悦。久之，会林邑献白鹦鹉，素促召正玄，使者相望。及至，即令作赋。正玄仓卒之际援笔立成，素见文不加点，始异之，因令更拟诸杂文笔十余条，又皆立成，而辞理华赡，素乃叹曰："此真秀才，吾不及也！"②

如此说来，《白鹦鹉赋》是典型的即席赋物之作，其他拟作之诸杂文笔亦非当时秀才科目规定的应试内容，完全是杨素存心作梗、故意刁难的"灵机一动"。不过很多制度追根溯源，常常就是萌发于某次"灵机一动"或"破例为之"，以此偶然之举作为"选官试赋"的开端，亦有一定道理。其实，更能说明"选官试赋"的是杜正玄接下来的经历：

> （素）命曹司录奏。属吏部选期已过，注色令还。期年重集，素谓曹司曰："秀才杜正玄至。"又试《官人有奇器》（阙），并立成，文不加点。素大嗟之，命吏部优叙。③

---

① 据《新唐书·选举志上》："凡秀才，试方略策五道，以文理通粗为上上、上中、上下、中上，凡四等，为及第"，而唐代"取士之科，多因隋旧"，则杜正玄所试亦应为方略策。
② 《隋书》卷七六《文学传》，第1747页。
③ 《北史》卷二六《杜正玄传》，第962页。

开皇十五年，杜正玄不仅通过了秀才科方略策考试，而且通过了杨素以赋、颂、铭等为内容的复试，但吏部选期已过，只好以秀才身份等待直接参加次年的铨选。这次吏部铨选考试内容未能完整保存下来，不过从《官人有奇器》来看，至少包括赋体。这是吏部"选官试赋"的确切实例。凑巧的是，他的弟弟杜正藏开皇十六年亦应秀才科，"时苏威监选，试拟贾谊《过秦论》及《尚书·汤誓》《匠人箴》《连理树赋》《几赋》《弓铭》，应时并就，又无点窜"，似乎说明箴、赋、铭诸种文体已与史论一起被默认为秀才科的考试内容。不过杜正藏虽成绩出色，却因"时射策甲第者合奏，曹司难为别奏，抑为乙科。正藏诉屈，威怒，改为丙第"，真有"文章憎命达"（杜甫《天末怀李白》）的遗憾。这对"难兄难弟"应秀才科的传奇经历①，亦具有了中国科举史上"拟题试士"之始的标志性意义②。

二、刘思立建言"进士试杂文"考辨

"大唐贡士之法，多循隋制。……其常贡之科，有秀才，有明经，有进士，有明法，有书，有算。……初，秀才科等最高，试方略策五条，有上上、上中、上下、中上凡四等。贞观中有举而不第者，坐其州长，由是废绝，自是士族所趣向，唯明经、进士二科而已。"《通典》中的这段文字，大致反映了初、盛唐时期岁举常选的科目状况。明经、进士科"其初止试策"③，唐太宗即位后，尊崇儒术，"进士加读经史一部"，所以尚书省试的内容及等第为："凡明经，先帖文，然后口试，

---

① 《北史》卷二六《杜正玄传》："论曰：……正玄难兄难弟，信为美哉！"（第963页）
② [宋] 王应麟《玉海》卷二百一《辞学指南》引开皇十五年杜正玄、开皇十六年杜正藏举秀才，考官令拟诸文体之事，谓"此拟题试士之始也"。（清光绪九年浙江书局重刻本，第9页）
③ [唐] 杜佑：《通典》卷一五《选举三·历代制下》，第1页a。

经问大义十条，答时务策三道，亦为四等。……凡进士，试时务策五道，帖一大经，经、策全通为甲第，策通四、帖过四以上为乙第。"

考生对应试技巧、应试捷径的希求与开发，是任何考试都必然遭遇的现实问题。唐代科举经历了从高祖到高宗末年半个多世纪的发展，已暴露出许多弊端，"明经多抄义条，进士唯诵旧策，皆亡实才，而有司以人数充第"①，作为人才选拔机制的明经、进士科考试，无论是测试效度（测试结果与测试目标的符合程度）还是区分度（区分应试者能力水平高低的指标），都在持续降低。在这种情况下，增加考试难度就成为迫不得已的选择。高宗调露二年（680，八月改元永隆），时任考功员外郎的刘思立针对"进士试策灭裂"的问题，"请帖经以观其学，试杂文以观其才"。因其建议，永隆二年（681）八月，下诏"自今已后，考功试人，明经试帖，取十帖得六已上者，进士试杂文两首，识文律者然后并令试策"②，此举通常被认为是唐代进士科试杂文之始③。但是由于年代久远，时局动荡，这一重要事件只在文献记载中留下一个模糊不清的影像，吸引着后世探寻者的视线。本文试就相关问题做进一步考证。

（一）"杂文"含义演变与科举制度之间的关系

永隆二年所谓"进士试杂文二篇"究竟包括哪些文体，是研究诗赋取士制度建构过程的一个重要问题，后世对此认识不一。一种意见认为"杂文等于诗赋"，此说由来已久，支持者众：

---

① 《新唐书》卷四四《选举制》，第 1161~1163 页。
② ［清］徐松撰，赵守俨点校：《登科记考》卷二，北京：中华书局 1984 年，第 70 页。
③ 《旧唐书·文苑传中》在《刘宪传》中介绍其父刘思立"高宗时迁考功员外郎，始奏请明经加帖、进士试杂文，自思立始也"。（第 5016 页）

> 永隆后，进士始先试杂文二篇，初无定名。《唐书》自不记诗赋所起。意其自永隆始也。（［宋］叶梦得《避暑录话》卷下）
>
> 唐进士初止试策。调露中始试帖经，经通试杂文，谓有韵律之文，即诗赋也。杂文又通，试策。（［明］胡震亨《唐音癸签》卷十八"诂笺三·进士科故实"）
>
> 唐初制，试时务策五道，帖一大经，经策全通为甲第。策通四、帖过四以上为乙第。永隆二年，以刘思立言进士惟诵旧策，皆无实材，乃诏进士试杂文二篇，通文律者然后试策。此进士试诗赋之始。（［清］赵翼《陔余丛考》卷二十八"进士"）

今人岑仲勉《隋唐史》、周亚非《中国科举制度简史》等亦持此说①；另一种意见则认为"杂文不等于诗赋，但是后来包含诗赋在内"，这种意见以清人徐松《登科记考》在收录永隆二年的诏书时所加按语为典型代表：

> 杂文两首，谓箴、铭、论、表之类。开元间始以赋居其一，或以诗居其一，亦有全用诗赋者，非定制也。杂文之专用诗赋，当在天宝之季。②

这种认识分歧，有史料记载扑朔迷离因素的影响，也与古人在"杂文"

---

① 岑仲勉《隋唐史》卷下《唐史》第十八节"进士科抬头之原因及其流弊"："高宗调露二年，刘思立奏二科并加帖经，进士又加试杂文（即诗赋），中间或暂有更张，但不久即恢复旧制（参《通典》一五及《会要》七六），此为唐代考试进士之常式。"（石家庄：河北教育出版社2000年，第181页）；周亚非《中国历代状元录》："永隆二年，又规定进士加试杂文，亦即诗赋。"（上海：上海文化出版社1995年，第9页）
② ［清］徐松撰，赵守俨点校：《登科记考》，第70页。

内涵与外延界定上的含混不清有一定关系。

相对于先秦、两汉以降经史、诸子创作成就的高度发达，中国古代文体意识成熟较晚。西汉成帝、哀帝时，刘向、刘歆父子领校经传、诸子、诗赋，写成《七略》，首次对图书进行分类；东汉班固"删其要"为《汉书·艺文志》，其中著录"诗赋百六家，千三百一十八篇"，并对赋体的创作宗旨及特点进行了总结①，但从文体论角度看，都还只能说是处于萌芽状态。比较明确的文体意识大约产生于汉末，三国时期曹丕《典论·论文》提出"四科八体"之说，认为"奏议宜雅，书论宜理，铭诔尚实，诗赋欲丽"，首次对文体进行了划分，并将四科文体风格特点分别凝缩为一个字。陆机《文赋》则划分出诗、赋、碑、诔、铭、箴、颂、论、奏、说等十体，各用一句话说明了对该文体的要求②。西晋挚虞《文章流别论》"採摘孔翠，芟翦繁芜，自诗赋下各为条贯，合而编之"③，但究竟分为多少体，已无从查考。

南朝梁代刘勰在《文心雕龙·总术》中说："今之常言，有文有笔，以为无韵者笔也，有韵者文也。"他"论文叙笔"，"囿别区分"，对所有文体做了全面研究："论文"讲韵文，共十篇，包括《明诗》《乐府》《诠赋》《颂赞》《祝盟》《铭箴》《诔碑》《哀吊》《杂文》《谐隐》（其中《诠赋》《诔碑》《哀吊》《杂文》《谐隐》都是韵散相杂的，但以韵为主，故归入有韵文）；"叙笔"讲无韵文，共十篇，包括《史传》《诸子》《论说》《诏策》《檄移》《封禅》《章表》《奏启》《议对》《书记》。在《杂文》中，他首先分析了踵继拟效宋玉《对问》、枚乘《七发》、扬雄《连珠》而形成的三种文体——对问、七、

---

① 《汉书》卷三十《艺文志》，北京：中华书局1962年，第1701页，1755页。
② 诗缘情而绮靡，赋体物而浏亮，碑披文以相质，诔缠绵而凄怆，铭博约而温润，箴顿挫而清壮，颂优游以彬蔚，论精微而朗畅，奏平彻以闲雅，说炜晔而谲诳。
③ 《隋书》卷三五《经籍志》，第1089页。

连珠（实际都是辞赋），之后说："详夫汉来杂文，名号多品，或典诰誓问，或览略篇章，或曲操弄引，或吟讽谣咏。总括其名，并归杂文之区；甄别其义，各入讨论之域。"① 在刘勰看来，以上诸种文体细究之下，各有各的特点，但可以统称为"杂文"，也就是说，"杂文"是多种文体的总称。不过按照他的界定，诗、赋早已独立，是不包含在"杂文"范围内的。

从"杂文"一词的使用情况来看，西晋葛洪《抱朴子·外篇》有"洪年十五六时所作诗赋、杂文，当时自谓可行，至于弱冠，更详省之，殊多不称意"之语，即以诗赋与杂文并举；《隋书·经籍志》著录《梁武帝杂文集》10卷、谢沈《文章志录杂文》8卷、《名士杂文》8卷、《梁代杂文》3卷，可知梁人习以"杂文"为文类名称，与《文心雕龙》的外延界定也是几乎一致的。初唐时期的文体意识、文学风尚与六朝颇有渊源，沿用南朝人关于"杂文"概念内涵与外延的界定是顺理成章的，因而徐松所谓"杂文两首，谓箴、铭、论、表之类"，应该是比较接近事实的。

但是"杂文"包含诗赋在内，确实是中晚唐时期比较常见的用法，这种现象，也许恰恰正是唐代进士科由"不试诗赋"到"试诗赋非定制"再到"专用诗赋"这一演变过程在文体观念上留下的印迹。从唐初至唐代中叶，科场"杂文"的种类实际已超出杂文文体固有的范围，但是"试杂文"作为一种制度，具有较强的稳定性，并未随之改称"试诗赋"，因而中晚唐人所说的"杂文"，也经常包含诗赋在内，《旧唐书·元稹传》称"（稹）所著诗赋、诏册、铭诔、论议等杂文一百卷，号曰《元氏长庆集》"②，将元稹包括诗赋在内的著作统称为"杂

---

① 黄霖编著：《文心雕龙汇评》，上海：上海古籍出版社2005年，第142页，第164页，第54页。

② 《旧唐书》卷一六六，第4336页。

文",即是如此。

而就诗与赋两种文体来说,从形成时间看,诗体早于赋体;从形式特征看,赋更接近于文;从对唐人的影响看,诗具有更为鲜明的个性与广泛普及的特点。基于种种原因,在唐人的文体观念中,一段时间内可以混称为"杂文"的诗体,又可能先于赋体而从"杂文"中独立出来,比如唐德宗贞元十五年(799)秋,白居易由宣州荐送,赴京应进士试,考前遣家僮以自己平时创作的"杂文二十首、诗一百首"向给事陈京行卷,以卜进退①。清人冯定远说"南北朝人以有韵者为文,无韵者为笔,亦通谓之文。唐自中叶以后,多以诗与文对言"②,白居易对自己创作内容的分类,正是这种变化趋势的反映,而对于这种变化与科举考试内容变化之间的关联关系,此前的古代文体观念研究似乎并未给予充分注意。

中晚唐时期,随着进士科"试杂文"逐渐固定为一诗一赋,"杂文"的外延亦由涵盖诗赋发展到不包括诗,最后发展到既不包括诗也不包括赋,重又回到六朝时期的"杂文"概念。基本祖述唐代科举制度的五代科场,关于考试内容的官方表达方式也已偶有变化,比如下面两段史料:

> (后晋少帝开运元年,944年)十一月,工部尚书、权知贡举窦贞固奏:"进士考试杂文,及与诸科举人入策,历代已来,皆以三条烛尽为限。长兴二年,改令昼试。……今欲考试之时,准旧例以三条烛为限。"
>
> (后周太祖广顺三年,953年)正月,赵上交奏:"进士元试

---

① [唐]白居易:《白氏长庆集》卷四四《与陈给事书》,文学古籍刊行社1955年据宋本重印,第12页a。
② [清]吴乔:《围炉诗话》卷二,郭绍虞编选,富寿荪校点:《清诗话续编》,上海:上海古籍出版社1983年,第523页。

21

诗、赋各一首，帖经二十帖、对义五通。今欲罢帖经、对义，别试杂文二首、试策一道。"从之。其年八月，刑部侍郎、权知贡举徐台符奏："请别试杂文外，其帖经、墨义仍依元格。"从之。①

前一则史料仍沿用"进士试杂文"的成说，后一则史料则说"进士元试诗、赋各一首"，其实二者所指完全相同，都是诗和赋，但后者谈论的是一次科场考试内容改革，"罢帖经、对义，别试杂文二首"，则此处的"杂文"已不指诗和赋，而是指箴、铭、表等。宋太宗淳化五年（994）八月曾下一道禁止臣民随意恃文干进的诏书："自今京朝、幕职、州县官等不得辄献诗赋、杂文。若指陈时政阙失、民间利害及直言极谏书，即许通进。其有宏才奥学、为人所称者，令投献于中书，宰相第其臧否上之。"② 此处亦是诗赋、杂文对举，可见在时人的文体观念中，诗赋与杂文的关系已泾渭分明了。

（二）唐代进士科从"加试杂文"到"专用诗赋"的演变轨迹

就目前资料来看，在调露二年刘思立建言进士科加试杂文之前，唐代科场应已偶有杂文（甚至诗赋）的身影。《唐会要》卷七十六"贡举中·进士"有这样一段文字：

贞观二十二年九月，考功员外郎王师旦知举。时进士张昌龄、王公瑾并有俊才，声振京邑，而师旦考其文、策全下，举朝不知所以。及奏等第，太宗怪无昌龄等名，因召师旦问之。对曰："此辈诚有文章，然其体性轻薄，文章浮艳，必不成令器。臣若擢之，恐

---

① 《旧五代史》卷一四八《选举志》，第1980~1981页。
② [宋]李焘：《续资治通鉴长编》卷三六，北京：中华书局1979年，第792页。

后生相效，有变陛下风雅。"帝以为名言。后并如其言。①

徐松《登科记考》以"《旧书》明言昌龄及第，《文苑英华》亦载其文"等为据，认为张昌龄虽遭知贡举黜落，最终还是及第了，并以其为贞观二十年（646）及第三进士之一，引证材料亦是《唐会要》此条，时间却引作"贞观二十年九月"②，未知何故。岑仲勉《登科记考订补》认为"昌龄无进士及第之确证"③，然王师旦"考其文、策全下"应是事实，而所说的"文"被认为可能就是杂文。

王应麟《玉海》卷二百三《辞学指南·表》谓"唐显庆四年（659），进士试《关内父老迎驾表》"，卷二百四《辞学指南·箴》谓"显庆四年试《贡士箴》"④。如果王应麟的记载属实，那么此次进士科试杂文二篇，比刘思立的建议早了20多年。至于显庆四年试杂文的原因、此后是否还曾考试杂文以及因何未能持续以此作为科考内容，均未见文献记载。

基于这些文献，有学者认为"早在调露二年刘思立奏请之前，进士科就已经有了试杂文的先例"⑤，"永隆二年诏，只是将由来已久的考杂文定为常规"而已⑥。至于永隆二年"进士试杂文两首"的诏书具体执行程度如何，史料记载也含糊不清。《唐摭言》卷一"试杂文"：

---

① ［五代］王溥：《唐会要》卷七六，上海：中华书局1955年用商务印书馆"国学基本丛书本"原版重印，第1379页。
② ［清］徐松撰，赵守俨点校：《登科记考》卷一，第29页。
③ ［清］徐松撰，孟二冬补正：《登科记考补正》卷一，北京：北京燕山出版社2003年，第30页。
④ ［宋］王应麟《玉海》卷二百四《辞学指南·箴》，第9页。徐松《登科记考》卷二引用《玉海》的记载："进士二十人。《词学指南》：显庆四年，进士试《关内父老迎驾表》《贡士箴》。"（第48页）
⑤ 陈飞：《唐代试策考述》，北京：中华书局2002年，第127页。
⑥ 邓小军：《唐代文学的文化精神》，台北：文津出版社1993年，第572页。

调露二年，考功员外郎刘思立奏请加试贴经与杂文，文之高者放入策。寻以则天革命，事复因循。至神龙元年，方行三场试，故常列诗赋题目于榜中矣。①

这段经常被引用的文字，不仅涉及进士科试杂文的具体时间表问题，而且涉及武则天在此事件上所起作用问题。唐高宗"自显庆已后，多苦风疾，百司表奏，皆委天后详决"，麟德元年（664）上官仪被杀、废后风波平息后，"上每视朝，天后垂帘于御座后，政事大小皆预闻之，内外称为'二圣'"，高宗甚至一度"欲下诏令天后摄国政"，武后成为公元7世纪后半叶大唐帝国真正的统治者。调露二年（680）刘思立进言，名义上是向高宗，实际执行人却是武后。弘道元年（683）十二月高宗死，武后第三子太子显即位，武后临朝称制。次年（684）二月，废皇帝为庐陵王，另立第四子豫王旦，仍临朝称制。九月改元光宅，易旗色，改官名；次年（685）正月改元垂拱，三月"颁下新撰《垂拱格》于天下"②。一系列政局变动如风起云涌，令人眼花缭乱。持徐松杂文"谓箴、铭、论、表之类"的传统观点认为这一时期所谓"杂文"并不包括诗赋在内，不过，颜真卿于唐代宗永泰元年（765）为其伯父、《干禄字书》编者颜元孙所撰神道碑，提及其在垂拱元年（685）进士及第的情况，可以证明当年所试杂文即为一铭一赋：

君讳元孙，字聿修，京兆长安人。……举进士……省试《九河铭》《高松赋》。故事，举人就试，朝官毕集，考功郎刘奇乃先

---

① ［五代］王定保撰，姜汉椿校注：《唐摭言》卷十二"自负"，上海：上海社会科学院出版社2003年，第20页。
② 《旧唐书》卷五至卷六，第115页，第100页，第115页。

标榜君曰:"铭、赋二首,既丽且新;时务五条,词高理赡。"惜其帖经通六,所以不□(原本阙),屈从常第,徒深怅怍,由是名动天下。①

《唐摭言》谓"寻以则天革命,事复因循,至神龙元年,方行三场试",认为这一科场改革因政局变动而中止。武后"革唐命,改国号为周"是在载初元年(689)九月九日②,神龙元年(705)元年正月,传位于皇太子显,二月复国号为唐。自垂拱元年至武后执政末年的二十年中,除长安二年(702)因"时有下等,谤议上闻……诏令重试",知贡举沈佺期曾以《东堂壁画赋》作为重试内容③,目前尚未发现其他进士科试杂文的文献记载。

中宗在位凡六年,神龙元年(705)进士及第61人,重试及第12人,崔湜知贡举;二年(706)进士及第32人,赵彦昭知贡举;三年(707)进士及第48人,苏颋知贡举;景龙二年(708)进士及第40人,马怀素知贡举;三年(709)进士科情况不详;四年(710)进士

---

① [唐]颜真卿:《颜鲁公集》卷九《朝议大夫守华州刺史上柱国赠秘书监颜君神道碑铭》,上海:中华书局1920~1936年《四部备要》本(据《三长物斋丛书》本校刊),第85页上。《全唐文》卷三四一(北京:中华书局1983年,第3457页)所收此文文字与此同。按:是年知贡举为刘廷奇,非刘奇,徐松已辨明。赵守俨以清人王先谦于光绪十四年(1888)秋编辑刊刻的南菁书院丛书本《登科记考》为底本(也是该书唯一刻本)进行点校,作"考功郎刘奇乃先标榜君《日铭赋》二首,既丽且新;时务五条,词高理赡"(第80页)。此处有两处错误:其一,徐松引颜真卿《颜元孙神道碑》,"曰"字讹为"日"字,南菁书院丛书本即是如此(卷三,第8页);其二,因徐松引文错误,导致赵氏标点错误,正确引文及断句应为"考功郎刘奇乃先标榜君曰:'铭、赋二首,既丽且新;时务五条,词高理赡'",是说知贡举在众朝官面前称赏颜元孙省试所作铭、赋与时务策之瑰丽新颖,不是颜氏写了二首《日铭赋》。孟二冬《登科记考补正》(第99页)亦袭此字形、断句讹误。
② 《旧唐书》卷六《武后本纪》,第121页。
③ [清]徐松撰,孟二冬补正:《登科记考补正》卷四,第158页。

及第52人，知贡举武平一。《唐摭言》说"至神龙元年，方行三场试，故常列诗赋题目于榜中矣"，所谓"行三场试"，即先"帖经以观其学"，淘汰部分考生；次"试杂文以观其才"，再淘汰不能"识文律者"；第三场方试时务策。寻味"故常列诗赋题目于榜中"之语，似中宗即位之初已将诗赋作为考试内容，然其时杂文题目现均无可考。

睿宗景云二年（711）进士及第人数不详，知贡举卢逸；三年（712）进士及第37人，知贡举房光庭。① 是年八月，传位太子李隆基，改元先天。

先天二年（713），进士及第71人，重奏6人，知贡举房光庭。据孟二冬《登科记考补正》，"本年试题当为《出师赋》《长安早春诗》"。《文苑英华》卷六四有赵子卿、赵自励、梁献《出师赋》②，赵自励赋序有"先天年猃狁孔炽，动摇边陲"之语，陈尚君《〈登科记考〉正补》谓"指先天元年奚、契丹入侵幽州事"③；卷一八一"省试二"有佚名、张子容《长安早春》诗，佚名诗押题中"长"字所在阳韵及同用韵部唐韵，张诗押"春"字所在谆韵及同用韵部真韵④，其限韵方式似为"限用题中平声韵字为韵"。据此，本年进士试杂文已全用诗赋。

先天二年十二月改元开元。开元年间（714~741）进士科杂文题目可考者，胪列如下：

二年（714）试《旗赋》（吴曾《能改斋漫录》卷二"事始·试赋

---

① ［清］徐松撰，孟二冬补正：《登科记考补正》卷四，第161~194页。
② ［宋］李昉等编：《文苑英华》卷六四，北京：中华书局1966年，第288~289页。
③ ［清］徐松撰，孟二冬补正：《登科记考补正》卷四，第197页。按：《资治通鉴》卷二一〇：（先天元年）"十一月，乙酉，奚、契丹二万骑寇渔阳，幽州都督未璟闭城不出，房大掠而去。"（北京：中华书局1956年，第6678页）
④ ［宋］李昉等编：《文苑英华》卷一八一，第889页。

八字韵脚":"至开元二年,王邱员外知贡举,试《旗赋》,始有八字韵脚,所谓'风日云野,军国清肃'。见伪蜀冯鉴所记《文体指要》。");

三年(715)试赋(独孤及《顿丘李公墓志》:"公讳诚……开元三年举进士……开元中,蛮夷来格,天下无事,搢绅闻达之路惟文章。先公以俊造文赋皆第一,京师人传写策稿,相示以为式。");

四年(716)试《丹甑赋》(孟二冬《登科记考补正》卷五:"《文苑英华》载《丹甑赋》有薛邕、史翙,盖二人以此赋登第也。");

五年(717)试《止水赋》(孟二冬《登科记考补正》卷五:"《文苑英华辨证》引《唐登科记》,开元五年试《止水赋》。考《文苑英华》,《止水赋》以'清审洞澈涵容'为韵。")、《古木卧平沙》诗(?)(按:"冷"应作"泠"。《唐才子传》:"王泠然,山东人。开元五年裴耀卿下进士。"《文苑英华》卷一八七"省试诗"收王泠然《古木卧平沙》诗。而他所作的《止水赋》中有"比浮云之于我,观止水而为容。兀兮若枯木坐望,澹兮若典当身见逢"之语,其"止水"与"枯木"之语,似乎显示了诗、赋之间的联系);

六年(718)杂文题目无考;

七年(719)试《北斗城赋》(孟二冬《登科记考补正》卷六:"《文苑英华辨证》引《唐登科记》,开元七年试《北斗城赋》,以'池塘生春草'为韵。");

八年(720)杂文题目无考;

九年(721)试《清如玉壶冰》诗(《文苑英华》卷一八六"省试诗七"收王维《清如玉壶冰》,孟二冬《登科记考补正》谓王维于是年及第);

十年(722)杂文题目无考;

十一年(723)试《黄龙颂》(王应麟《辞学指南》:唐开元十一年进士试《黄龙颂》);

十二年（724）杂文题目无考；

十三年（725）试《花萼楼赋》（王应麟《玉海》卷一六四引《登科记》："开元十三年进士试《花萼楼赋》。"《文苑英华》卷四九收高盖、王諲、陶举、敬括《花萼楼赋》，皆以"花萼楼赋一首并序"为韵）、《终南山望余雪》诗（姚合《极玄集》祖詠下注："开元十三年杜绾榜进士。"《唐诗纪事》："有司试《终南山望余雪诗》，詠赋云：'终南阴岭秀，积雪浮云端。林表明霁色，城中增暮寒'，四句即纳于有司。或诘之，詠曰：'意尽。'"）；

十四年（726）试《考功箴》（王应麟《辞学指南》："开元十四年，进士试《考功箴》。"）；

十五年（727）试《积翠宫甘露颂》（王应麟《辞学指南》："开元十五年，进士试《积翠宫甘露倾》。"）、《灞桥赋》（《文苑英华》卷四六收杜颜、王昌龄《灞桥赋》，皆以"水云晖暎车骑繁杂"为韵。二人皆本年进士，因知此赋为本年试题。）；

十六年（728）杂文题目无考；

十七年（729）杂文题目无考；

十八年（730）试《冰壶赋》（孟二冬《登科记考补正》卷七："是年试《冰壶赋》，以'清如玉壶冰，何惭宿昔意'为韵。"）；

十九年（731）杂文题目无考；

二十年（732）杂文题目无考；

二十一年（733）杂文题目无考；

二十二年（734）试《梓材赋》、《武库诗》（孟二冬《登科记考补正》卷八："是年试《梓材赋》《武库诗》，见留元刚《颜鲁公年谱》。按《文苑英华》，《梓材赋》以'理材为器，如政之术'为韵。"）；

二十三年（735）杂文题目无考；

二十四年（736）杂文题目无考；

二十五年（737）杂文题目无考（按：本年正月，因礼部侍郎姚奕奏，下诏"其应试进士等，唱第讫，具所试杂文及策，送中书门下详覆"。见《唐会要》《册府元龟》）；

二十六年（738）试《拟孔融〈荐祢衡表〉》（王应麟《辞学指南》："开元二十六年，西京进士试《考功箴》。"）、《明堂火珠》诗（陈振孙《直斋书录解题》："崔曙，开元二十六年进士状头。"封演《封氏闻见记》："省司试举人，作《明堂火珠诗》，进士崔曙诗最清拔。"）；

二十七年（739）试《蒉荚赋》、《美玉》诗（孟二冬《登科记考补正》卷八："《蒉荚赋》、《美玉诗》为本年进士科试题。"）；

二十八年（740）杂文题目无考；

二十九年（741）杂文题目无考。

唐玄宗开元年间进士科试杂文题目统计

序号	时间	赋	诗	其他杂文	备注
1	二年（714）	旗赋			
2	三年（715）	（赋名失载）			
3	四年（716）	丹甑赋			
4	五年（717）	止水赋	古木卧平沙		
5	七年（719）	北斗城赋			
6	九年（721）	清如玉壶冰			
7	十一年（723）			黄龙颂	
8	十三年（725）	花萼楼赋			
9	十四年（726）			考功箴	
10	十五年（727）	灞桥赋		积翠宫甘露颂	
11	十八年（730）	冰壶赋			

续表

序号	时间	赋	诗	其他杂文	备注
12	二十二年（734）	梓材赋	武库		
13	二十六年（738）		明堂火珠	拟孔融《荐祢衡表》	
14	二十七年（739）	蒺藜赋	美玉		
15	？	仲冬时令赋	洛出书		或为开元十九年前试题

综合上述文献，开元年间的27次进士试，杂文题目有记载者14次，其中全用诗赋者至少3次，至少曾试一赋的有7次，一赋一颂1次，一诗一表1次，另有两次只有一颂或一箴的记载。此外，开元十九年前，或另有某年曾全用诗赋，具体时间无考。如此看来，虽然徐松"开元间始以赋居其一，或以诗居其一，亦有全用诗赋者"的说法过于保守，但其"非定制"的说法，是符合开元年间科场实际情况的。

天宝元年（742）至十五载（756）进士科杂文题目见于史料记载者如下：

序号	时间	赋	诗	出　　处
1	六载（747）	罔两赋		《云麓漫钞》："天宝六年，杨護榜试《罔两赋》。"
2	十载（751）	豹舄赋	湘灵鼓瑟	《永乐大典》引《苏州府志》："天宝十载，侍郎李麟知举，试《豹舄赋》《湘灵鼓瑟诗》。"
3	十五载（756）		东郊迎春	孟二冬《登科记考补正》卷九："《文苑英华》载皇甫冉《东郊迎春诗》，当是此年试题。"

尽管这一时期的杂文题目现多无考，但是词赋在进士试中的重要地

位常被时人提及，如：天宝三载（744），礼部侍郎达奚珣知贡举，本年及第的乔潭在《会昌主簿厅壁记》中有"潭忝以词赋，见知春官"之语；天宝九载（750），沈仲昌登进士第，萧颖士《送刘方平、沈仲昌秀才，同观所试杂文》有"山东茂异有河南刘方平、临汝沈仲昌，以郡府计偕之，尤当礼闱能赋之试，余勇待贾，未始踰辰"之语；天宝十一载（752）薛播及第，岑参《送薛播擢第归河东》诗中有"归去新战胜，盛名人共闻。……弟兄负世誉，词赋超人群"之语。这些材料为徐松"杂文之专用诗赋，当在天宝之季"的说法提供了有力的佐证。

三、对诗赋在唐代科场中地位日益尊崇过程的分析

有一种观点认为，既然唐代诗歌高度繁荣并在社会上得到广泛认同，那么以之作为科举取士方式，自然是顺理成章之事。这种说法在唐代诗赋取士制度研究中有一定影响力。不过，当我们将进士科试诗赋的历史与唐代历史进行对照，却发现这一顺理成章的过程，居然消耗了大唐290年历史中约2/5的光阴。而且，在诗赋取士制度的萌芽阶段，赋在科场中的应用其实比诗要频繁得多，也更受时人重视。单从诗与赋这两种文学体裁在唐代的艺术成就与社会影响入手，无法对这一现象进行合理解释，还需到中国古代选举制度方面寻找原因。

汉代的察举制度据说本乎"古者乡举里选之法"[①]，推崇"修德进贤"[②]，在实施过程中，形成了以体现儒家道德评价准则的孝与廉的人才标准，并采纳了策问与对策的考试形式，对具有崇古情结的后世历朝

---

① [明]申时行等修：《大明会典》卷七八《学校》，明万历十五年（1587）本，第14页b。
② [清]徐元诰撰，王树民、沈长云点校：《国语集解》卷六《齐语》："乡长退而修德进贤，桓公亲见之，遂使役官。"（北京：中华书局2002年，第226页）

具有深刻影响与恒久的召唤力量。这一制度发展至东汉时期，确立了"儒者试经学，文吏试章奏"的考试制度①，将孝廉考试的内容按被举送者的出身分成两类，儒学诸生（经学之士）考经学、章句一类经典知识，文吏（文学之士）试章、奏、笺、表一类官府应用文。唐代前期最重要的明经科，与汉代对儒学诸生的考试具有明显的继承关系，而进士科从其强调"明闲时务、精熟一经"的设科标准来看②，其选拔重点应为基本素质较好而又能通晓时务、娴熟吏治的人才。从进士科考试内容来看，传统时务策用以考查举子的见识，加试杂文（箴、铭、表、论等唐代官员经常接触的应用文体）则用以考查举子的才干，与东汉顺帝时以章、奏、笺、表等试文吏的做法如出一辙。唐高宗时刘思立建言进士科在帖经与时务策基础上加试杂文，其目的是要以方便灵活命题的各类杂文，从考试技术角度解决"进士试策灭裂"的现实问题，同时达到为政府选拔可以满足工作要求的文职官员的目的。也就是说，此时的进士科在考试内容与目的上是一致的，诗赋未被采纳为考试内容，则是因为政府并不期望通过进士科来选拔单纯的诗赋创作人才。

研究诗赋进入唐代科场并被日益尊崇的历史，弄清诗赋由偶然的"逗才手段"到专用的"选才工具"的过程，有助于更为深刻地理解唐代的科举制度，理解这一制度在建构与因袭、偏颇与纠正中不断克服又不断涌现的问题。

（一）用于重试或覆试的诗赋

完整的进士科考试需包括帖经、杂文与策论三部分内容，但是唐代

---

① 《后汉书》卷四四《胡广传》载：东汉顺帝阳嘉元年（132），"尚书令左雄议改察举之制，限年四十以上，限年四十以上，儒者试经学，文吏试章奏"，虽遭胡广等人反对，但终为顺帝采纳。（北京：中华书局1965年，第1507页）
② ［唐］李林甫等撰，陈仲夫点校《唐六典》卷三十："凡贡举人有博识高才，强学待问，无失后选者，为秀才；通二经已上者，为明经；明闲时务，精熟一经者，为进士。"（北京：中华书局1992年，第748页）

在处理科场风波、平息物议的情况下所进行的重试或覆试，一般会简化程序，不试帖经和策论，仅以赋或诗为内容。武则天在位的长安二年（702），考功员外郎沈佺期知贡举。当年应举者逾1500人，进士及第21人，张九龄与徐秀皆在其中。"时有下等，谤议上闻。中书令李公（按：指李峤）当代词宗，诏令重试"，沈佺期遂以《东堂壁画赋》为题进行重试。这是目前所见唐代科场试赋的最早记录。"重试"之事史书无载，然徐浩《张公神道碑》与颜真卿《徐府君神道碑》均明确提及此事：

> 九龄字子寿，一名博物。弱冠乡试进士。考官郎沈佺期尤所激扬，一举高第。时有下第，谤议上闻。中书令李公，当代词宗，诏令重试。再拔其萃，擢秘书省校书郎。①
>
> 君讳秀……年十五为崇文生，应举。考功员外郎沈佺期再试《东堂壁画赋》，公援翰立成。沈公骇异之，遂擢高第。②

"东堂"指的是尚书省东堂，开元二十四年（736）考试主管部门由吏部改为礼部、并在礼部南院设立贡院之前，科举考试一般在此处举行。所以《东堂壁画赋》是一首即事命题的咏物赋，比较接近隋文帝开皇十五年杨素命杜正玄所作《白鹦鹉赋》。

唐穆宗长庆元年（821），礼部侍郎钱徽（钱起之子）知贡举。宰相段文昌、翰林学士李绅向其通榜，托其录取亲友。及发榜，所托之人皆未及第，与钱徽有旧交情的右补阙杨汝士的弟弟杨殷士和中书舍人李

---

① [唐]徐浩：《唐尚书右丞相中书令张公（九龄）神道碑》，《全唐文》卷四四〇，第4489~4490页。
② [唐]颜真卿：《朝议大夫赠梁州都督上柱国徐府君神道碑铭》，《颜鲁公集》卷九，第83页上。

宗闵的女婿苏巢却榜上有名,"故文昌、李绅大怒"。段文昌在出镇蜀川辞行之际,向穆宗面奏"徽所放进士郑朗等十四人,皆子弟艺薄,不当在选中。穆宗以其事访于学士元稹、李绅,二人对与文昌同"。穆宗为了平息科场取士不公、贵子弟、抑寒士的议论,下《覆试郑朗等诏》,"命中书舍人王起、主客郎中知制诰白居易于子亭重试",穆宗亲命《孤竹管赋》《鸟散余花落诗》题目,结果淘汰10人,录取14人。虽然此次科场风波的实质是朝臣的朋党之争,但是穆宗以诗赋作为重试题目,"精檄艺能","以观学艺深浅"①,却是诗赋已成为评判举子才艺高低重要标准的一个明证。至晚唐昭宗乾宁二年(895),亦曾以《曲直不相入赋》《良弓献问赋》《询于刍荛诗》《品物咸熙诗》作为覆试题目②。

(二) 用于行卷的诗赋

唐朝科举制度区别于后世的一个重要特征,就是考官在决定去取时不仅要看临场发挥水平,通常还会参考甚至完全依据举子们平日的作品和誉望,有时考官甚至在"未引试之前,其去取高下,固已定于胸中"③。程千帆先生较早关注到这一现象,在《唐代进士行卷与文学》一书中对行卷之风的由来、具体内容、时人态度以及行卷与唐代文学的

---

① 《旧唐书》卷一六八《钱徽传》,第4383~4384页。
② [唐]黄滔:《唐黄御史公集》"附录·唐昭宗实录":"乾宁二年二月……丙申,试新及第进士张贻宪等于武德殿东廊。……不许往来。内出四题:《曲直不相入赋》(取'曲直'二字为韵)、《良弓献问赋》(以太宗所问工人'木心不正,脉理皆邪'为理道,取五声字轮次各双用为韵)、《询于刍荛诗》(回文,正以'刍'字、倒以'荛'字为韵)、《品物咸熙诗》(七言八韵成),令至九日午后一刻进纳。"(四部丛刊初编,上海涵芬楼影印明万历三十四年(1606)曹学佺刊本,附录第1页)
③ [宋]洪迈撰,孔凡礼点校:《容斋四笔》卷五"韩文公荐士":"唐世科举之柄,颛付之主司,仍不糊名。又有交朋之厚者为之助,谓之通牓,故其取人也,畏于讥议,多公而审。亦或胁于权势,或挠于亲故,或累于子弟,皆常情所不能免者。若贤者临之则不然,未引试之前,其去取高下,固已定于胸中矣。"(北京:中华书局2005年,第686~687页)

关系等方面进行过深入系统的论述，本文仅从诗赋角度略做说明。

"所谓行卷，就是应试的举子将自己的文学创作加以编辑，写成卷轴，在考试以前送呈当时在社会上、政治上和文坛上有地位的人，请求他们向主司即主持考试的礼部侍郎推荐，从而增加自己及第的希望的一种手段。"① 程千帆先生指出：唐代科举考试试卷不糊名以及通榜公荐的合理化存在，是行卷现象存在的基础②。

因为闱外活动对于能否及第至关重要，因而士子纷纷奔走权要之门，期望获得举誉。大约开元、天宝之际，行卷逐渐成为一种风尚，中晚唐达到极盛，顾况为白居易延誉、杨敬之"到处逢人说项斯"、韩愈和皇甫湜为牛僧孺造势而使其"名大振天下"，都是众所周知的事例。在这类活动中，除了权势、人情因素所起的作用之外，举子们凭借的主要是自己平日的创作成果（当然也有剽窃他人之作、花钱购买或请人

---

① 程千帆：《唐代进士行卷与文学》，《程千帆全集》第八卷，石家庄：河北教育出版社2000年，第5页。按：雕版印刷技术在唐代虽已比较成熟，但举子们不可能采用这种技术印刷自己的作品，而是将其抄写下来，粘连成长卷，在其末端设一较幅面宽度长出少许的轴（一般为木轴，但也有考究者），以之为轴心，将书卷起来。这种装订方式称为"卷轴装"。唐代亦有被称为"旋风装"的装订形式，是将一张张写好的书页按照先后顺序，逐次相约一厘米的距离，粘在同一张带有卷轴的整纸上面，然后卷在卷轴上，卷起之后，外观上与卷轴装是完全一样的。故而唐代举子投卷屡称"卷轴"，并常以"轴"为数量单位。（参见张树栋等《中国印刷通史》，台北：财团法人印刷传播兴才文教基金会2004年）

② 按：1. 关于糊名。唐代科举考试例不糊名，举子通过省试后，称为"选人"，还要通过吏部的释褐试，才能担任官职。武后时，曾"敕吏部糊名考选人判，以求才彦"，顾炎武《日知录》卷十七"糊名"对此进行分辩说："糊名已用之选人，而未尝用之贡举。"五代后周时曾于礼部常科考试中采用糊名的办法，但仅试行一次。科举考试中试卷糊名的制度，形成于宋太宗时期。2. 关于通榜公荐。唐代科举制度允许推荐考生，即知贡举将赴贡院之前，中央台阁大臣可以向其推荐自己所了解的具有才艺的举子。从理论上讲，通榜公荐能结合举子的才学声望而拔取真才，但实际操作中却往往不是荐贤，而是荐私。这是科举制度形成时期存留的荐举因素。宋太祖于建隆三年（962）下诏废止这一容易助长"因缘挟私"的制度。（以上参见刘海峰、李兵《中国科举史》第三章《科举社会的出现》，上海：东方出版中心2006年，第157页，第163页）

代作者），以至于"公卿之门，卷轴填委，率为阊媪脂烛之费"①。南宋初人赵彦卫《云麓漫钞》卷八说：

> 唐之举人，先藉当世显人以姓名达之主司，然后以所业投献。逾数日又投，谓之温卷，如《幽怪录》《传奇》等皆是也。盖此等文备众体，可以见史才、诗笔、议论。至进士则多以诗为贽，今有唐诗数百种行于世者是也。王荆公取而删为《唐百家诗》。②

这段文字不仅描述了行卷的主要步骤，而且有两点尤可注意：其一，指出进士主要以诗为行卷内容；其二，指出流传至宋代的数百种唐诗，以投献行卷为编纂初衷，宋代的《唐百家诗选》即以这些行卷之作为编选来源。《唐百家诗选》是遭人议论颇多的一个唐诗选本，该书20卷，收108位唐人诗作1246首，最早著录于晁公武的《郡斋读书志》，晁氏认为是"皇朝宋敏求次道编"，而一般则认为出于王安石之手。其选唐人诗"非惟不及李、杜、韩三家，即王维、韦应物、元、白、刘、柳、孟郊、张籍皆不及"，因为"去取绝不可解，自宋以来，疑之者不一，曲为解者亦不一"。《云麓漫钞》的记载无关乎编选者的删选标准，亦不涉及具体操作过程，而是关注编选材料形成的社会背景与特殊性质，或能为此选本之所以"不惬于公论"提供一种别样的解释③，对唐代诗集的纂辑与传播有一定的认识价值。实际上，这种为投赠而编纂、刊刻个人诗文集的现象，在后世图书传播史上成为一个传统。

---

① [五代]王定保撰，姜汉椿校注：《唐摭言》卷十二"自负"，上海：上海社会科学院出版社2003年，第253页。
② [宋]赵彦卫：《云麓漫钞》卷八，北京：中华书局1996年，第135页。
③ [清]永瑢等：《四库全书总目》卷一八六"集部·总集类一"，北京：中华书局1965年，第1693页。

举子行卷,固然有用传奇、古文者,但仍以诗赋最受推崇,举子亦于此用力最勤,如韩愈《赠崔立之评事》诗中描述德宗贞元三年(787)进士及第的崔立之赴京应试的情形为"曾从关外来上都,随身卷轴车连轸。朝为百赋犹郁怒,暮作千诗转遒紧"[1];李翱推荐孟郊,亦强调其诗才出众,"为五言诗,自前汉李都尉、苏属国及建安诸子、南朝二谢,郊能兼其体而有之",并引用李观向梁肃推荐孟郊之语"郊之五言,其有高处,在古无上;其有平处,下顾二谢"、韩愈赠送孟郊之诗"作诗三百首,杳默咸池音"为证[2]。至于因诗赋而得志的事例,则更为人所津津乐道:

> 白尚书应举,初至京,以诗谒顾著作。顾睹姓名,熟视白公曰:"米价方贵,'居'亦弗'易'。"乃披卷,首篇曰"咸阳原上草,一岁一枯荣。野火烧不尽,春风吹又生",即嗟赏曰:"道得个语,'居'即'易'矣。"因为之延誉,声名大振。([唐]张固:《幽闲鼓吹》)

> 崔郾侍郎既拜命,于东都试举人,三署公卿皆祖于长乐传舍,冠盖之盛,罕有加也。时吴武陵任太学博士,策蹇而至。郾闻其来,微讶之,乃离席与言。武陵曰:"侍郎以峻德伟望,为明天子选才俊,武陵敢不薄施尘露!向者偶见太学生十数辈扬眉抵掌,读一卷文书,就而观之,乃进士杜牧《阿房宫赋》。若其人,真王佐才也,侍郎官重,必恐未暇披览。"于是搢笏朗宣一遍。郾大奇之。武陵曰:"请侍郎与状头。"郾曰:"已有人。"曰:"不得已,即第五人。"郾未惶对,武陵曰:"不尔,即请此赋。"郾应声曰:

---

[1] [唐]韩愈撰,[宋]文谠注,王俦补注:《新刊经进详注昌黎先生文集》卷四,《续修四库全书》第1309册,据北京图书馆藏宋刻本影印,第431页。
[2] [唐]李翱:《荐所知于徐州张仆射书》,《全唐文》卷六三五,第6417页。

"敬依所教。"既即席，白诸公曰："适吴太学以第五人见惠。"或曰："为谁？"曰："杜牧。"众中有以牧不拘细行间之者，郾曰："已许吴君矣，牧虽屠沽，不能易也。"（［五代］王定保：《唐摭言》卷六"公荐"）

项斯始未为闻人，因以卷谒江西杨敬之。杨甚爱之，赠诗云："几度见诗诗总好，及观标格过于诗。平生不解藏人善，到处逢人说项斯。"未几，诗达长安，斯明年登上第。（［北宋］钱易：《南部新书》甲卷）

白居易凭《古原草送别》诗而易居"米价方贵"之长安，杜牧以《阿房宫赋》而未入场已名中第五，项斯"诗达长安"即登上第，行卷中诗赋的重要价值令人惊叹。

（三）用于纳省卷的诗赋

唐代科场不仅受行卷与公荐等因素的影响，而且还存在纳省卷的风尚。举子赴礼部应试时，要在考试之前向主持科举考试的尚书省礼部官员交纳自己平日的得意之作，以使考官对其才能有较为全面的了解。相对于行卷之投献给私人，投纳尚书省的这部分作品又称"公卷"。《旧唐书》卷九十二《韦陟传》曰：

（陟）为礼部侍郎，好接后辈，尤鉴于文，虽辞人后生，靡不谙练。囊者主司取与，皆以一场之善登其科目，不尽其才。陟先责旧文，仍令举人自通所工诗笔，先试一日，知其所长，然后依常式考覈。片善无遗，美声盈路。[1]

---

[1] 《旧唐书》卷九二，第2958~2959页。

天宝元年（742）韦陟知贡举①，鉴于此前"以一场之善"决定去取、"不尽其才"的弊病，他实行了"先责旧文"的改革措施，以减少一次考试中偶然性因素的影响。目前一般认为纳省卷风尚由此而形成，一直延续到宋初方才消失②。

据现有相关文献记载来看，作为科场辅助举措的公卷，在发展过程中也形成一些规则。

1. 公卷亦评定等第。如任华《夏夜对雨饯李玕擢第还郑州序》所载：

> 今年东都秀才登第者凡十数人，陇西李玕为之称首。且宗伯方以拔淹滞、愍勤旧为务，而玕则年甫二十余，岂张公意耶？其如考旧文则上等，试文策又上等，欲以年少弃，可乎？不可也。朝廷由是翕然，谓张公之用心也，周选才也，当不胶柱于一途耳。③

李玕于唐代宗大历五年（770）在东都洛阳登进士第，知贡举是东都留守张延赏④。经过"考旧文"与"试文策"两轮筛选，"年甫二十余"的李玕最终名列前茅，张延赏也获得了"用心周选""不胶柱于一途"的好名声。

---

① 据徐松《登科记考》卷九及孟二冬的考证。见孟二冬《登科记考补正》卷九，第348页。
② 参见程千帆《唐代进士行卷与文学》："纳省卷的风尚可能即由此而形成。这种风尚的消失，则在宋初，见范镇《东斋纪事》卷三：'初举人居乡，必以文卷投贽先进。自糊名后，其礼浸衰。贾许公为御史中丞，又奏罢公卷，而士子之礼都亡矣。'"（《程千帆全集》第八卷，石家庄：河北教育出版社2000年，第11页）
③ ［唐］任华：《夏夜对雨饯李玕擢第还郑州序》，《全唐文》卷三七六，第3822页。
④ 按：唐代宗永泰元年至大历十年（765～775），因时艰岁歉，京师米贵，实行两都（上都与东都）分置贡举。

2. 公卷数量宜适中。举子为了给考官留下较为深刻的印象，往往"纳卷繁多"。有鉴于此，唐懿宗咸通九年（868）刘允章知贡举，先期"榜南院曰'进士纳卷，不得过三轴'"。但是有个"颇富学业而不知大体"的举子，名叫刘子振，无视这纸告示，"故纳四十轴"，因而招致极坏的名声，被时人目为"四凶"之一。①

3. 公卷内容需得体。研究表明，唐传奇的兴盛与行卷之风大有关系，"诗文既滥，人不欲观，有的就用传奇文，来希图一新耳目，获得特效"②，甚至很多传奇如牛僧孺的《玄怪录》、裴铏的《传奇》是直接为行卷而创作的。不过，"纳省卷于礼部比投行卷一般地应当更其郑重、严肃一些"③，否则可能招致严重后果。《南部新书》记载了这样一件事：

  李景让典贡年，有李复言者纳省卷，有《纂异》一部十卷。榜出曰："事非经济，动涉虚妄，其所纳仰贡院驱使官却还。"复言因此罢举。④

礼部侍郎李景让知贡举，时在唐文宗开成五年（840）；以《纂异》纳省卷而遭罢举的李复言，据考证可能就是续牛僧孺《玄怪录》而作《续玄怪录》之人。他大约希望能出奇制胜、与众不同，故而交纳一部

---

① ［五代］王定保撰，姜汉椿校注：《唐摭言》卷十二"自负"，第253页；卷九"四凶"，第190页。
② 鲁迅：《六朝小说和唐代传奇文有怎样的区别?》，《且介亭杂文二集》，《鲁迅全集》第六卷，北京：人民文学出版社1973年，第322页。
③ 程千帆：《唐代进士行卷与文学》，《程千帆全集》第八卷，石家庄：河北教育出版社2000年，第83页。
④ ［北宋］钱易：《南部新书》甲卷，《宋元笔记小说大观》，上海：上海古籍出版社2001年，第296页。按：唐代后期，诸司诸使普遍设置胥吏，以供驱使，举凡诸司杂务，均为其掌控，故名"驱使官"。

"动涉虚妄"的"怪力乱神"式著作，不意使这场考试招致挫折。①

正如韦陟"令举人自通所工诗笔"，构成举子所纳省卷主体内容的，有有韵之"诗"，也有无韵之"笔"。元结于天宝十二年（753）自编《文编》②、皮日休于咸通七年（866）自编《文薮》，皆以纳省卷为目的。《文编》今已不存，其内容、形式等均无从查考；《文薮》则完整留存，更难能可贵的是，皮子自撰《〈文薮〉序》，详细说明其编纂目的、创作宗旨及编排体例，为研究唐代公卷制度留下不少珍贵信息：

> 咸通丙戌中，日休射策不上第，退归州东别墅，编次其文，复将贡于有司。登筐丛萃，繁如薮泽，因名其书曰《文薮》焉。比见元次山纳《文编》于有司，侍郎杨公浚见《文编》，叹曰："上第污元子耳。"斯文也，不敢希杨公之叹，希当时作者一知耳。
>
> 赋者，古诗之流也。伤前王太佚，作《忧赋》；虑民道艰济，作《河桥赋》；念下情不达，作《霍山赋》；悯寒士道壅，作《桃花赋》。《离骚》者，文之菁英者，伤于宏奥，今也不显。《离骚》（按：此句疑有脱文）作《九讽》。文贵穷理，理贵原情，作《十原》。太乐既亡，至音不嗣，作《补周礼九夏歌》。两汉庸儒，贱我《左氏》，作《春秋决疑》。其余碑、铭、赞、颂、论、议、书、序，皆上剥远非，下补近失，非空谆谆也。较其道，可在古人之后矣。古风诗编之文末，俾视之粗俊于口也，亦由食鱼遇鲭、持肉偶馔。《皮子世录》著之于后，亦《太史公自序》之意也。凡二百

---

① 林冠夫：《李复言考——〈唐传奇丛考〉之一》，《华侨大学学报》（哲学社会科学版）1998年第3期，第104~108页。
② [唐]元结《〈文编〉序》："天宝十二年，漫叟以进士获荐，名在礼部。会有司考校旧文，作《文编》纳于有司。当时叟方年少，在显名迹……侍郎杨公见《文编》，叹曰：'以上第污元子耳，有司得元子是赖。'……明年，有司于都堂策问群士，叟竟在上第。"（《全唐文》卷三八一，第3872页）

篇，为十卷，览者无诮矣。①

这篇序文中所包含的信息主要有以下几点：

1. "编次其文""贡于有司"，说明《文薮》为纳省卷而编，虽谦称"不敢希杨公之叹"，却也希望如元结《文编》一样得人赏识；

2. 简要说明重要篇章的创作宗旨，强调自己意欲祖述远圣先贤、"上剥远非，下补近失，非空谆谆"的严肃的创作态度；

3. 在赋、文、乐、史论、杂文、古风诗等文体次序的编排中，体现自己的创作追求。

《文薮》中有赋15篇，包括卷一所收《霍山》《忧》《河桥》《桃花》4赋、卷二所收《九讽》以及《悼贾》和《反招魂》等11篇颇步王褒、王逸后尘的骚体赋。开卷首篇《霍山赋》，序文曰"臣日休以文为命士，所至州县山川，未尝不求其风谣，以颂以文，幸上发辒轩，使得采以闻"；次篇《忧赋》，序文曰"草茅臣日休见南蛮不实，天下征发，民力将弊，乃为赋以见其志"，均以"臣"自称，显示其创作之时即以皇帝为预期读者了。《文薮》编次于咸通七年，次年皮日休即登上第，"殆《文薮》行卷之结果"②。大概即使在"诗风衰落，仿佛一塌胡涂的泥塘"般的晚唐末世，《文薮》中的"光彩和锋芒"仍能在堆叠如山的公卷中熠熠闪烁③，使皮子得以脱颖而出吧。

（四）用于赎帖的诗

在唐代科举常选科目中，进士科明显经历了一个由易而难的过程。如前面所引《通典·选举三》及《新唐书·选举志》的记载，唐初止试策，唐太宗时加读经史一部，高宗永隆二年又因刘思立的建立而加试

---

① [唐] 皮日休：《皮子文薮》，明正德十五年（1520）吴门袁表刊本。
② [清] 徐松撰，孟二冬补正：《登科记考补正》卷二三，第955页。
③ 鲁迅：《小品文的危机》，《南腔北调集》，《鲁迅全集》第五卷，第171页。

杂文二篇，形成三场试的定制，至玄宗天宝之初，进士科考试内容及标准变成"试一大经及《尔雅》（原注：旧制帖一小经并注。开元二十五年改帖大经，其《尔雅》亦并帖注也），帖既通而后试文、试赋各一篇。文通而后试策，凡五条。三试皆通者为第（原注：经策全通为甲。策通四、帖通四以上为乙）。策通三、帖通三以下及策虽全通、而帖经文不通四，或帖经虽通四以上，而策不通四，皆为不第"①。因为三场试实行逐场去留，作为首场的帖经就显得至关重要。

进士帖经本为观其学，但在具体实施过程中，考官或出于对命题难度的追求，或出于对偏题怪题的爱好，"每至帖试，必取年头月尾、孤经绝句"处命题。应明经之人长于背诵之功，应进士者多文章词华之士，背诵经书本来就是他们的相对弱项，于是帖经成为举进士之人最害怕的考试。为了补救帖经之弊，遂有以诗"赎帖"的出现，《封氏闻见记》卷三"贡举"曰：

> 举司帖经，多有聱牙、孤绝、倒拔、筑注之目。文士多于经不精，至有白首举场者，故进士以帖经为大厄。天宝初，达奚珣、李岩相次知贡举，进士文名高而帖落者，时或试诗放过，谓之"赎帖"。②

据徐松《登科记考》及孟二冬《登科记考补正》，天宝二年至五载（743~746）达奚珣知贡举，天宝六至八载（747~749）李岩知贡举③。

---

① ［北宋］王钦若等编：《册府元龟》卷六百四十"贡举部·条制第二"，北京：中华书局1989年影印宋本，第2101页。按：《新唐书》卷四十九《选举志上》："凡《礼记》《春秋左氏传》为大经，《诗》《周礼》《仪礼》为中经，《易》《尚书》《春秋公羊传》《穀梁传》为小经。"
② ［唐］封演撰，赵贞信校注：《封氏闻见记》卷二，北京：中华书局2005年，第16页。
③ ［清］徐松撰，孟二冬补正：《登科记考补正》，第350~365页。

43

此前一年，韦陟知贡举，针对"一场之善""不尽其才"的弊病，实行了先纳省卷以"知其所长"的改革措施，接下来遂有达奚珣、李岩相次实行的试诗赎帖举措。天宝元年正月丁未朔，改元，大赦天下，玄宗颁下求贤诏书说："国之急务，莫若求才。顷者虽屡搜扬士庶，尚虑遗逸，更宜精访，以副虚怀。"公卷与赎帖这两项科场改革措施的出台，或与此相关。举子以诗赋等作品纳省卷，"文名高者"临场且可以诗赎帖，都在一定程度上提高了诗赋在举子与时人心目中的地位。

大约因为进士科帖经之弊在天宝年间暴露较为严重，受到的关注程度相对也比较多。继达、李二人以"赎帖"作为通融权宜之法，天宝十一年（752）甚至对帖经考试形式进行了重大改革，《唐语林》卷八记载此事：

> （天宝）十一年，杨国忠初知选事，进士孙季卿曾谒国忠，言礼部帖经之弊："举人有实材者，帖经既落，不得试文；若先试杂文，然后帖经，则无遗才矣。"国忠然之。无何有敕：进士先试帖，然仍前后开一行。是岁收入有倍常岁。①

天宝十一年李林甫卒，杨国忠"遂代为右相，兼吏部尚书、集贤殿大学士"，"凡领四十余使，又专判度支、吏部三铨"②，大权在握。孙季卿建议改变进士科考试首场帖经、次试杂文的顺序为"先试杂文，然后帖经"，杨国忠采纳了他的建议。至十二月份，又颁下敕书，以"前后开一行"的方式降低帖经难度。《册府元龟》卷六四〇"贡举部·条制第二"记载此事曰：

---

① ［北宋］王谠撰，周勋初校证：《唐语林校证》卷八，北京：中华书局1987年，第714页。封演《封氏闻见记》卷三"贡举"亦记载此事，文字基本相同。
② 《旧唐书》卷一〇六《杨国忠传》，第3243～3244页。

十二月敕："礼部举人，比来试人，颇非允当。帖经首尾，不出前后，复取者、也、之、乎颇相类之处下帖，为弊已久，须有釐革。礼部起今每帖前后各出一行，相类之处并不须帖。"是载，礼部侍郎杨浚始开为三行（原注：不得帖断绝疑似之言也）。①

所谓"是载"指的是天宝十二载，当年取中进士 56 人，而此前的十一载取中 26 人，十载取中 20 人，九载取中 21 人，此即所谓"收入有倍常岁"者。不过，这种令举子欣幸的局面如昙花一现，至"六月八日，礼部奏以贡举人帖经既前后各出一行，加至帖通六与过"②。对帖经通过率的要求从"通四"提高到"通六"，帖经的难度重又增大，举子仍以帖经为厄，以诗赎帖亦频繁应用于中晚唐科场。唐代宗大历九年（774）阎济美以《天津桥望洛城残雪》诗赎帖的故事，堪为典型，温庭筠在《乾馔子》中详细记述其始末经过：

某三举及第。初举刘单侍郎下杂文落第，二举坐王侍郎杂文落第。某当是时，年已蹭蹬，常于江徼往径山钦大师处问法。是春某既下第，又将出关，因献座主六韵律诗曰："謇谔王臣直，文明雅量全。望炉金自跃，应物镜何偏。南国幽沈尽，东堂礼乐宣。输今游异士，更昔至公年。芳树欢新景，青云泣暮天。惟愁凤池拜，孤贱更谁怜。"座主览焉，问某今年何者退落。具以实告，先榜落第。座主赧然变色，深有遗才之叹，乃曰："所投六韵，必展后

---

① ［北宋］王钦若等编：《册府元龟》卷六百四十"贡举部·条制第二"，北京：中华书局 1989 年影印宋本，第 2102 页。
② ［五代］王溥：《唐会要》卷七五"贡举上·帖经条例"，上海：中华书局 1955 年用商务印书馆"国学基本丛书本"原版重印，第 1377 页。

效。足下南去,幸无疑将来之事。"某遂出关。

秋月,江东求荐,名到省后,两都置举,座主已在洛下。比某到洛,更无相知,便投迹兴化里店。属时物翔贵,囊中但有五缣,策蹇驴而已。有举公卢景庄,已为东府首荐,亦同处焉,仆马甚豪。与某相揖,未交一言,久乃问某曰:"阁子自何至?"止对曰:"从江东来。"敬奉不敢怠。景庄一旦际暮醉归,忽蒙问某行第,乃曰:"阁二十消息绝好,景庄大险。"某对曰:"不然。必先大府首荐,声价已振京洛。如某远地一送,岂敢望有成哉!"景庄曰:"足下定矣。"

十一月下旬,遂试杂文。十二月三日,天津桥放杂文榜,景庄与某俱过。其日苦寒。是月四日,天津桥作铺帖经,景庄寻被黜落。某具前白主司曰:"某早留心章句,不工帖书,必恐不及格。"主司曰:"可不知礼闱故事,亦许诗赎?"某致词后,纷纷去留。某又遽前白主司曰:"侍郎开奖劝之路,许作诗赎帖,未见题出。"主司曰:"赋《天津桥望洛城残雪》诗。"某只作得二十字,某诗曰:"新霁洛城端,千家积雪寒。未收清禁色,偏向上阳残。"已闻主司催纳诗甚急,日势又晚,某告主司:"天寒水冻,书不成字。"便闻主司处分:"得句见在将来。"主司一览所纳,称赏再三,遂唱过。

其夕景庄相贺云:"前与足下并铺试《蜡日祈天宗赋》,窃见足下用'鲁某'对'卫赐'。据义,'卫赐'则子贡也,足下书'卫赐'作'驷马'字,惟以此奉忧耳。"某闻是说,反思之,实作"驷马"字,意甚惶骇。比榜出,某滥忝第,与状头同参座主。座主曰:"诸公试日,天寒急景,写札杂文,或有不如法。今恐文书到西京,须呈宰相,请先辈等各买好纸,从来请印,如法写净送纳,抽其退本。"诸公大喜。及某撰本却请出,"驷"字上朱点极大。座主还阙之日,独揖前曰:"春间遗才,所投六韵不敢暂忘,幸副素约耳。"①

这段文字因为信息丰富独特,颇受研究者关注,屡被引用,徐松《登科记考》卷十"大历九年"即引之以证是年东都试赋题为《蜡日祈天宗赋》,证阎济美于是年在东都进士及第②,后来补充、订正《登科记考》的诸位学者对此亦未有异议。严耕望《唐仆尚丞郎表》以为大历六年上都知贡举为刘单,亦以此文为证据之一③。然宋人计有功编《唐诗纪事》卷三十六"阎济美"条亦述此事,关键信息却有所不同:

> 济美大历九年春下第,将出关,献坐主张谓诗六韵曰:"……"谓览之,问失第之因,具以实告。谓深有遗才之叹,乃曰:"所投六韵,必展后效。"
>
> 明年,济美自江东继荐,就试东都,谓复主文。杂文已过,继欲帖经,济美辞以不能。谓曰:"礼闱故事,亦许作诗赎帖。"遂命《天津桥望洛城残雪》题……一览称赏,遂唱过。……④

据此,阎济美大历九年在上都应试落第,以六韵诗投赠知贡举张谓,张谓"许与定分";次年就试,张谓到东都知贡举,济美遂就东都应试。张谓在杂文和帖经环节都格外给予关照,济美顺利考中进士。不过,目

---

① [宋]李昉等编:《太平广记》卷一七九"贡举二",北京:中华书局1961年,第1335~1336页。
② [清]徐松《登科记考》卷十"大历九年":"东都试《蜡日祈天宗赋》,见《乾馔子》。"(北京:中华书局1984年,第383页)
③ [清]徐松撰,孟二冬补正:《登科记考补正》卷十,第437页。
④ [宋]计有功:《唐诗纪事》卷三六,上海:上海古籍出版社1987年新1版,第559~560页。

前学界认为大历十年东都知贡举为留守蒋涣，不是张谓；岑仲勉《登科记考订补》则以此文证明张谓于大历九年在上都知贡举①。其间矛盾冲突之处，尚待进一步考证。

温庭筠对阎济美登第始末的详细记述，提供了进士科杂文、帖经两场之间确切的时间间隔，生动展现了以半首《天津桥望洛城残雪》赎帖的科场佳话。

以上论述较为清晰地呈现了诗赋在唐代科场日渐尊崇的发展过程。此外，唐玄宗天宝十三载（754）的制科考试也增加了诗赋。《旧唐书·杨绾传》曰：

> 天宝十三年，玄宗御勤政楼，试博通坟典、洞晓玄经、辞藻宏丽、军谋出众等举人，命有司供食，既暮而罢。取辞藻宏丽外，别试诗、赋各一首。制举试诗赋，自此始也。时登科者三人，绾为之首，超授右拾遗。②

当然，非议、反对进士科以诗赋取士的声音在朝野之间也不断出现，代表人物有代宗时的礼部侍郎杨绾、德宗时的中书舍人赵赞、文宗时相继为相的李德裕和郑覃等。不过，由于制度在长期实行中累积的惯性，由于祖宗之法不可遽废，由于唐代自上而下对诗赋的热情，越来越以诗赋为主要内容的进士科一次次度过危机，至中晚唐成为最尊贵的科目，诗赋也相应具有了最尊崇的地位："主司褒贬，实在诗赋，务求巧丽，以此为贤。"③ 不仅主司如此，中晚唐时期的最高统治者也对诗赋表现出

---

① [清] 徐松撰，孟二冬补正：《登科记考补正》卷十，第52页，第437页。
② 《旧唐书》卷一一九《杨绾传》，第3429页。
③ [唐] 赵匡：《举选议》，《全唐文》卷三五五，北京：中华书局1983年，第3602页。

上编　诗赋取士制度考

异乎寻常的热情：

> 唐试士初重策，兼重经，后来觭重诗赋。中叶后，人主至亲为披阅，翘足吟咏所撰，叹惜移时。或复微行，谘访名誉，袖纳行卷，予阶缘。士益竞趋名场，殚工韵律。诗之日盛，尤其一大关键。①

中唐重视诗赋考试者首推文宗，试进士时"多自出题目，及所司试，览之终日忘倦"②；最著名者当属曾以"童子解吟《长恨》曲，胡儿能唱《琵琶》篇。文章已满行人耳，一度思卿一怆然"的诗句深情悼念著名诗人白居易的唐宣宗：

> 宣宗爱羡进士，每对朝臣，问"登第否？"有以科名对者，必有喜，便问所赋诗、赋题，并主司姓名。或有人物优而不中第者，必叹息久之。尝于禁中题"乡贡进士李道龙"。③
> 帝雅好儒士，留心贡举。有时微行人间，采听舆论，以观选士之得失。每山池曲宴，学士诗什属和；公卿出镇，亦赋诗饯行。④

宣宗贵为帝王却爱羡进士，甚至自题"乡贡进士李道龙"以弥补自己不能亲历科场的遗憾。宣宗即位不久，就敕令恢复了武宗朝一度被禁止

---

① ［明］胡震亨：《唐音癸签》卷二十七"谈丛三"，上海：上海古籍出版社1981年，第284页。
② ［北宋］王谠撰，周勋初校证：《唐语林校证》卷二"文学"，北京：中华书局1987年，第149页。
③ ［北宋］王谠撰，周勋初校证：《唐语林校证》卷四"企羡"，北京：中华书局1987年，第370页。
④ 《旧唐书》卷十八下《宣宗本纪》，第617页。

的进士放榜后的曲江宴集、杏园探花等庆祝仪式,还促成了中国科举史上首次由官方编纂登科录的惯例。大中十年(856),宣宗万寿公主女婿、礼部侍郎郑颢知贡举①,放榜后,宣宗在一张红笺上题写"乡贡进士李(御名)"赐颢,并索要《科名记》。"四月,礼部侍郎郑颢进《诸家科目记》十三卷,敕付翰林。自今放榜后,仰写及第姓名及所试诗赋题目进入内,仍付所司,逐年编次。"②进士考试诸内容中惟有诗赋题目被郑重载入《登科记》,显然是其倍受尊崇的表现。

唐代省试诗罕有佳作,这是显而易见的事实,但却不能以此为由,简单否定诗赋取士对唐诗繁荣的贡献。正如程千帆先生所指出的"对于唐代文学发展起着积极的促进作用的,并非进士科举制度本身,而是在这种制度下所形成的行卷这一特殊风尚"③,当然还包括投纳礼部的公卷。行卷、公卷、通榜、赎帖等唐代诗赋取士制度中所特有的现象,导致唐人在以诗赋取士时,事实上存在场内与场外的双重标准,科场诗赋有程式要求,行卷之作却自由无拘,各尽其才,这是唐代诗歌高度繁荣且充满创造力的源头之一。

而诗赋取士制度在唐代之所以能够如此弹性灵活,可能与唐代人的开放心态有关,但是更深层的原因可能在于中国古代选举制度发展本身。汉代以来实行的以地方官为主体的荐举制度,在隋唐时期为举子怀牒自投、自由报考的科举制所取代,但是荐举因素还以行卷、公荐等形

---

① 郑颢(?~860),荥阳(今河南荥阳)人,唐宪宗宰相郑絪之孙。武宗会昌二年(842)状元及第,任右拾遗,诏授银青光禄大夫。宣宗三年(849)充翰林学士。宣宗将其招为万寿公主的女婿,拜驸马都尉,他是中国历史上唯一的状元驸马。后历任中书舍人、礼部侍郎,后升刑部侍郎、吏部侍郎,大中十三年(859)为检校礼部尚书,又任河南尹。大中十四年死于任上。他曾两主礼试,处事较为公允。
② [五代]王溥:《唐会要》卷七十六"贡举中·缘举杂录",北京:中华书局1955年,第1386页。
③ 程千帆:《唐代进士行卷与文学》,《程千帆全集》第八卷,石家庄:河北教育出版社2000年,第4页。

式部分地留存在新生的科举制度中；而朝野舆论在录取过程中公开、合法的存在，也在一定程度上制约着权力对科举公平、公正性的干涉。唐代科场舞弊现象当然存在，却未见得比制度规程严密至极、处罚手段严厉至极的明清时期更为严重。

但是，科举制度从其自身来说，有一个从草创时代的粗糙到逐渐严密完善的过程；从科举制度的外部环境来看，随着竞争的日趋激烈，也必须在保障考试的客观、公平、公正方面下功夫。从某种程度上说，一项制度在走向严密化、成熟化的过程中，往往也会暴露出凝固僵化的弊病，这是一个由肯定到否定的动态过程，在适当的时刻需要适度突破，以适应新的情况。诗赋取士制度的建构亦是如此，对诗赋程式化的要求、对诗人创造性的排斥与束缚，也许是其在追求客观、公平、公正过程中所必须付出的代价，而诗赋取士与诗赋创作能够相互促进的黄金时代，客观上说，是不可能永远存在的。

历史把这个稍纵即逝的时间窗留给了唐代，成就了光耀千古的辉煌唐诗。

第二节　北宋和南宋：诗赋取士制度的激变与因循

宋代诗赋取士制度的典型特征是在议论与党争中时废时复，诏令常说"永为定制"，实则"随时更革"。北宋神宗熙宁变法前，考试类目除了保留唐代以诗赋为主的进士科，亦有注重经学的九经、五经等科目；进士科考试采用诗、赋、论相结合的形式，表现出诗赋重于策论的倾向。自神宗改制至北宋末年，诗赋的命运与变法、党争相纠缠。王安石变法，废经学诸科，归之于进士；进士科则罢废诗赋，专以经义取士。元祐四年（1089）始分经义、诗赋二科，但诗赋进士仍须首试一

诗赋取士与诗歌用韵研究 >>>

经大义，然后才试诗、赋、论、策，诗赋的地位大大降低。绍圣初，复罢诗赋，直到北宋灭亡。高宗建炎二年（1128）定诗赋、经义取士，基本上行元祐四年之制，终南宋基本执行，并时有完善制度之举。虽然以朱熹为首的道学家曾私议罢试诗赋，但从史料中类似"诗赋人常占十之七八"①"诗赋纯正者寘之前例"②的记载看，诗赋在南宋科举中仍是占有比较重要的地位的。

一、熙宁变法前诗赋取士制度的沿革

（一）北宋前五朝科举试诗赋制度的演变：太祖至英宗朝（960~1067年）

北宋建国至神宗熙宁改制的百余年，历太祖、太宗、真宗、仁宗、英宗五朝，科举基本沿袭唐制，进士科考试内容仍以诗赋为主，只是陆续进行了一些细致完善的工作。

后周恭帝显德七年（960）正月，宋太祖赵匡胤以陈桥兵变称帝，建立宋朝，当年即开科取士。太祖在位17年间，除开宝七年（974）与九年（976）未开科举之外，每年考试一次。太祖朝科考的具体情况缺乏史料记载，有文献可征的重要举措有两条。

1. 确立了省试之后加殿试的制度。开宝六年（973）考官为翰林学士李昉，擢宋准为第一名。贡士徐士廉状告李昉徇私用情，太祖亲召宋准于殿上复试，钦定第一。此后，省试之后再加殿试成为制度，历元、明、清而未改。

2. 曾经颁布《礼部条贡举仪》，明确规定应试举子可以怀挟入场的参考书。《宋史·选举志一》"科目上"："凡就试，唯词赋者许持《切

---

① 《续资治通鉴》卷一二七。
② 《宋史》卷一五六《选举志二》。

52

韵》《玉篇》。"其实在两宋的大部分时间内，均以专门的《礼部韵略》作为出题及衡士的依据，毛奇龄《韵学要指》卷一曰：

> 至唐创贡举……遂取《切韵》一书，为取士之法……即宋初试士，犹仍旧本。（宋太祖建隆中"礼部条贡举仪"有云：凡就试，禁挟书为奸；惟进士试词赋，所用《切韵》《玉篇》不禁。）①

据此，则《宋史·选举志》有关怀挟的规定，依据的只是北宋立国之初（建隆，太祖年号，960~963年）的史料，用以说明一代之制，是有失准确的。携带《切韵》入场，是北宋立国之初六七十年间的现象，至真宗景德四年（1007），《礼部韵略》刊行，即取代《切韵》，成为两宋第一个官韵版本。

宋太宗在位21年（976~997），计开科场8次，开考年份随意性较大；而且因为太宗不满于"举子浮薄"②，淳化三年（992）后不复开科场，在科举史上是件罕见的事。对于诗赋取士制度，宋太宗采取的重要举措包括以下几方面。

1. 严格了进士律赋的用韵标准。王栐《燕翼诒谋录》卷五：

> 国初，进士词赋押韵不拘平仄次序。太平兴国三年（978）九

---

① ［清］毛奇龄：《韵学要指》卷一"韵论二条"，《毛西河先生全书》第51册，凝瑞堂本。
② ［宋］魏泰《东轩笔录》卷一："孙何榜，太宗皇帝自出试题《厄言日出赋》，顾谓侍臣曰：'比来举子浮薄，不求义理，务以敏捷相尚。今此题渊奥，故使研穷意义，庶浇薄之风，可渐革也。'语未已，钱易进卷，太宗大怒，叱出之。自是科场不开者十年。"（魏泰：《东轩笔录》，北京：中华书局1983年，第6页）按：孙何（961~1004）为淳化三年（992）状元。此处所言"科场不开者十年"非准确数字，宋真宗即位次年，亦即咸平元年（998），即复开科场，《宋史》卷一五五《选举志一》曰："自淳化末，停贡举五年。真宗即位，复试。"

53

月，始诏进士律赋平仄次第用韵，而考官所出官韵，必用四平四仄。词赋自此整齐，读之铿锵可听矣。①

按照唐至五代沿袭的旧例，考官所出赋韵需用四平四仄。洪迈《容斋续笔》卷十三"试赋用韵"条云：

唐以赋取士，而韵数多寡、平仄次叙，元无定格。……自大和以后，始以八韵为常。唐庄宗时尝覆试进士，翰林承旨卢质以《后从谏则圣》为题，以"尧、舜、禹、汤倾心求过"为韵。旧例：赋韵四平四侧，质所出韵乃五平三侧，由是大为识者所诮。岂非是时已有定格乎？②

洪迈（1123～1202）的《容斋续笔》作于宋孝宗淳熙十四年（1187），他对赋韵何时确立四平四侧的制度已不十分清楚，只是根据《旧五代史》中的记载③，猜测后唐时（或之前）"已有定格"。其实《旧五代史》说得很清楚，那时赋韵用四平四侧只是沿袭"旧例"，并未成为制度，故而识者只是讥笑卢质所出赋韵不合旧例，并未说他违反规定。这种旧例可能在宋初亦未得到严格遵守，所以宋太宗才以诏书形式使其确立为一项制度，并进而规定律赋用韵需依平仄次序，律赋的写作难度无疑因而大大增加了。不过，可能这个要求实在是过于苛刻了，"其后又有不依次者，至今循之"④。

---

① ［宋］王栐：《燕翼诒谋录》卷五，北京：中华书局1981年，第48页。
② ［宋］洪迈：《容斋续笔》卷十三，长沙：岳麓书社1994年，第248～249页。
③ 《旧五代史》卷九三《晋书·卢质传》载：后唐庄宗同光三年（924），卢质"覆试进士，质以《后从谏则圣》为赋题，以'尧、舜、禹、汤倾心求过'为韵。旧例：赋韵四平四侧，质所出韵乃五平三侧，由是大为识者所诮。"
④ ［宋］洪迈：《容斋续笔》卷十三，第248～249页。

2. 确立了诗赋题目需示出处的制度。据吴曾《能改斋漫录》卷一"试诗赋题示出处"条记载：

> 本朝进士诗赋题，元不具出处。因淳化三年（992）殿试《卮言日出赋》，独路振知所出，遂中第三人。是年，孙何第一人，朱台符第二人，亦不能知，止取其文耳。自后所试进士诗赋题皆明示出处。①

不过，《容斋续笔》卷三"进士试题"又说：

> 景德二年，御试《天道犹张弓赋》。后礼部贡院言："近年进士惟钞略古今文赋，怀挟入试。昨者御试以正经命题，多懵所出。"则知题目不示以出处也。大中祥符元年试礼部进士，内出《清明象天赋》等题，仍录题解，摹印以示之。②

可能淳化三年后"所试进士诗赋题皆明示出处"的规定并未得到严格执行，至真宗年间才逐渐成为制度。

3. 首次对与科举考试密切相关的《切韵》《玉篇》二书进行修订。王应麟《玉海》：

---

① 按：南宋叶绍翁《四朝闻见录》甲集"制科、词赋、三经、宏博"亦载此事，但错误地认为是真宗（997至1022年在位）朝事："本朝廷取取士，用赋而不示其所自出（原注：省试命题亦然）。真宗以《卮言日出》试士于廷，孙何等不究厥旨，赋莫能就，遂昧死攀殿陛而上，请所出与大意。真宗不以为罪，揭示所出及大意，所谓'卮，润也'。是岁以何为状头。其后诸生上请有司揭示，皆始于此。"（叶绍翁：《四朝闻见录》，北京：中华书局1989年，第18～19页）

② ［宋］洪迈：《容斋续笔》卷三，第19页。

太平兴国二年（977）六月，诏太子中舍陈鄂等五人同详定《玉篇》《切韵》。太宗于便殿召直史馆句中正，访字学，令集凡有声无文者。翌日中正上其书，上曰："朕亦得二十一字，当附其末。"因命中正及吴铉①、杨文举等考古今同异，究隶篆根源，补缺刊谬，为《新定雍熙广韵》一百卷，端拱二年（989）六月丁丑上之，诏付史馆。

《宋史》卷二〇二"艺文志·经部小学类"载"句中正《雍熙广韵》一百卷，《序例》一卷"，即此书。该书酝酿修订大约是在太平兴国四年（979）之后，主要修订工作完成于雍熙年间（984~987年）。《宋史》卷四四一"句中正传"：

四年，命（句中正）副张洎为高丽加恩使，还，迁左赞善大夫，改著作郎，与徐铉重校定《说文》，模印颁行。太宗览之嘉赏。……时又命中正与著作佐郎吴铉、大理寺丞杨文举同撰定《雍熙广韵》。中正先以门类上进，面赐绯鱼，俄加太常博士。《广韵》成，凡一百卷，特拜虞部员外郎。

《雍熙广韵》久已亡佚，据"中正先以门类上进"推测，可能对《切韵》韵目作了较大幅度的改动。不过根据文献记载，此书并未直接用于科场。

4. 确立了殿试以诗、赋、论三题相结合的考试形式。据《宋史·选举志·科目上》记载，宋太祖开宝六年（973）初行殿试制度之时，

---

① 按：李新魁《汉语音韵学》："或为吴锐之讹。《杭州府志》说：'吴锐，余杭人，登进士。重定《切韵》，进于朝。后为屯田郎中、史馆校勘，与邱雍校勘《玉篇》。人多其博雅云。'"（北京：北京出版社 1986 年，第 35 页注）

考试内容只有诗赋①，太宗时则增加了论的内容。

真宗（997~1022年在位）为宋代科举奠定了基础，并因之而被后世子孙崇奉，进士试卷常焚于真宗位前。他的贡献之一是制定了科举仪范：“景德四年（1007），命有司详定《考校进士程式》，送礼部贡院，颁之诸州……寻又定《亲试进士条制》"②，对策士的考场安排、考试程序、试卷封装誊录、阅卷方法、考第等级、临轩唱第等相关内容，作出明确规定。贡献之二，是对宋初沿用的《切韵》进行修订，成品是两部韵书，一为《礼部韵略》，一为《大宋重修广韵》③。前者就是景德本《礼部韵略》，在被仁宗景祐本《礼部韵略》取代之前的二十年间，它是国家指定用于科场的官方韵书。此书已佚，但是后来的平水韵却与它有着密切的渊源关系。

仁宗朝最重要的贡献是景祐本《礼部韵略》的颁行，北宋中后期及南宋科场所用韵书，基本以这个版本为蓝本；同时重修《广韵》而增删之，成果就是《集韵》。

（二）宋初百余年间进士科考试从重诗赋到重策论趋势的演变

《宋史·选举志·科目上》曰：“凡进士，试诗、赋、论各一首，策五道，帖《论语》十帖，对《春秋》或《礼记》墨义十条。"这里记载的是熙宁变法之前北宋进士科考试的内容，分为四场：首场试诗、赋各一首，二场试论一道，三场试策五道，四场试帖经和墨义。在考试内容及次序上，基本沿袭晚唐、五代旧制。在这些科目中，存在着重诗赋、轻策论的倾向，经学的分量则是极其轻微的，在录取时几乎不被考

---

① 《宋史》卷一五五《选举志一》："翰林学士李昉知贡举……会有诉昉用情取舍，帝乃籍终场下第人姓名……乃御殿给纸笔，别试诗赋。"
② 《宋史》卷一五五《选举志一》。
③ ［宋］王应麟《玉海》："景德四年十一月戊寅，崇文院上《校定切韵》五卷，依九经例颁行。祥符元年六月五日，改为《大宋重修广韵》。"

虑。考试次序的安排是显证之一，因为逐场去留，第一场所试诗赋非常关键；考官评判之时，也多以诗赋为最终的取舍标准，《续资治通鉴长编》卷六十八"大中祥符元年（1008）正月癸未"条记载：

> （参知政事）冯拯曰："比来省试，但以诗、赋进退，不考文、论。江浙士人专业诗赋，以取科等。望令于诗赋人内兼录考策论。"上然之。

鉴于这种情况，真宗、仁宗都多次下诏强调"兼取策论"，《续资治通鉴》卷三三：

> 右正言鲁宗道言："进士所试诗赋，不近治道；诸科对义，但以念诵为工，罔究大义。"帝谓辅臣曰："前已降诏，进士兼取策论；诸科有能明经者，别与考校。可申明之。"

这是宋真宗天禧元年（1017）九月之事。《续资治通鉴长编》卷一〇五记载仁宗天圣五年（1028）正月下礼部贡院的诏书："比进士以诗、赋定去留，学者或病声律，而不得骋其才，其以策、论兼考之。"《续资治通鉴》卷三九又有明道二年（1033）十月仁宗与辅臣的谈话：

> 帝谕辅臣曰："近岁进士试诗赋，多浮华，宜令有司兼取策论。"

仁宗诏书及谈话的内容与真宗朝的诏书如出一辙，可见三令五申之下，这种诗赋决科、策论虚设的状态并未改变。所谓"兼取策论"，就是说：在评判成绩时，不能只以诗赋为标准，还要适当参考策论的写作水

平。殿试虽以一诗一赋一论为题,"论"可能亦是徒具形式而已,王栐《燕翼诒谋录》卷四:

> 庆历二年,富弼请罢殿试,止令尚书礼部奏名,次第唱名。盖以廷试惟用诗赋,士子多侥幸故也。王尧臣、梁适皆状元及第,以为讥己。正月辛巳方从弼之请,癸未遽从尧臣、适之请,复旧制。①

同书卷五说:"旧制,御试诗、赋、论"②,证明作者王栐是知道殿试内容有"论"的,此处强调"惟用诗赋",只是为了突出诗赋的决定性意义。由此可见,至少到仁宗初期,诗赋几乎还被视为进士科录取的最主要标准,其重要性不言而喻。

北宋前期重诗赋的风习亦体现在其他选拔性考试中,此处不妨略举数例,这将有助于我们理解进士科极重诗赋的社会背景。

1. 试京官及草泽贤士。《宋朝事实类苑》卷二九"词翰书籍":"试京官及草泽等,每试人前一日,学士聚厅,共撰诗、赋、论各五题,封进。明日降出,有御笔点定者用之。"③ 这里所记的是真宗天禧四年(1020)以前的制度,与殿试情况相仿,虽有诗、赋、论三题,诗赋实际比论要重要得多。

---

① [宋]王栐:《燕翼诒谋录》卷五,北京:中华书局1981年,第39页。按:王尧臣(1003~1058),宋仁宗天圣五年(1027)丁卯科状元。梁适未曾中过状元,可能是王栐记忆有误。梁适之父梁颢(963~1004年)是宋太宗雍熙二年(985)状元。颢有3子,即梁固、梁述、梁适。梁固(985~1017年)为大中祥符元年(1008年)词学科考试第一名。
② [宋]王栐:《燕翼诒谋录》卷五,第46页。
③ [宋]江少虞:《宋朝事实类苑》卷二九"词翰书籍",上海:上海古籍出版社1981年,第376页。

2. 试馆职。《续资治通鉴》卷六四记载欧阳修之语："朝廷用人之法，自两制选居两府，自三馆选居两制。然则三馆者，辅相养材之地也。"两宋名臣贤相多由馆阁晋身高位，馆阁实为宋代文官政治的基础。《宋史》卷一六二："元丰以前，凡状元、制科一任还，即试诗、赋各一而入。"① 魏泰《东轩笔录》卷七记载了馆阁试赋的一件趣事：

> 苗振以第四人及第，即而召试馆职。一日，谒晏丞相。晏语之曰："君久吏事，必疏笔砚，今将就试，宜稍温习也。"振率然答曰："岂有三十年为老娘，而倒绷孩儿者乎？"晏公俯而哂之。既而试《泽宫选士赋》，押韵有"王"字，振押之曰："率土之滨莫非王。"由是不中选。晏公闻而笑曰："苗公竟倒绷孩儿矣。"

苗振因试赋趁韵落选，可见诗赋功底在馆职考试中的重要性。

3. 制科。"制举无常科，所以待天下之才杰。天子每亲策之……所试诗、赋、论、颂、策、制诰，或三篇，或一篇，中格则授以馆职。"② 虽然如此，在实际考试中仍以诗赋为主，故而才有《续资治通鉴》卷四十的记载："夏，四月……丁未，诏学士院：自今制策登科人并试策、论各一道。"这是仁宗景祐四年（1037）的事，也就是说，此前制

---

① 按：据《宋史》卷一六四记载：英宗治平三年（1066），曾命宰相韩琦、参知政事欧阳修等人荐举人才，"未及试，神宗登极，先召十人试以诗赋……于是御史吴申言言：'试馆职者，请策以经史及世务，毋用辞赋。'遂诏：自今试馆职，专用策论。"《续资治通鉴》卷六五亦载此事："御史吴申言：'窃见先召十人试馆职，……所试止于诗赋，非经国治民之急。欲乞兼用两制荐举，仍罢诗赋，试策三道，问经史、时务。每道问十事，以通否定高下去留。其先召试人，亦乞用新法考试。明诏两制，详定以闻。'其后翰林学士承旨王珪等，言宜罢诗赋，如申言，于是诏：自今馆职试论一首、策一道。"可见神宗即位之初，已有以策论代替诗赋作为馆职考试内容的举措，但是元丰之前是否持续严格执行这一制度，未见文献记载。
② 《宋史》卷一五六《选举志二》。

科是不试策论的。

以上试京官及草泽贤士、试馆职与制科考试重视诗赋的状况，都从侧面反映出诗赋在宋初极受重视的事实。究其原因，一方面是晚唐、五代文风在宋初依旧延续，另一方面，帝王好尚对文学风气也有不可忽视的影响。北宋初期几位帝王皆追慕风雅、留意艺文，经常与臣下赋诗赓和：

> 太宗留意艺文，好篇咏。淳化中，春日苑中有赏花钓鱼小宴，宰相至三馆毕预坐。咸命赋诗，"中"字为韵，上览，以第优劣。时姚铉诗先成……赐白金百两，时辈荣之，以比夺袍赐花等故事。（阮阅《诗话总龟》卷四"称赏门"）

> 真宗听政之暇，唯务观书。每观毕一书，即有篇咏，使近臣赓和。……可谓近世好文之主也。（江少虞《宋朝事实类苑》卷三引《青箱杂记》）

> 章圣朝，春月多召两府、两制、三馆于后苑赏花、钓鱼、赋诗。自元昊背叛，西陲用兵，废缺甚久。嘉祐末，仁宗修故事，韩魏公和御制诗，卒章云："曾参二十年前会，今备台司得再陪。"（《宋诗纪事》卷一引《闲居诗话》）

帝王与馆臣的这些文学活动既是时代文风的反映，又因其特殊身份，对时代文风起着潜移默化的指导作用。更为重要的是，这种占据主流地位的文风极易纳入科场评判体系，其影响力会在仕宦、利禄杠杆的作用下被无限放大。西昆体在宋初的流行，与这种诗风对科场的渗透不无关系。欧阳修早年曾从邻居破书筐中找到《韩愈文集》六卷，因为"是时天下学者杨（亿）、刘（筠）之作，号为时文，能者取科第、擅名声,以夸荣当世,未尝有道韩文者。余亦方举进士,以礼部诗赋为事"①,虽然欣赏韩文,亦弃而不读。欧阳修于仁宗天圣九年(1031)中进士,时年24岁;他为应试刻苦习作诗赋之时,正是西昆体的鼎盛时期,亦是科举考试中诗赋独尊的时代。而西昆体讲究雕润密丽、工稳妥贴的技法与风格,亦是其得以盛行科场的重要因素。清人梁章钜认为西昆"体格于试律最宜",他从试帖诗写法角度阐释西昆体的一段话,颇具启发作用:

> 宋初西昆体以杨文公亿为领袖,其体格于试律最宜,今人填满五、七字之法,即托始于此。如《秋夜对月》起两联云:"孤云飞陇首,颢气满商中。警鹤仙盘外,圆蟾玉殿东。"首联秋夜,次联对月,格律极分明。后两联云:"露馆迷秦甸,冰台接魏宫。绕枝惊暗鹊,促杼辨阴虫。"组织又极工丽。此等诗无甚深意远情,而足以医空疏甜俗之病,非益智稷,乃馈贫粮耳。……今《西昆酬唱集》中篇篇可读,录此以当举隅也。②

严于格律可成就雍容,讲究用典可医空疏之病,此类诗极易行于科场。反观西昆体衰歇的原因,除了题材范围的狭窄以及自创精神的缺乏之外,北宋中期之后考试内容由诗赋向策论的倾斜,可能亦是重要原因之一。

宋初科场重诗赋,与这一时期的政治环境亦不无关系。自北宋立国至仁宗初期,虽有来自辽与西夏的军事威胁,但总体国力仍处于上升阶段,内部矛盾还较少暴露出来。附庸风雅、点缀升平,亦是盛世的需

---

① [宋]欧阳修:《记旧本韩文后》,《欧阳修全集》卷七三,北京:中华书局2001年,第1056页。
② [清]梁章钜:《试律丛话》卷七,上海:上海书店出版社2001年,第621页。

要。加之经学的力量尚未彰显,纵有对科举考试内容提出异议的声音,亦表现为重文学的诗赋与重吏材的策论之争,而不是贯穿北宋中后期的诗赋与经义之争。

策论对诗赋独尊地位形成挑战,在真宗朝开始有所表现,如前所述,真宗曾于天禧元年(1017)九月"降诏,进士兼取策论",仁宗朝发生过几次交锋,至神宗时,策论取得决定性胜利,期间发生过下列几宗标志性事件:

1. 仁宗景祐四年(1037)制举加试策论。此事实因富弼一人而起。富弼时为将作监丞,因献文得到仁宗赏识,命其参加馆职考试。馆职考试以诗赋为主要内容,"弼以不能为诗赋,辞",因此仁宗特地给学士院下诏,"自今制策登科人并试策、论各一道"①。这本是对富弼的一次格外优待,但从北宋科举史来看,称得上是策论对诗赋第一回合的胜利;而富弼进入决策层后,在庆历新政中积极参与科举改革,进一步提升了策论在考试中的地位。

2. 仁宗宝元(1038~1040)年间李淑关于调整考试科目顺序的建议。《宋史》卷一五五"选举志一"曰:

> 宝元中,李淑侍经筵,上访以进士诗、赋、策、论先后,俾以故事对。淑对曰:"……愿约旧制,先策,次论,次赋及诗,次帖经、墨义。而敕有司并试四场,通较工拙,毋以一场得失为去留。"诏有司议,稍施行焉。

《宋史》卷二九一《李淑传》:"淑警慧过人,博习诸书,详练朝廷典故,凡有沿革,帝多谘访。"宝元中期,李淑为端明殿学士,建议仁宗

---

① 《续资治通鉴》卷四十,清嘉庆六年(1801)递刻本,第28页。

调整进士科目顺序，综合考虑各科成绩。仁宗采纳他的意见，决定下诏实施。自宝元元年至庆历新政，开科取士的年份唯有庆历二年（1042）①。考虑范仲淹庆历新政中对考试顺序的改革，可能李淑的建议在庆历新政前并未来得及付诸实施。

3. 庆历新政中对科举的改革。庆历三年（1043年）八月，范仲淹受任为参知政事，上《答手诏条陈十事》，其三为"精贡举"，建议修改地方"发解试"的办法，先考查士人的操行履历，再考试才学。省试分为三场，"先策，次论，次诗赋，通考为去取，而罢帖经、墨义"②。这是北宋建国以来第一次对科举内容进行明确改革，改变了过去先诗赋、后策论的顺序。"四年，宋祁等定《贡举新制》……进士先试策三道，次试论，次试诗赋。先考策论，定去留，然后与诗赋通定高下。"③ 按照《贡举新制》的规定，策论将成为对大批举子进行首轮筛选的依据，诗赋成绩用于确定名次，实际只是整个考试中的参考分数了。次序调整及成绩意义的根本改变，突出了策论的重要地位。不仅如此，新政对诗赋本身的弊病亦有所触及，《续资治通鉴》卷四六说：

> 又以旧制用词赋，声病偶切，立为考式，一字违忤，已在黜落。使博识之士，临文拘忌，俯就规检，美文善意，郁而不申。如白居易《性习相近远赋》、独孤绶《放驯象赋》，皆当时试于礼部，对偶之外，自有意义可观。宜许仿唐体，使驰骋于其间。

宋承唐制，科举用律赋，有限韵、点题、对偶、限字等诸多极为严苛的要求。范仲淹未从根本上废除律赋，但是破除声病偶切、字数联数方面

---

① 按：宝元元年（1038）亦是科举之年，不过李淑的建议不太可能在当年实施。
② 《续资治通鉴》卷四六，第16页。
③ 《续资治通鉴》卷五十，第2页。

的诸多拘忌，提出"唐体"概念①，并以白居易《性习相近远赋》、独孤绶《放训象赋》为样板。《性习相近远赋》以散文笔法作骈文，不拘于唐代律赋常格，宋人律赋后来确实多学此种写法。

庆历新政如昙花一现，关于科举的改革措施遂成一纸空文。《续资治通鉴》卷四七曰：

> 范仲淹既去，执政以新定科举入学预试为不便，且言诗赋声病易考，而策论汗漫难知。祖宗以来，莫之有改，得人常多。帝下其议，有司请如旧法。乃诏曰："科举旧条皆先朝所定，宜一切如故。前所更令，宜罢之。"

这一时期关于诗赋与策论何者更适合作为科举首场的争论，较少掺杂道德与经学内容，更多集中在文体与技术操作层面："举人每至尚书省，不下五七千人，及临轩覆较，止及数百人。盖诗赋以声病杂犯，易为去留；若专取策论，必难升黜。"② 一直认为"自文章言之，策论为有用，诗赋为无益"③ 的苏轼也认为，科举考试以经义策论来选拔人才，"无规矩准绳，故学之易成；无声病对偶，故考之难精。以易学之文，付难考之吏，其弊有甚于诗赋者矣"④ 也就是说，由于诗赋的考核标准非常客观，机械操作的可能性大，方便大量淘汰举子，而且不容易产生争议；策论主观性强，考官必须有较高的见识水平，才能对其做出高下判断，以之作为黜陟手段，是很有大局限性的。

---

① 《续资治通鉴》卷五十："又旧制以词赋声病偶切之类，立为考试；今特许仿唐人赋体，及赋不限联数，不限字数。"
② 《续资治通鉴》卷五十，第 2 页。
③ 《宋史》第一五五《选举志一》，第 3617 页。
④ ［宋］苏轼：《议学校贡举状》，《苏轼文集》卷二五，北京：中华书局 1986 年，第 724 页。

不管怎样，在北宋初期到中期的历史进程中，诗赋取士受到越来越多的非议，独尊地位已岌岌可危，策论几度有取而代之之势。其实这不仅是科举考试内容本身是否合理的问题，而且是与宋代文风的形成与发展相表里。策论与诗赋的交锋在仁宗初年最为激烈，而这一时期，正是宋代文风自觉革除五代余绪、初具面目之时。一度中断的韩、柳古文传统出现复兴之势，欧阳修更是凭借文坛盟主的号召力以及知贡举的影响力，大力倡导言之有物、文从字顺的文风。"昔祖宗朝崇尚词律，而诗赋之士，曲尽其巧；自嘉祐以来，以古文为贵，则策论盛行于世，而诗赋几至于熄。"① 这种文学发展的大趋势，势必对科场文体造成冲击，抬高了策论在考试中的地位。

（本节以《北宋熙宁变法前诗赋取士制度的沿革》为题，发表于《唐山师范学院学报》2006 年第 1 期）

二、北宋中晚期的诗赋、经义之争

庆历新政中"先策论后诗赋""策论定去留、诗赋定高下"的更革，一度使策论压倒诗赋占了上风，却终被反对派以"诗赋便于操作"为理由加以否决。二十余年后，王安石在对北宋政治制度的全面变革中，终于把庆历诸人的改革初衷变成了现实。这次，将诗赋成功逐出科场的，不是此前诸人所主张的以时务为主的策论，而是在思想上占据"正统"优势的经义。此后几十年间，围绕新法的斗争由政见之争演变为学派之争，并进而蜕变为党派之争；诗赋亦搅在斗争漩涡中，时而被抛上浪尖，时而被摔入低谷。

（一）熙宁变法中经义对诗赋的决定性胜利

早在熙宁变法前十年，亦即宋仁宗嘉祐四年（1059），王安石就曾

---

① ［宋］苏轼：《拟进士对御试策》，《苏轼全集》卷九，第 301 页。

经在著名的《上仁宗皇帝万言书》中猛烈抨击科举以诗赋、帖经、墨义为考试内容，斥之为"雕虫篆刻""记诵"之学。他曾作《试院中五绝》，其一曰："少年操笔坐中庭，子墨文章颇自轻。圣世选才终用赋，白头来此试诸生。"后作详定官，复有诗云："童子常夸作赋工，暮年羞悔有杨雄。当年赐帛倡优等，今日论才将相中。细甚客卿因笔墨，卑于尔雅注鱼虫。汉家故事真当改，新咏知君胜弱翁。"熙宁年间，他沿着庆历新政的轨迹，对科举制度进行改革，"罢诗赋，专以经义取士，盖平日之志也"①。这一改革具体包括以下步骤：

第一步，确定儒家经典在考试内容中的正统地位。熙宁四年（1071），废帖经、墨义，并"去声病对偶之文，使学者专意经义"②，"士各占治《易》《诗》《书》《周礼》《礼记》一经，兼《论语》《孟子》"③，这是科举考试正式罢诗赋而以经义代之。实际上，帖经、墨义很长时间以来只是具文而已，并未真正用于科场④，改革的真正内容只是以经义取代诗赋。

第二步，框定经义内容。在罢诗赋、帖经、墨义，以经义试士的同

---

① [宋]葛立方：《韵语阳秋》卷五，上海：上海古籍出版社1984年影印上海图书馆藏宋刻本，第3a~3b页。
② 《宋史》卷一五五《选举志一》，其资料来源为王安石《乞改科举条例札子》。
③ 《宋史》卷一五五《选举志一》，第3618页。
④ [宋]司马光《贡院定夺科场不用诗赋状》："所有进士帖经、墨义一场，从来不曾考校，显是虚设。"（司马光：《温国文正司马公文集》卷二八，四部丛刊初集）他还在日记中详细记录了熙宁二年（1069）国子监、开封府、锁厅试题目：卷一第18条：（熙宁二年八月）"丁巳，国子监试《君子易事而难说赋》《观宝苴群贤诗》，开封试《知人则百僚任职赋》《献纳云台表诗》，锁厅试《以一知万赋》《帝律登年诗》。"卷一第19条：（八月）"戊午，国子监试《圣人能内外无患论》，开封试《教思无穷论》，锁厅试《贡无敢折狱论》。"卷一第23条：（八月辛酉）"开封试《节以制度不伤财赋》《贡贤给宿卫诗》。"卷一第25条：（八月壬戌）"开封试《礼乐之情者能作论》。"（李裕民：《司马光日记校注》，北京：中国社会科学出版社1994年）

时，为了统一论策阐释经义的标准，王安石让"中书撰《大义式》颁行"。《大义式》为一篇短文，限定在500字以内，以通经并有文采为合格。在《大义式》最初颁行的几年，"谈经者人人殊"的状况仍然存在，学官试文中亦间或存在因"文胜而违经旨"的现象。为了使学者归一，神宗于熙宁八年（1074）"颁王安石《诗》《书》《周礼》义于学官，谓之《三经新义》"①。这是王安石与其儿子、门人撰写的对《诗经》《尚书》《周礼》经旨大义进行注疏阐释的合订本，颁于学官后，成为经义考试的主要内容和评判标准。"天下士非从《三经》者，不预选举之列"②，"凡士子应书者，自一语以上，非《新义》不得用"③，只能在《新经》范围内发挥。

第三步，确定士子考试经义的答卷标准。王安石特别撰写了一些经学小论文，作为士子考试经义、论策的答卷模式，也作为考官评判试卷优劣的标准。这种经学小论文被称为"经义式"。王安石亲手撰写的"经义式"在《古今图书集成·文学典》中尚保存六篇，即《里仁为美》《浴乎沂》《五十以学易》《参也鲁》《非礼之礼，非义之义，大人弗为》《可以与，可以不与，与伤惠；可以死，可以不死，死伤勇》。这种"经义式"一经出现，遂逐渐成为科场上的一种新文体。从严格意义上说，王安石所写"经义式"仍属于散文式的阐明经义的议论体，还不至于僵化而束缚士子的思想，但这正是明清两代八股文之滥觞。

第四步，将取才与养才一并于学校。这是王安石改革触及科举制本身之处，根本目的是为了实现其"一道德"的理想。他说服神宗改革科举法的理由是："今人才乏少，且其学术不一，异论纷然，不能一道

---

① ［元］马端临：《文献通考》卷三一《选举四》，第294页中。
② ［宋］吕祖谦：《历代制度详说》卷一"科目·详说"，清抄本。
③ ［宋］朱熹：《三朝名臣言行录》卷八之一"吕公著"，朱杰人等主编《朱子全书》第12册，上海古籍出版社、安徽教育出版社2002年，第633页。

德故也。一道德则修学校，欲修学校，则贡举法不可不变。"他认为，改革贡举法之后方可建学校，实施统一教学，最后达到使士子"讲求天下正理"的目标。宋初，以国子监为国学，国子生皆为在京七品以上朝官的子孙，并有名额限制；真宗景德年间，"许文武升朝官嫡亲附国学取解，而远乡久寓京师，其文艺可称，有本乡命官保任，监官验之，亦听附学充贡"，国子监成为获得省试资格的便利途径；至仁宗朝，每届科举之期，学生常常多达上千人，不过学校制度并不严格，考试之后，"生徒散归，讲官倚席，但为游寓之所，殊无肄习之法"。庆历新政期间，范仲淹、宋祁等人亦主张复古劝学，并一度"诏州县立学，士须在学三百日，乃听预秋试"，强制士子完成在学时限，不久即恢复原状。熙宁变法使学校建制体系化，"自京师至郡县，既皆有学"；学校管理制度严密化，"岁、时、月各有试，程其艺能，以差次升舍"；最为重要的是，将学校直接提升为取士之途，"其最优者为上舍，免发解及礼部试，而特赐之第，遂专以此取士"。王安石追慕古制，欲以革新实现复古，以学校取代科举："古之取士，皆本学校，道德一于上，习俗成于下，其人才皆足以有为于世。今欲追复古制，则患于无渐。宜先除去声病偶对之文，使学者得专意经术，以俟朝廷兴建学校，然后讲求三代所以教育选举之法，施于天下，则庶几可以复古矣。"①

  王安石对科举制度的改革，在当时和后世都招致纷纷议论。对于以经义代诗赋，本来是有众多拥护者的，尤以道德家们构成最为强大的支持力量，即使王安石的主要政敌司马光也赞成取消诗赋，以经义试士，最终使学校成为选拔人才的重要途径：

    本学校以教之，然后可以求其行；先策论，则辨理者得尽其

---

① 《宋史》卷一五五《选举志一》，第3618页。

说；简程序，则闳博者颇见其才。……近世取人，专用诗赋，其为弊法，有识共知。今来吕公著欲乞科场更不用诗赋，委得允当。①

司马光不满王安石之处，在于他"以一家私学，令天下学官讲解"②。王安石以《三经义》为考试内容和取舍标准，确实是其最易受人攻击之处。南宋时朱熹私议科举当罢诗赋，谈及熙宁罢试诗赋之举，仍曰："熙宁罢之，而议者不以为是者，非罢诗赋之不善，乃专主王氏经义之不善也。"③ 司马光、朱熹等人从道德家立场出发，只是反对王安石借助官方力量公然推行个人学术；而从现实操作角度来看，"科举自罢诗赋以后，士趋时好，专以《三经义》为捷径，非徒不观史，而于所习经外，他经及诸子无复有读之者，故于古今人物及时世治乱兴衰之迹，亦漫不省"，考生试卷中居然出现"古有董仲舒，不知何代人"的笑话。④ 这不仅反映出以《三经义》作为考试内容所造成的士子知识面的日趋狭窄，更反映出王安石所追求的以考试经义提高士子道德修养与士子汲汲仕进、急功近利之间颇具讽刺意味的矛盾。刘挚在元祐年间所上《论取士并乞复贤良科疏》中曾经清醒地谈到这个问题："夫劝士以经，可谓知本。然古人治经，无慕乎外，故其所自得者，内足以美己，而外足以为政；今之治经，以应科举，则与古异矣。"⑤ 王安石欲以道德为选才的最终标准，只能将读经、考试、做官结合在一起。以科举入仕为

---

① [宋] 司马光：《贡院定夺科场不用诗赋状》，《温国文正司马公文集》卷二八，四部丛刊初集。
② 《宋史》卷一五五《选举志一》，第 3620 页。
③ [宋] 朱熹：《朱子学校贡举私议》，《（程氏）读书分年日程》，清同治七年湖北崇文书局，第 43 页 b。
④ [宋] 朱弁：《曲洧旧闻》卷三"举人不知董仲舒"，北京：中华书局 2002 年，第 116 页。
⑤ [宋] 刘挚：《忠肃集》卷四，武英殿聚珍版，第 18 页 b。

导向的读经，没有学术与思想的关怀，只有现实目标的实现，这是以入仕作为弘扬道德本身无法消除的矛盾。站在自由学术的立场，梁启超甚至将王安石此举比作汉武帝的"罢黜百家"，认为这是其政治措施中最为拙劣的部分：

> 考荆公平日议论，多以"一学术"为正人心之本……此实荆公政术之最陋者也。盖欲社会之进行，在先保其思想之自由。故今世言政治者，无一不以整齐划一为贵，而独于学术则反是，任其并起齐茁，而信仰各从乎人之所好，则理以辨而愈明，人心之灵，浚之而不竭矣。强束而归于一，则是弊之也。自汉武帝罢黜百家，而中国学术史上光耀顿减。以荆公之贤，而犹蹈斯故智，悲夫！①

归根到底，自由学术与科举制度是存在本质矛盾的，道德理想与埋藏着追求功名危险的科举制度，也是存在本质矛盾的。王安石不能解决这个问题，在科举制度下，任何类似的这种努力都是不可能有效果的。

（二）北宋末年党争中诗赋取士的状况：哲、徽、钦三朝（1086~1127年）

熙宁变法引发了北宋后期激烈持久的党派之争，诗赋取士亦在党争中时复时废。

哲宗初年，旧党执政，改更先朝之政，科举制度亦在其中。朝臣在关于是否恢复诗赋考试的讨论中，左仆射司马光从德行角度主张不复："取士之道，当先德行，后文学；就文学言之，经术又当先于词采。神宗专用经义、论策取士，此乃复先王令典，百王不易之法。"② 侍御史

---

① ［清］梁启超：《王安石》，海口：海南国际新闻出版中心1994年，第123~124页。
② 《宋史》卷一五五《选举志一》，第3620页。

71

刘挚则是恢复诗赋考试最积极的支持者，他在《论取士并乞复贤良科疏》中陈述理由，多从操作角度立言，大致分为三个方面：

首先，从阅卷角度而言，经义"无所统纪，无所隐括"，诗赋则"有声律法度"，标准易于把握：

> 以阴阳性命为之说，以泛滥荒诞为之辞，专诵熙宁所颁《新经》《字说》，而佐以庄、列、佛氏之书、不可诘之论，争相夸高场屋之间。虽群辈百千，而混用一律。主司临之，珉玉朱紫，困于眩惑。其中虽有真知圣人本指、该通先儒旧说，苟不合于所谓《新经》《字说》之学者，一切皆在所弃之列而已。至于蹈袭他人，剽窃旧作，主司猝然，亦莫可辨。盖其无所统纪，无所隐括。非若诗赋之有声律法度，其是非工拙，一披卷而尽得之也。

庆历新政时，反对范仲淹以策论代诗赋者，亦是以"诗赋声病易考，而策论汗漫难知"为说辞①。这种以"声律法度"为理由替试诗赋进行的辩护，遭到道德家的鄙视，朱熹即认为刘挚此说"不过以考校之难而为言耳，是其识之卑，而说之陋，岂足与议先王教学官人之本意哉？"② 对人才的理想化要求与科举作为选才手段的有效性之间的矛盾，刘挚比司马光、朱熹等人在认识上似乎更显消极，从现实角度来说，却也更为清醒。

其次，从命题的技术角度而言，诗赋题目不易重复，经义却很难满足这一要求：

---

① 《续资治通鉴》卷四七，第21页。
② ［宋］朱熹：《朱子学校贡举私议》，《（程氏）读书分年日程》，清同治七年湖北崇文书局，第44页a。

> 诗赋命题杂出于六经、诸子、历代史记，故重复者寡；经义之题出于所治一经，一经之中可为题者，举子皆能类集，裒括其类，豫为义说，左右逢之，才十余年。数榜之间，所在命题，往往相犯。然则文章之体、贡举之法，于此其敝极矣。

科举指挥棒所向，直接引起士子基本阅读范围的变化。宋代诗赋命题范围很广，迫使士子博览群书以知其出处；经义因为内容所限，命题极易重复，举子可以方便地进行裒括与拟作，故而"熙宁以前，以诗赋取士，学者无不先遍读《五经》……自改经术，人之教学者，往往便以一经授之，他经纵读，亦不能精，其教之者亦未必皆读《五经》，故虽经书正文，亦率多遗误"①。

再次，以诗赋与经义作为选拔人才的手段，并无本质上的高下之分，其实质都是"取人以言"，差别仅在于"有司考言之法"的难易程度：

> 诗赋之与经义，要之其实，皆曰"取人以言"而已也。人之贤与不肖、正之与邪，终不在诗赋、经义之异。取于诗赋，不害其为贤；取于经义，不害其为邪。自唐以来至于今日，名臣钜人致君安人、功业轩天地者磊落相望，不可一二数，而皆出于诗赋，则诗赋亦何负于天下？或取一诗赋，或取一经义，无异道也。但有司考言之法有难有易。有难易故有利害，有利害，故去取或失其实，而所系者大矣。然则法不可以不改也。②

---

① ［宋］叶梦得：《石林燕语》卷八，北京：中华书局1984年，第115页。
② ［宋］刘挚：《论取士并乞复贤良科疏》，《忠肃集》卷四，武英殿聚珍版，第18a～21页a。

事实上,"取人以言",最能切中科举制度本质上的弊病。即使是考试经义,士子的道德也是很难反映出来的。对经学内容的掌握与本人的道德水准,是不存在正比关系的。抛开道德立场、单纯从科举的可操作性出发来设定考试内容,是科举体系内的无奈之举。苏轼在熙宁年间反对王安石以经义代诗赋,对神宗亦曾有过类似说法,且更为尖锐锋利,一针见血:

> 自文章言之,则策论为有用,诗赋为无益;自政事言之,则诗赋、论策均为无用。然自祖宗以来莫之废者,以为设法取士,不过如此也。近世文章华丽,无如杨亿,使亿尚在,则忠清鲠亮之士也;通经学古,无如孙复、石介,使复、介尚在,则迂阔诞谩之士也。矧自唐至今,以诗赋为名臣者,不可胜数,何负于天下,而必欲废之?

持此论者能够站在科举体系内部现实地看问题,而非站在道德立场上空想。他们承认诗赋考试没有现实意义,同时怀疑经义考试的现实意义,因为归根结底,考试不过是一种文学练习而已。不从根本上改变科举"取人以言"的方式,却试图通过改革考试内容来实现道德水准的提升,这是超出科举这一选才工具的有效范围的。

诗赋、经义之争,论者各执一词,平衡道德追求与实际操作两方面的考虑,"去经术而复诗赋,近乎弃本而趋末;并为一科,则几于取人而求备",最后采取折中的办法,分立经义、诗赋两科,使天下之士,"性各尽其方,技各尽其能,器各致其用"[①],这是在哲宗元祐四年(1089)。

---

① [宋] 秦观:《议论下》,《秦观集编年校注》卷一七,北京:人民文学出版社 2001 年,第 381 页。

《宋史·选举志》记载了分科后诗赋、经义进士的具体考试内容、成绩核算办法以及名额分配情况：

> 凡诗赋进士，于《易》《诗》《书》《周礼》《礼记》《春秋左传》内听习一经。初试本经义二道，《语》《孟》义各一道；次试赋及律诗各一首；次论一首，末试子、史、时务策二道。凡专经进士，须习两经……初试本经义三道，《论语》义一道；次试本经义三道，《孟子》义一道；次论策，如诗赋科。并以四场通定高下，而取解额中分之，各占其半。专经者用经义定取舍，兼诗赋者以诗赋为去留，其名次高下，则于策论参之。

按照最初设想，诗赋、经义平分秋色，各占50%的名额；不过事态发展超出立法者的估计，"自复诗赋，上多向习，而专经者十无二三"，"太学生员总二千一百余人，而不兼诗赋者才八十二人"，"诸路奏以分额各取非均，其后遂通定去留，经义毋过通额三分之一"①。

元祐六年（1091）为开科取士之年，因为熙宁之后诗赋久废，故太常博士孙谔等人于元祐五年勘会考校举人诗赋、策论格式，修订内容增入《贡举敕》，附于《礼部韵略》颁行。此次考校工作影响深远，成为南宋诗赋取士相关制度的基础。孙谔等人所做主要工作，详细载于《附释文互注礼部韵略》附《韵略条式》所载南宋绍兴四年（1134）三月十八日敕文中：

> 伏睹朝廷近颁《贡举法》，经义之外添诗赋一场。窃惟《贡举条制》诗赋格式该载，或有未尽者。今举人初习声律，动多疑虑；

---

① 《宋史》卷一五五《选举志一》，第3621页。

加以经传音释与《礼部韵》间有不同，及自来传袭，又多讹谬。虽主司考校，亦无定论，临时率以私意去取……往往收平凡而退优异。……谨采摭经传及《广韵》《礼部韵》校对得字，及诗赋式，各具解释画一。①

孙谔等人对《礼部韵略》的校对工作主要涉及以下几个方面：

1. 对同音字的处理，即"一字同义而有两音者"；
2. 对混用字的处理，即"一字义不同，而经传多误用者"；
3. 对失收字的处理，即"经传正文内字，举人所常用，而见行《礼部韵》有不收者"；
4. 对疑为庙讳字的处理，即"自来传袭，以为合当回避，而实与庙讳不同音，不当回避者"；
5. 对旧讳的处理，即"旧颁庙讳，外无明文，而私辄回避者"；
6. 对诗赋若干格式的处理，即"祖宗朝合格诗赋，有下项格式（如赋初入韵用邻韵及声相近而非邻韵者；赋有用字平仄不同而近世不敢用者；诗以题中平声字为韵，题中有两字同韵而并押者），仍然判定为合格"。

至元祐八年（1093），"中书请御试复用祖宗法，试诗赋、论、策三题"，三月下诏，"来年御试，习诗赋人复试三题"。不过这种方法仅在元祐九年三月所行御试中使用一次。元祐八年九月，太皇太后崩，哲宗亲政，因不满于高太后垂帘听政期间自己形同傀儡、执政的旧党大臣无视其个人意志的局面，接受新党"绍述"之说，决心全面恢复其父神宗的新政。次年四月改元绍圣，起用新党，贬斥旧党，全面绍述熙宁

---

① ［宋］佚名：《附释文互注礼部韵略》，四部丛刊续编，商务印书馆，1934年。

新法,"以诗赋为元祐学术"①,五月,遂"罢进士习试诗赋,令专二经"②。

元符三年(1100),哲宗崩,无子,神宗十一子赵佶以皇弟身份入继大统,续行绍圣之制。崇宁(1102~1106)年间,焚《元祐法》、立《元祐奸党碑》;全面推行"三舍法",崇宁三年十一月,"诏取士并繇学校,罢发解及省试法"③,王安石以学校代科举的理想,至此得到全面实施。熙宁、元祐、绍圣时期新、旧两党的政见之争,蜕变为意气倾轧、人身攻击,最终导致"习诗赋者杖一百"这样严厉至极、荒唐可笑的《政和令》的出台。叶梦得《避暑录话》卷下:

> 政和间,大臣有不能诗者,因建言诗为元祐学术,不可行。李彦章为御史,承望风旨,遂上章论陶渊明、李杜而下,皆贬之。因诋黄鲁直、张文潜、晁无咎、秦少游等,请为禁科。④

此诏一出,"畏谨者至不敢作诗。时张芸叟有诗云:'少年辛苦校虫鱼,晚岁雕虫耻壮夫。自是诸生犹习气,果然紫诏尽驱除。酒间李杜皆投笔,地下班扬亦引车。唯有少陵顽钝叟,静中吟拈白髭须。'"⑤ 自嘲之中,颇具讽刺意味。清人王士禛更痛斥建言定律者为"失其本心,无耻之尤者矣"⑥。

---

① [宋]葛立方:《韵语阳秋》卷五,上海:上海古籍出版社1984年影印上海图书馆藏宋刻本,第3a~3b页。
② 《宋史》卷一八《哲宗本纪二》,第340页。
③ 《宋史》卷一九《徽宗本纪一》,第370页。
④ 转引自《宋诗纪事》卷一,上海:上海古籍出版社1983年,第8页。
⑤ [宋]葛立方:《韵语阳秋》卷五,上海:上海古籍出版社1984年影印上海图书馆藏宋刻本,第3a~3b页。
⑥ [清]王士禛:《分甘余话》卷一"北宋末习诗赋者杖",北京:中华书局1989年,第10页。

禁令解除原因来自徽宗本人。"是岁冬，初雪，太上皇甚喜。吴门下居厚作诗三篇以献，谓之口号，上和赐之。自是圣作时出，旋不能禁，诗遂盛行于宣和（1119~1125）之末。"① 徽宗难禁作诗的诱惑，阿谀者乘机投其所好，禁令遂成一纸空文。然终徽宗之世，诗赋不用于科举。

钦宗即位后，曾于靖康元年（1126）四月下诏，"复以诗赋取士，禁用《庄》《老》及王安石《字说》"②。然国势堪危，金兵的铁蹄很快踏碎繁华汴梁梦，徽宗宣和六年（1124）甲辰科遂成为北宋最后一次科举考试，钦宗以诗赋取士的诏令并未来得及付诸实施。直到高宗建炎二年（1128）定诗赋、经义取士，在经历了绍兴年间的数度废兴离合之后，有宋一代进士科考试，终至稳定于诗赋、经义平分秋色的局面。

北宋进士科考试内容演变表

时间	第一场	第二场	第三场	第四场	备注
熙宁前	赋、诗各一首	论一道	策五道	帖经和墨义	
熙宁间	本经大义	兼经大义十道，后改《论》《孟》义各三道	论一道	策五道	熙宁五年下诏
元祐间	本经义二道《论语》义一道	赋、诗各一首	论一道	子、史时务策二道	诗赋进士
	本经义三道《论语》义一道	本经义三道《孟子》义一道	试论	试策	经义进士
绍圣间	同熙宁	同熙宁	同熙宁		

（本节以《北宋中晚期科举考试中的诗赋、经义之争》为题，发表于《辽宁大学学报（哲学社会科学版）》2008年第1期）

---

① ［宋］叶梦得：《避暑录话》卷下，转引自《宋诗纪事》卷一，上海：上海古籍出版社1983年，第8页。
② 《宋史》卷二三《钦宗本纪》，第427页。

第三节　清代：试帖诗最后的辉煌

　　崇祯十六年（1643）癸未科，是明代科举考试的终结；顺治三年（1646）丙戌科，拉开了清代科举考试的序幕。明末清初的鼎革巨变，似乎对久已成为定制的三年大比没有造成丝毫影响。这固然是清政府用以掩饰政治侵略、造成平稳过渡假象的政治手段，但是他们借以笼络汉族知识分子、熨平他们心灵上亡国创伤的手段是如此有效，与此前入主中原的蒙古形成鲜明对比。他们真正扣准了汉人的脉搏，定期参加科考，对汉族知识分子来说已经成为根深蒂固的习惯，科举考试俨然具有了一种超越政治之上的特殊力量。"亡天下"的耻辱，在"学而优则仕"的积习面前，被淡化了。

　　清沿明制，仍以八股时文取士，取四子书及《易》《书》《诗》《春秋》《礼记》五经命题，谓之制义。"首场试时文七篇，二场论、表各一篇，判五条，三场策五道。"[①] 清初百余年间，虽偶有改革考试内容的讨论与举措，制度上却始终没有大的变化。

　　重要变革发生在乾隆二十二年（1757），是年会试，罢去论、表、判，于第二场增五言八韵唐律一首。之后数年间，乡试、岁科试、拔贡试乃至童生试，俱增试律诗。乾隆四十七年（1782），更将律诗提到首场试艺之后，使其成为科举考试中堪与经学制衡的内容，一直沿用到光绪二十四年（1898）戊戌变法，其间计有67场会试以试帖诗作为内容之一。乾隆二十二年因之成为中国科举史上具有标志意义的年份。

　　在诗赋停考数百年后，清代作为少数民族建立的政权，是什么力量

[①]《清史稿》卷一〇八《选举志》，第3148页。

促使其复活诗赋取士制度的？并且为什么相对于其他朝代，能够推行得最为稳定持久、遭遇最小的波折与阻力？以乾隆二十二年为切入点，研究清初诗赋在各类考试中的运用情况，联系乾隆及其祖父康熙的教育背景、个人素质，可能有助于认识这一看似偶然，实则对中国文学、文化影响深远的历史事件。

一、乾隆二十二年：试律诗的回归

乾隆二十二年丁丑，是三年一次的会试之年。各省举子于年初陆续云集京城，准备参加三月份由礼部主持的考试。通过考试的幸运者可以从此步入仕途，为十几年甚至几十年的寒窗苦读画上圆满的句号；不过僧多粥少，绝大多数士子必将名落孙山，铩羽而归。数千士子紧张地等待着这一决定命运的时刻。更令他们忐忑不安的是，抵达京城之后，他们才得到通知：他们将在考场上面对有清一代近四十场礼闱考试中从未出现过的新题型——五言八韵试帖诗。

改革契机出现在乾隆二十一年年末。是年为乡试之年，秋闱过后，十一月辛丑（初八），乾隆诏谕："嗣后乡试第一场，止试以书文三篇；第二场，经文四篇；第三场，策五道。其论、表、判概行删省。"也就是说，此前乡试第一场的内容被拆分为两场，原来第二场论、表、判内容完全删省，第三场维持原状。己卯科（1759年）乡试中将首次采用调整后的新内容。改革的出发点包括以下三个方面。

首先，试题内容与答题时间更为相称。此前，"三场试艺，篇幅繁多。士子风檐寸晷中检点偶疏，辄干指摘，其以磨勘获咎者，转得有所藉口"。考试内容省减，可以使士子有更为充裕的时间认真答卷，如果出现疏漏，"不得复诿之于日力不给"。

其次，从考试效度而言，"论、表、判、策，不过雷同勦说"，连篇累牍，繁文虚饰；裁去论、表、判，"书艺经文，足觇素养；继之五策,更可考其抱负之浅深","去浮文而求实效","足称国家宾兴大典"。

最后,从阅卷的操作角度来看,此前因为工作量太大,主试者难以从容尽心详校;而且由于试卷内容严重雷同,"阅卷者亦止以书艺为重,即经文已不甚留意",也就是说,考试实际变成了书法比赛,难以选拔出具有真才实学之人。

基于同样原因的考虑,乾隆认为会试内容也应一体改革,而且因为参加会试者堪称社会精英,"既已名列贤书,且将拔其尤者,备明廷制作之选",对他们的要求理应比乡试举子更高,"第二场经文之外,加试表文一道","即以明春会试为始"。① 这是乾隆首次提及对中央级考试进行改革。这对将于数月之后参加会试的士子来说无疑是个好消息,因为他们无须再准备论、判的写作了。

不过乾隆很快改变了主意,转年正月庚申(二十八),他再次发出诏谕:"嗣后会试,第二场表文可易以五言八韵唐律一首。"之所以做出这样的调整,他提出如下四个理由。

1. 士子的身份与职责。参加会试的"士子名列贤书,将备明廷制作之选",将来要在朝廷中担任高级文职工作,"声韵对偶,自宜留心研究也"。

2. 表文不适合用于考试。一方面,表文"篇幅稍长,难以责之风檐寸晷";另一方面,表文题材不外乎时事谢贺,雷同单一,考官不易出题,举子易以夙构应付,或干脆抄录请别人预先作好的文章。

3. 以诗易表,可以降低考试难度。"夫诗虽易学而难工,然宋之司马光尚自谓不能四六,故有能赋诗而不能作表之人,断无表文华赡可

---

① 以上引文均出自《清高宗实录》卷五二六,台北:台湾华文书局1969年,第7631页。

观，而转不能成五字试帖者。"

4. 表长诗短，"司试事者得从容校阅，其工拙尤为易见"。

新制度就这样正式出台了。乾隆下令，这一改革"即以本年丁丑科会试为始。现在各省会试举子将已陆续抵京，该部即行晓谕知之"①。或踌躇满志，或忧心忡忡赴京会试的举子，将不得不紧急应对这一突然增加的考试内容，因为迄今为止，五言八韵诗退出科场已逾五百年了。

考虑到士子对五言八韵诗素无训练，"边方北省，声律未谐，骤押官韵，恐不能合有司程式"，乾隆在二月癸亥（初一）诏谕主考及分校各官："今科各就省分酌量节取，不必绳以一律；至下科会试时，则三年之功，自宜研熟，不妨严其去取矣。"②

三月丁酉（初六），乾隆在二次南巡途中驻跸扬州，正式任命礼部左侍郎徐以烜为会试知贡举，刑部尚书刘统勋为正考官，礼部左侍郎介福、右侍郎金德瑛为副主考官。旋因召刘统勋筹议河工之务，故命介福赍旨及御拟诗题，驰至京师宣旨，并担任正考官。是科五言八韵诗题目是《赋得循名责实》（得"田"字），出自《邓析子·无厚篇》："循名责实，君之事也。"诗题出处亦传达出乾隆改革乡、会试内容的强烈意图。

二、乾隆帝个人素质对诗歌成为考试内容的影响

在复以五言八韵诗用于科场的制度变革中，乾隆皇帝个人的素质与意志无疑起了决定性作用。这一举措，折射出他对科举考试的期待与批判，对中国文化、文学的追慕与认同。

乾隆在位六十年（1735～1795年），将大清帝国带到了康乾盛世的

---

① 以上引文均出自《清高宗实录》卷五三一，台北：台湾华文书局1969年，第7704～7705页。

② 《清高宗实录》卷五三二，第7713页。

繁荣顶峰。他"长期站在统治阶梯的最顶端,没有一个人曾经像他那样对18世纪的中国历史打下如此深刻的印迹"①。他的个人素质非常卓越,身为皇储期间,受到长期严格、系统的教育,每天的学习时间约在十小时以上,这在历代帝王中间是非常少见的。青年时代,他写作大量经说、史论、序跋、诗赋。雍正八年(1730),曾将所作辑成《乐善堂文钞》十四卷,至乾隆元年(1736),作品更多,正式刊刻为《乐善堂全集》四十卷,所收作品全部创作于即位之前。乾隆二十三年(1758),他对这个版本仍不满意,再次进行删削,成为《乐善堂全集定本》三十卷。他早年读书、创作之勤奋,单从卷帙上亦可略见一斑。

正规严格的皇室教育,使出身少数民族的乾隆成为儒雅渊博的一代帝王。他的才能、品质以及对儒家传统文化的了解,甚至远胜历史上大多数汉族血统的皇帝。他性格中最突出的一点是一生喜爱读诗、写诗,他是中国诗史上创作最宏富的多产诗人。他的《御制诗集》多达434卷,分为五集,收录在位期间创作的诗歌41800首,乾隆自言"五集篇成四万奇,自嫌点笔过多词"(《鉴始斋题句》);《乐善堂全集》中收录他即位前所作诗歌1034首,定本经过删削,只保留原诗数量的一半左右;《御制诗余集》收录退位后创作的诗歌750首。这三部诗集总括乾隆一生的诗歌创作,总计43584首。② 康熙年间所编《全唐诗》九百卷,收唐代三百年间两千多位诗人的作品,也只有48000首,乾隆个人的创作数量竟与之不相上下。昭梿《啸亭杂录》则称乾隆"万几之暇,惟以丹铅从事。《御制诗》五集,至十余万首,虽自古诗人词客,未有如是之多者"③。这数万首诗中固然有许多是乾隆兴之所至、率意涂抹、

---

① 戴逸:《乾隆帝及其时代》,北京:中国人民大学出版社1992年,第34页。
② 以上统计数字据孙丕任、卜维义所编《乾隆诗选·前言》,春风文艺出版社1987年。
③ [清]昭梿:《啸亭杂录》卷一,北京:中华书局1980年,第26页。

由大臣代改甚至代拟的，但是乾隆评价自己"平生结习最于诗""笑予结习未忘诗"，仍是由衷之言。帝王对诗歌的喜好，必然投射到他周围的文人身上，并进而对整个社会的文风造成影响。乾隆二十二年五言八韵诗成为科举考试的内容，亦可看作帝王借助权势推行个人爱好的一个极端的例子。

从另一方面讲，乾隆对科举"流弊渐滋"的现状是非常焦虑的，对于以八股文衡量士子才学的有效性是持怀疑态度的。他自己早年也学过八股文，但后来编文集时，命令把这些文章尽数删除。他似乎真诚地相信通过写作五言八韵诗，可以见得士子的真才学、真性情，可以在一定程度上改变科举选人不力的无奈局面。

三、乾隆二十二年之前各类考试中诗赋的踪影

乾隆二十二年之前，清政府实际已将诗赋频频用于庶常、拔贡、博学鸿词等各类考试，将诗歌正式纳入科举考试程序，也屡见议论，并曾一度计划实施。追溯百余年间这些史实，会发现乾隆二十二年加试五言八韵诗政策的出台，并非只是乾隆帝个人的一时意气，而是有其逻辑上的合理性。

顺治二年（1645）四月，以诗文与钱谦益、吴伟业并称"江左三大家"，降清后官居都给事中的龚鼎孳（1615～1673）上疏建言："故明旧制，考取举人，第一场时文七篇，二场论一篇、表一篇、判五条，三场策五道。今应如科臣请，减时文二篇，照故明洪武时例，用时文五篇，于论、表、判外增用诗，去策，改用奏疏。"这是入清以来试图将诗歌纳入考试体系的最早建议，与龚鼎孳在诗歌方面的兴趣与建树可能不无关系。他的建议未被采纳，"考试仍照旧例行"①。

---

① 《清世祖实录》卷一五，北京：中华书局1986年影印本，第135页上。

顺治十四年（1657），江南发生丁酉科场舞弊案，"物议沸腾，达于京师。皇上震怒，勅部严加覆试，以《春雨诗五十韵》命题，黜落举人三十余名，主考房官二十二人刑于市"①。次年春，"世祖亲覆试江南丁酉贡士，以古文诗赋拔武进吴珂鸣第一。……同时昆山叶方蔼试《瀛台赋》甚工，上深喜之"②。这是清代以诗赋用于科场覆试（江南乡试用诗，顺治亲试用赋）的最早纪录，透露出统治者对以诗赋为尺度衡量士子才能的信心。

清代前期以诗赋衡士最著名的是康熙十八年（1679）博学鸿词科考试。康熙十七年正月，"吏部奉上谕，特开制科，以天下才学官人文词卓越、才藻瑰丽，召试擢用，备顾问著作之选"③。这是为纂修《明史》网罗人才，亦是以不世之恩笼络素有威望的汉族知识分子，清初著名文人毛奇龄、朱彝尊、施闰章等皆于是科入选。十八年三月初一，康熙皇帝御体仁阁，临轩命题，首题为《璇玑玉衡赋》，要求写成骈赋；次题为《省耕诗》，要求写成五言排律二十韵。之所以用一赋一诗命题，毛奇龄在《制科杂录》中这样解释："先是二年间，上厌薄八比，已谕内三院九卿，于甲辰、丁未两科改换策论，着以经济时务取士。而廷臣狃于故习，皆言古学不可猝办，仍暂用八比，以俟除复。因

---

① 《清朝野史大观》卷三，上海：上海书店1981年据中华书局1936年版复印，第12页。
② ［清］李调元：《制义科琐记》卷四，四部丛刊初编据函海本影印，第123页引《池北偶谈》。王应奎《柳南随笔》卷一："陈绛跋先生……尝作《燕都赋》一篇，俾其子宿源、溯潢熟诵。丁酉科场之变，凡南北中式者悉御试瀛台，题即为《瀛台赋》。宿源亦于是科登贤书，在御试列。是时，每举人一名，命护军二员，持刀夹两旁，与试者悉惴惴其慄，几不能下笔。宿源即以《燕都赋》改窜成篇，顷刻而就。世祖览之称善，钦定第二名。"（中华书局1983年，第4页）
③ ［清］法式善：《槐厅载笔》卷十，台北：文海出版社1968年，近代中国史料丛刊第32辑，第376页引毛奇龄《制科杂录》。

特开是科，振厉其事。"① 康熙历来不满八股文章，认为"实于政事无涉"，但是积习难改，"惟于为国为民之策、论、表、判中出题考试"的主张遇到强大阻力②。此次朝野瞩目的博学鸿词试以诗赋为题，未尝不包含着康熙通过临轩策士形式推动科举考试内容改革的深层意图。

康熙帝常督促侍从左右的翰林学士重视诗文写作，他说："道学者，圣贤相传之理，读书人固当加意，然诗文亦不可废。或有务取道学之名，竟不留心于诗文者，此皆欺人耳。"③ 文献中亦常见康熙对翰林、庶吉士这些高层文职官员进行正式或日常诗赋考试的记载：

康熙二十四年（1685）乙丑春正月，御试翰詹于保和殿，擢徐乾学等十一人……试题《经史赋》《懋勤殿早春应制》五言排律诗。（[清]法式善：《槐厅载笔》卷九"掌故三"引吴鼎雯《翰詹源流》）

康熙甲戌（三十三年，1694）夏五月，召翰苑诸臣番上应制，计诗题十八、论一、赋一。（[清]陈康祺：《郎潜纪闻·初笔》卷十二）

（康熙五十二年十月）谕大学士等曰："朕阅庶吉士散馆试卷……习汉文者，诗文俱平常。一等卷略有可观，仍留衙门；其余十一卷总属不堪，将伊等俱革去庶吉士，于教习进士处照常学习。至一等第三卷曹鸣，诗甚牵强，将此易置末名。"（《清圣祖实录》卷二五七）

---

① [清]法式善：《槐厅载笔》卷十，第376页引毛奇龄《制科杂录》。按：甲辰为康熙三年，丁未为康熙六年，这两科会试中曾经停止使用八股文。
② 《清朝野史大观》卷三"停止八股禁令"，上海书店1981年据中华书局1936年版复印，第38页。
③ 《清圣祖实录》卷二五六，北京：中华书局1986年影印本，第537页下。

康熙帝的这些措施反映了他对诗歌的爱好，无疑也会促使近臣乃至整个社会对诗歌创作给予关注。

康熙五十三年（1714）十二月，复有科举更改题目之议，起因是康熙帝欲将性理题目加入乡、会试中，以便人人皆肯诵习他认为"语语造极"①的性理之书。次年正月，他又提出从五十六年丁酉乡试开始，以诗代替表、判，因为表、判皆是诸士子"平日读熟现成文字，进场之后一惟抄写，并不用做"。礼部议覆，决定"将头场七篇文字减去一篇，四书文二篇，经文二篇，性理文二篇"②。是年年底，康熙指示"性理题目有做不得文字者"，命有关人员"徐议具奏"③。五十五年十一月十二日，康熙御畅春园内澹宁居听政，再次问及科场更改题目之事，大学士萧永藻回奏"尚未议定"，康熙责备说："场期甚近，此时尚未议定，临期更改，远方僻处之人，一时何能预备？其学问优者，诸凡题目能做，安得尽人如是耶？"大学士王掞奏曰："出性理题目考取八股文字，似难。"康熙干脆做出决定："性理不可作时文，判语改诗犹可。"④康熙准备用以代替判语的诗歌形式是五言六韵长律⑤。之后礼部请示："御选性理及御制诗，士子尚未学习，作性理文及判改诗，俟五十九年举行。"⑥但是康熙坚持立即推行这一改革。

乡试加试诗歌的消息传出之后，士子自然紧急应对，韵书的编辑刊刻亦成一时风气。但是，可能仍是因为"士子尚未学习"的反对意见

---

① 《康熙起居注》，北京：中华书局1984年，第2137页。
② 《康熙起居注》，第2144页。
③ 《康熙起居注》，第2231页。
④ 《康熙起居注》，第2331页。
⑤ [清]谢有煇：《韵笺·序》："余素不能诗，故未熟于韵。岁丙申，功令以五言长律六韵，易闱中判语，因不免为獭祭鱼之举。比取坊间韵书，阅其注释，颇不能无疑。乃博求善本，参覈之，并荟萃为一编。"（谢有煇、陈培脉：《韵笺》，师俭阁刻本）
⑥ 《康熙起居注》，第2333页。

太过强烈，此次改革终于议而未行，康熙辞世之前的五十六年、五十九年乡试中，并未出现诗歌的踪影。

雍正朝进士选拔庶常的考试及庶吉士散馆考试，用诗、赋、时文、论四题，其中诗用五言排律八韵。"乾隆元年，尚书任兰枝、侍郎方苞奏请专试一赋一诗，后沿为例。"①

乾隆元年（1736），举行了继康熙十八年之后第二次，也是有清最后一次博学鸿词科考试。考试内容与康熙年间略有不同，于赋、诗之外，增试论、策，分两场进行，这是接受了御史吴元安的建议："荐举博学鸿词，原期得湛深经术、敦崇实学之儒，诗赋虽取兼长，经史尤为根柢。若徒骈缀俪偶，推敲声律，纵有文藻可观，终觉名实未称。"②

清代立朝百余年间，诗赋频繁出现于各类高层次考试之中，可见统治者对诗赋的重视。这些事件，可以说是乾隆二十二年五言八韵正式用于科举的先声。

四、加试唐律制度的逐步推行与完善

清代实行三级考试，形成一个环环相扣的严密体系。会试既已采用试帖诗，势必推广到其他各级考试之中。一系列的制度在乾隆二十二年之后陆续明确下来。

乡试。二十一年，乾隆曾经诏谕"嗣后乡试，第一场止试以书文三篇，第二场经文四篇，第三场策五道。其论、表、判概行删省"③，这一改革尚未付诸实施，受到会试加试五言八韵诗的鼓舞，二十二年四月，乡试内容再次修改，因为"将来各省士子甫登贤书，即应会试，

---

① ［清］商衍鎏：《清代科举考试述录》，北京：生活·读书·新知三联书店1958年，第130页。
② 《清史稿》卷一百九，第3177页。
③ 《清高宗实录》卷五二六，台北：台湾华文书局1969年，第7631页。

中式后例应朝考。若非预先于乡试时一体用诗，垂为定制，恐诸士子会试中士后，仍未能遽合程式。应自乾隆（二十四年）己卯科乡试为始，于第二场经文之外，加试五言八韵唐律一首"①。这是在御史袁芳松提议下通过的。袁芳松上疏，自然是为了表达臣下对乾隆诏谕会试加试五言八韵诗的附和。

岁、科试。岁、科试三年两试，是对已经通过童试、取得生员（秀才）资格者进行的考试，由学政主持。学政到任第一年岁试，根据考试成绩予以奖惩；第二年科试，通过科试才有资格参加乡试。岁试对生员来说非常重要，成绩列入第六等者会被黜革，所以有"秀才活到老考到老，秀才怕岁考"之说。乾隆二十三年议准："嗣后岁试，减去书艺一篇，用一书一经；科试减去经义一篇，用一书一策。不论春夏秋冬，俱增试律诗一首，酌定五言六韵。"相对于乡、会试，岁、科试对试帖诗的要求略有降低，同时考虑生员学识尚浅、书不易得等特点，在诗题范围、韵书备办等方面作出详细规定："学臣命题，遵照乡试题定之例，期于中正雅训，不得引用僻书私集。其应用韵本，令学政有为备办，临期给发，酌量足用，以使士子检阅。"最后还特别指出："如诗不佳者，岁试不准拔取优等，科试不准录送科举。"②试律诗的重要性在此受到极端强调。

童试。这是清代最基层的地方考试，俗称小考，分为县考、府考和由学政主持的院考。凡未进学而尚在应考生员之试者，无论年龄大小，自壮艾以至白首老翁，统称童生，都要参加考试，考试合格者取得生员资格，可以进入府、州、县学，免徭役、食廪膳。乾隆二十五年议准：

---

① 《大清会典事例》卷二十五"礼部门"乾隆二十二年条，台北：文海出版社1969年，近代中国史料丛刊三编第67辑。
② 《钦定学政全书》卷十四"考试题目"，台北：文海出版社1969年，近代中国史料丛刊第30辑，第280页。

"童生兼作五言六韵排律一首，教官于月课时亦一体限韵课诗。"这就从最基层的选拔与进一步深造两个方面作出规定。鉴于童生学力有限，允许政策执行上有一个通融期："自壬午科（乾隆二十七年）以前，考试童生，能作一书一经者，不拘诗之有无，皆听就文酌取；至乾隆二十八年以后，则以一书一经一诗，永为成例。如三者不能兼作，照宁缺勿滥之例办理。"① 至此为止，加试五言排律的改革得到了自上而下的贯通。若想通过正常科举途径进入仕途，士子需要经过以下若干回合的考试（有试帖诗者加▲，或有或无者加△）：

清代科举考试中试帖诗出现情况统计表

会试		首场：书文三	二场：经文四，诗一▲	三场：策五	
乡试		首场：书文三，性理论一	二场：经文二，诗一▲	三场：策问五	
生员	科考	书文一、策一、诗一、默经▲			
	岁考	书经文各一、诗一▲			
童生试	院试	正场：书文二、诗一▲	招覆：面试一小讲	大覆：书文一、诗一▲	
	府试	正场：书文二、诗一▲	招覆：书经文各一、偶有诗△	再覆：文一、赋一、诗一▲	四五场：文、诗、赋不定△
	县试	正场：书文二、诗一▲	招覆：书经文各一、偶有诗△	再覆：文一、赋一、诗一▲	四五场：文、诗、赋不定△

---

① 《钦定学政全书》卷十四"考试题目"，第282页。

在各级考试中增试排律的举措，在乾隆当时亦引起争议，遇到阻力。二十五年（1760），学政冯成修上有关考试事宜的奏摺，认为试帖诗"仅尚词华"，对写作技巧要求太高，主张"乡试及岁、科两试，皆免试诗帖"，受到乾隆的严厉斥责："前因科场表、判多涉雷同剿窃陋习，是以改试排律，使士子各出心裁。若以诗为'仅尚词华'，则前此表、判，独非骈体乎？试问表、判之词华，较排律之词华，孰难孰易？若如冯成修之议去诗，而将仍为表、判乎？否乎？将仍表、判盗袭之风为是乎？"乾隆认为，若论"词华"，并非排律独有的文体特点，表、判亦是如此；若论难易，表、判较排律有过之而无不及，因而其说"自相矛盾"。而且如果去诗，只能重试表、判，等于默许雷同盗袭之风，所以这个建议"必不可通"①。

试帖诗不但没有被取消，到乾隆四十七年（1782），"又议定：二场排律一首，移至头场试艺后；其性理论一道，移至二场经文后"②。乾隆于当年又下谕旨："若头场诗文既不中选，则二、三场虽经文、策论间有可取，亦不准复为呈荐。"③ 清代科举本来最重首场，诗歌是否合律，比文章水平高下更具客观性，更易考校，因而在制度推行过程中，试帖诗的重要性不断突显，士子们也由被迫到自觉地将很大一部分精力投入这种"命题为诗，思极于题而无能自骋"的试帖诗的写作之

---

① 章中和：《清代考试制度资料》，台北：文海出版社1969年，近代中国史料丛刊第23辑，第49页。
② 《（嘉庆修）大清会典事例》卷二十五"礼部门"乾隆四十七年，台北：文海出版社1969年，近代中国史料丛刊三编第67辑。
③ 《（嘉庆修）大清会典事例》卷三三一《礼部·贡举·命题规制》。按：与因试律诗不佳而驳落的情况相反，有本已落选却因试律诗得考官赏识而破例入选者，如梁章钜《试律丛话》所载："三叔父翠严公，讳上泰，登乾隆乙酉（按：疑为"己酉"之误。乙酉为乾隆三十年，试律尚在二场。己酉为乾隆五十四年，1789年）乡荐。首场卷已以额满置之，因谢金圃先生极赏其试律，以为通场之冠，得中五十名。"（梁章钜：《试律丛话》卷八，上海书店出版社2001年，第642页）

中。清人文集中留下的试帖诗数量最多,时人甚至自豪地认为,虽然汉、唐、宋、明在文学艺术方面各具千秋,有清一代却是堪称"试律观止"的①。

（本节以《清代科场加试试帖诗之始末及原因探析》为题,发表于《东方论坛》2005年第5期）

---

① ［清］王先谦:《〈国朝试律诗钞〉序》,《虚受堂文集》,《葵园四种》,长沙:岳麓书社1986年,第45页。

第二章

应试诗：诗为"过桥术"

第一节 应试诗辨名

科举考试所用诗歌基本是五言形式。唐代府试、省试都以六韵为主，偶用四韵或八韵；宋代采用五言六韵形式；清代乡、会试固定在五言八韵，童试则用五言六韵。漫长的历史时期中，对于这种科场专用诗歌体裁，曾有官方规定或者约定俗成的若干名称，亦有关于名称的种种争议，此处拟先对应试诗的主要称法进行一番梳理。

一、省试诗与省题诗

把唐代科场所用五言六韵诗称为"省试诗"，较早见于明代王世贞的《艺苑卮言》，该书卷四曰："人谓唐以诗取士，故诗独工，非也。凡省试诗，类鲜佳者。""省试"一词之由来，当是因为进士科考试由隶属尚书省的礼部主持，考试地点亦在尚书省之故。但是遍检《全唐文》，未见"省试诗"名称，可能唐代并无这种说法。按照唐代惯例，选编诗文集时，凡收录科场所作诗歌，皆在题中标明"省试"二字，如钱起《（省试）湘灵鼓瑟》。此外尚有"府试"（如李频《（府试）观

93

老人星》、郑谷《（京兆府试）残月如新月》）、"东都试"（如丁泽《（东都试）龟负图》）、"州试"（如《（宣州试）窗中列远岫》）、"监试"（如刘得仁《（监试）莲花峰》）等。这些标示意在强调诗歌特定的创作背景，而不是对诗体本身的强调。前面所引诸说，基本上也是以"省试诗"统称现今留存的唐代科场诗作。

对于科场所用诗体与平日吟咏性情诗歌之不同，唐人自有认识；士子们也会为准备应试而大量拟作，比如王棨《麟角集》就有《上德不德》《咏白》《咏清》《寒雨滴空阶》《文不加点》之类的拟作。但是时人不以"省试诗"呼之，可以推测唐人对应试拟作尚未从文体角度明确进行界定。乾隆四十六年（1781）四库馆臣为《麟角集》所作提要称"棨八代孙、宋著作郎蘋于馆阁得棨省试诗，录附于集，凡二十一篇"①，则是以"省试诗"指称王棨拟作，反映了清人心目中"科场诗歌自成一体"的观念，亦折射出在以诗歌用于科举的时代背景下，人们对科场诗歌的敏感。

与"省试诗"得名原因相似，宋、元文献常见"省题诗"之称，或用以特指唐代科场所作五言六韵诗，或用以泛指科场诗歌及平日拟作，已经可以理解为对这种特定诗体的称呼：

> 省题诗自成一家，非它诗比也。首韵拘于见题，则易于牵合；中联缚于法律，则易于骈对，非若游戏于烟云月露之形，可以纵横在我者也。王昌龄、钱起、孟浩然、李商隐辈皆有诗名，至于作省题诗，则疏矣。②

---

① 《四库全书总目》卷一五一"集部·别集类四"，北京：中国书店1965年，第1300页。
② [宋]葛立方：《韵语阳秋》卷三，上海：上海古籍出版社1984年影印上海图书馆藏宋刻本，第5页b。

葛立方（？～1164）生活于南渡之初，他使用"省题诗"概念，且明确指出这类诗歌"自成一家"，这就不再如唐人在诗歌题目中标注的"省试"，仅止于对诗歌创作环境的交代，而是涉及诗体本身。一字之差，透露出宋人对科场诗歌已经具有明确的体裁意识。宋人王蘋编辑祖先王棨的模拟之作，亦以"省题诗"标目（不是《四库全书总目》中所用的"省试诗"），也是这种观念的反映。这种反映强烈诗体观念的"省题诗"提法，尚可见到如下典型文献材料：

> 自隋唐以来，取人专尚词赋，人都习学的浮滑了。……俺如今将律赋、省题诗、小议等都不用，止存留诏诰章表。①

这是元仁宗皇庆二年（1313）议开科考之时中书省所上奏章，是较早明确以"省题诗"指称科场所用而非统称科场所作及平日拟作诗歌的材料，这明显是受宋人诗体观念的影响。元人韦居安在所著《梅磵诗话》一书中两次提到"省题诗"：

> 省题诗自成一家机轴，非他诗比，葛常之《韵语阳秋》盖尝言之。然骚人墨客虽从事于时文，至作省诗，亦不为格律所缚。杨廷秀序《训蒙省诗》亦曰"以骚人之情性，寓举子之刀尺"，真名言也。②

---

① 黄时鑑：《通制条格》卷五"学令·科举"，杭州：浙江古籍出版社1986年，第69页。
② [元]韦居安：《梅磵诗话》卷中，《历代诗话续编》，北京：中华书局1983年，第567页。

韦氏意在纠正《韵语阳秋》对"省题诗自成一家"观点的过分强调，不过据宋代《贡举式》推测，科场之上"作省诗"而"不为格律"所缚，虽是"骚人墨客"，亦必名落孙山，合理的解释只能是：在时人心目中，省题诗（省诗）已经纯粹成为对这类诗体的称呼，标示创作环境的意义已经淡化。同书卷下的材料是更为确切的证明：

> 历阳李士达肆业郡庠，斋舍与尊经阁相近。每夕梦一青衣童吟诗，登梯而上，仿佛仅记四句云："带白双双鹭，拖青点点鸦。晚风吹不去，留与伴芦花。"嘉定丙子乡举，省诗出《凉叶照沙屿诗》，思颈联、结句未就，忽忆旧梦，以所记四句足成之。有司称赏，以为神语，遂领荐，次年登科。余壬申岁被漕檄，摄教此邦，士友备言之。兹事与唐人钱起《湘灵鼓瑟诗》颇相类。①

嘉定九年（1216年）丙子是乡举之年，次年方是礼部试，韦居安把乡举所考之诗称为"省诗"，说明时人的关注重点已经转到"科考之诗"，而不再是主持考试的部门。至明代杨慎作《升庵诗话》，更直接将唐代流传下来、与科举考试相关的诗歌统称为"省题诗"："人有恒言曰：唐以诗取士，故诗盛；今代以经义选举，故诗衰。此论非也。诗之盛衰，系於人之才与学，不因上之所取也。……况唐人所取五言八韵之律，今所传省题诗多不工，今传世者，非省题诗也。"②

二、程式诗

《管子》曰："明主者，一度量、立表仪而坚守之，故令下而民

---

① ［元］韦居安：《梅磵诗话》卷下，《历代诗话续编》，第576~577页。
② ［明］杨慎：《升庵诗话笺证》卷四第159条"胡唐论诗"，上海：上海古籍出版社1987年，第127页。

从；法者，天下之程式也，万事之仪表也。""程式"的意义接近制度、规矩、规定。科场所用诗体与一般诗歌最明显的区别在于要严格合乎规范，名之为"程式诗"是非常恰当的。"程式诗"一词较早见于司马光的《温公续诗话》：

> 科场程试诗，国初以来，难得佳者。天圣中，梓州进士杨谔始以诗著，其天圣八年省试《蒲车诗》云："草不惊皇辙，山能护帝舆。"是岁，以策用"清问"字下第。景祐元年，省试《宣室受厘诗》云："愿前明主席，一问洛阳人。"谔是年及第，未几卒。庆历二年，韩钦圣试《勋门赐立戟诗》云："凝峰画旛转，交镳彩支繁。"范景仁云曾见真本如此。传钦圣作"迎风画旛转，映日彩支繁"，故两存之。苏州进士丁偓试《迩英延讲艺诗》云："白虎前芳掩，金华旧事轻。天心非不寤，垂意在苍生。"有古诗讽谏之体。偓是岁奏名甚高，御前下第，自是二十年始及第，寻卒。滕元发甫，皇祐五年御试《律听军声诗》云："万国休兵外，群生奏凯中。"以是得第三人，最为场屋所称。①

这段文字提到的诗歌包括省试与殿试所作。涉及科举考试的文献中提到"程式"的材料颇多，比如"况场屋之文，拘于程式，限于晷刻，文虽工，其能与于立言之选者仅矣"②；"试律为诗之一体，而其法实异于古近体诸诗。……尺寸一失，虽词坛宗匠，亦不入程式焉"③。但是称"程式诗"的，除《温公续诗话》，笔者所见唯有陶福履《常谈》中的一条：

---

① [宋]司马光：《温公续诗话》，《历代诗话》，北京：中华书局1981年，第275页。
② [清]钱大昕：《浙江乡试录后序》，《潜研堂文集》卷二三，《嘉兴钱大昕全集》（第九册），南京：江苏古籍出版社1997年，第356页。
③ [清]梁章钜：《试律丛话》卷一，上海：上海书店出版社2001年，第512页。

唐宋科举程式之诗，始专以古句命题。唐诗备载《文苑英华》，宋诗备载《万宝诗山》。刘辰翁《须溪四景诗》，程式诗编专集之始也。①

三、试律（诗）

《全唐文》中无"试律"或"试律诗"说法，清人却经常以之命名选本、稿本，如《一帘花影楼试律诗》（朱凤毛）、《小方壶试律诗》（孙冯）、《不夜书屋试律偶存》（孙福海）、《尺华斋试律存草》（祁寯藻）、《秋竹斋试律》（梁运昌）等②。商衍鎏曰："试律始于唐，《文苑英华》所载至四百五十八首。"③ 梁章钜著名的《试律丛话》一书既以"试律"命名，更有对该名的详细辨析：

> 试律始于唐，至宋以后，作者寥寥，阙焉不讲，我朝乾隆间始复用之科举。或称为"排律"，然古人排体诗有数十韵及百韵者，今限以六韵、八韵，则不得以"排律"概之也。又或称为"试帖"，然古人明经一科，裁纸为帖，掩其两端，中间惟开一行，以试其通否，故曰试帖。进士亦有赎帖诗，帖经被落，许以诗赎，谓之赎帖，非以诗为帖也。毛西河检讨奇龄有《唐人试帖》之选，盖亦沿此误称。惟吾师纪文达公撰《唐人试律说》，其名始定。④

---

① ［清］陶福履：《常谈》，丛书集成初编据豫章丛书本影印，第24页。
② 以上诗集均见于柯愈春所著《清人诗文集总目提要》（北京：北京古籍出版社2001年）。
③ ［清］商衍鎏：《清代科举考试述录》，北京：生活·读书·新知三联书店1958年，第249页。
④ ［清］梁章钜：《试律丛话》卷一，上海：上海书店出版社2001年，第511页。

梁氏著述"以纪文达师《唐人试律说》为归宿",力辨"排律"之名与科场所用六韵、八韵诗不合;"试帖"本指帖经而言,与诗无关,故"试帖"之说亦不妥当。乾隆二十四年(1759)纪昀撰《唐人试律说》,较早使用"试律"之名,指称唐代科场相关作品,谓"试律固诗之流也,然必别试律于诗之外,而后合体裁;又必范试律于诗之中,而后有法度格意"①。纪昀在此书体例编排上有意模仿方回的《瀛奎律髓》,使用"试律"一词,亦与此不无关系。而乾隆二十二年谕旨"嗣后会试,第二场表文可易以五言八韵唐律一首"②,亦是强调"律"字,纪昀此编可谓得风气之先。

四、试帖(诗)

"试帖诗"之名不见于《全唐文》,却是清代最通用的说法,以之命名的选本、稿本不胜枚举,而且乾隆二十二年始以五言八韵用于会试考场之时,赵翼在其《分校杂咏·选韵》一诗中即已使用此名:"令甲初添试帖新,主司选韵为胪陈。"③ 这是明确指称清代科场所用诗体。姚鼐在乾隆五十六年(1791)所写《方坳堂会试朱卷跋尾》一文中亦说"是时试帖诗题在第二场,房官以五经分卷;今则诗题移于第一场,而房官无五经之名","是时"指乾隆三十六年(1771),姚鼐为是年会试同考官。

乾隆二十二年会试加试五言八韵诗之前,有毛奇龄《唐人试帖》之选,亦是"试帖诗"之称的首创者。梁章钜力辨此说之非,叶抱崧《说扣》亦曰:

---

① [清]马葆善:《唐人试律说跋》,《唐人试律说》,壬午重刊《镜烟堂十种》定本,嵩山书院藏版。
② 《清高宗实录》卷五三一,台北:台湾华文书局1969年,第7704页。
③ [清]赵翼:《瓯北集》,上海:上海古籍出版社1997年,第172页。

>西河毛氏选唐人试诗，目曰"试帖"。按：《通典》称："明经先帖文，然后行试帖经之法。以所习经，掩其两端，中间惟一行，裁纸为帖。凡帖三字，随时增损。或得四、或得五、或得六，为通。"试帖之名，盖与诗赋无涉。①

商衍鎏《清代科举考试述录》则曰：

>试律始于唐，《文苑英华》所载至四百五十八首。清乾隆间用以考试，尚沿"律诗"之称，惟普通则称之曰"试帖诗"。按：唐明经科裁纸为帖，掩其两端，中间惟开一行，以试其通否，名曰试帖。进士亦有赎帖诗，帖经被落，许以诗赎，谓之赎帖，试帖诗之得名，殆由于此。并以其诗须紧帖题意，类于帖括之帖经也。②

此段文字表述甚详。"试律始于唐"，但"试律"之名并不始于唐；乾隆谕旨所用为"五言八韵唐律"，带有鲜明的宗唐意识。对于"试帖诗"这一清代应用甚广的俗称，商氏认为得名原因有二：其一，因唐代明经的试帖与进士的赎帖而得名；其二，与这种诗体特点有关："须紧帖题意，类于帖括之帖经"。这种解释虽然新颖，但恐并非真正原因。无论如何，除了少数人力辨其非，"试帖诗"成为清代使用最多的名称，亦有很多人是同时使用"试律诗"与"试帖诗"的名称的，商衍鎏即是其中之一。

---

① ［清］叶抱崧：《说扣》，《艺海珠尘》第5册，第6b页。
② ［清］商衍鎏：《清代科举考试述录》，北京：生活·读书·新知三联书店1958年，第249页。

第二节　应试诗的命题

康熙曾在谕旨中一再强调："科场出题，关系紧要。"紧要之处其实在于：试题是考试内容的具体化，决定着每一科乃至整个进士科的面貌与方向。科举的直接目的是选拔官员，试题是官方意志的贯彻，亦是对未来官员素质要求的表达与检验。具体到诗歌而言，评价重点不在其能否"兴、观、群、怨"，能否"不平则鸣"，更不要求"穷而后工"。这种有违诗歌本质、以"体兼赋颂"①"鼓吹休明"②为特征的应试诗，在命题、限韵与评判方面有着自己的一套体系，折射出当时的思想文化背景与社会风貌。

一、应试诗命题的基本要求

唐宋科举考试均为两级考试，应试诗与其他策论等试题一样，均由主考命题。唐代在命题方面最为宽松，对于题目出处、命题形式，虽有约定俗成的套路，并无严格统一的要求，时或出于命题者的一己之意，亦不必标示出处。偶尔亦由皇帝亲命试题，唐文宗尤有此好。开成元年至三年（836～838），连续三科，均由文宗赐题，而开成二年诗题与三年赋题俱为《霓裳羽衣曲》，直接取自当时乐官献呈的乐曲名。这类随机命题的情况到宋初依然存在，如太平兴国二年（977），太宗在殿试前曾向宰相薛居正询问长治久安之策，薛居正答以"莫若文臣武将交

---

① ［清］商衍鎏：《清代科举考试述录》，北京：生活·读书·新知三联书店1958年，第252页。
② ［清］马葆善：《〈唐人试律说〉跋》，纪昀《唐人试律说》，《镜烟堂十种》，壬午重刊定本，嵩山书院藏板。

互任用",遂以《训兵练将赋》和《主圣臣贤诗》作为是年的诗赋题目。

北宋淳化三年（992）之后，诗赋题目要求明示出处：

> 本朝进士诗赋题，元不具出处。因淳化三年殿试《厄言日出赋》，独路振知所出，遂中第三人。是年，孙何第一人，朱台符第二人，亦不能知，止取其文耳。自后所试进士诗赋题，皆明示出处。①

关于诗赋题目及"明示出处"的具体格式，南宋建炎四年（1130）八月三日尚书省敕文，是现存最早的官方文件：

> 建炎四年八月三日敕中书、门下省：尚书省送到礼部尚书谢克家等劄子，契勘诸州军不住申明试诗赋格式及出题书写试卷式样等。……一出题式：《周以宗强赋》，以"周以同姓强固王室"为韵，依次用。限三百六十字以上成。出《史记·叙·管蔡世家》曰："周公主盟，太任十子，周以宗强，嘉仲改过。"《天德清明诗》，以题中平声字为韵。限五言六韵成。出《毛诗》："清庙，祀文王也。"注：天德清明，文王象焉。《尧舜性仁赋》，以"其性好仁得于自然"为韵，不依次用。限三百六十字以上成。出孟子曰："尧舜性之也，五霸假之也。"注云："性之者，其性好仁，自然也。"《玉烛诗》，以"和"字为韵，限五言六韵成。出《尔雅·释天》云："四时调为玉烛。"②

---

① [宋] 吴曾：《能改斋漫录》卷一"试诗赋题示出处"，丛书集成初编 1939 年，第 12 页。

② [宋] 佚名：《附释文互注礼部韵略》所附《韵略条式》，上海：商务印书馆 1935 年，四部丛刊续编影印铁琴铜剑楼藏宋刊本。

南宋初年的《出题式》要求必须标示诗赋题目出处，但从文献记载来看，这个《出题式》未必能够始终得到严格的贯彻执行，（理宗绍定）二年（1129），"臣僚言考官之弊：词赋命题不明，致士子上请烦乱……遂饬考官明示词赋题意"①。不过，此处所言"命题不明"，也可能是已指示出处，尚不够确切，需进一步申明。这从侧面证明：在宋代科举考试中，题目出处对于诗赋写作起着至关重要的指导作用；对于举子不作"望题知义"的要求，考官有义务向举子揭示题目的意义与内涵。后一点与清代把了解试帖诗题目出处作为评判试帖诗水平高下的一个重要标准②，是完全不同的。

清代科举考试分为三级考试，自乾隆二十二年乡、会试加五言八韵诗伊始，即规定会试及顺天府乡试诗题由皇帝钦命，其他各省乡试及童生级别的考试，由考官命题。因为考试级别、时间、地点的不同，乡、会试诗题总体风格上表现出较大区别。清代极为重视把诗题出处列为试帖诗的潜在考核项目，要求考官在命题时必须写明出处，但并不向士子揭示，仅供备案，有考官因漏写题目出处而降职受罚者。

二、清代会试所用试帖诗命题分析

从横向来看，对某一朝代、某一阶段的应试诗题目的出处与内容进行分析，可以见得当时的思想文化与社会风貌；从纵向来看，可以从中发现中国思想演进的轨迹。在以诗赋取士的各个朝代中，唐代诗歌最称

---

① 《宋史》卷一五六《选举志二》，第3637页。
② 比如陆以湉《冷庐杂识》卷四有"喜雨志乎民"条："道光丁未科新进士朝考，诗题《喜雨志乎民》，语本《公羊》。惟江西万良点明出处，有'勤民志鲁僖'句，以一等三名入词林，年已六十四。"（《冷庐杂识》，北京：中华书局1984年，第202页）

鼎盛，清代诗歌受到格外重视。现存文献中关于这两个朝代应试诗的材料最为充分，对其进行系统的比较分析，意义也最为突出。鉴于学界关于唐代应试诗题目类型的研究已比较深入与充分，本文在不能提出新见解之前，暂不拟重复叙述，而将论述重点放在清代会试中的试帖诗。

清代会试及顺天府乡试诗题例由钦命。自乾隆二十二年至光绪二十四年（1757～1898），有清六代帝王142年之间举行的67科会试（包括正科与恩科）诗题，完整地保存在《清秘述闻三种》（法式善《清秘述闻》、王家相等《清秘述闻续》和徐沅祁《清秘述闻再续》）之中，梁章钜《试律丛话》中亦记录了道光三十年（1850）之前的会试诗题。以下根据这些材料，对诗题从出处与类型两方面进行考查。

（一）清代会试所用试帖诗题目出处分析

清代会试诗题基本出自经、史、子、集，67科会试诗题中，除道光三年（1823）《赋得云随波影动，得波字》尚未查检到确切出处之外，唯乾隆四十年（1775）的《赋得灯右观书，得风字》属于帝王的随意性命题。关于此事，《清朝野史大观》有一段记载：

> 乾隆朝，士屡于上前称彭文勤博学强记，上思有以难之。值乙未会试，钦命诗题为"灯右观书"四字。诸总裁覆命曰，叩请出处。时文勤值侍班，上目视文勤。文勤叩首曰："臣学问荒疏，亦不知诗题何出。"上笑曰："是夕朕偶于灯右观书耳。"文勤趋出，上顾侍臣曰："今日难倒彭元瑞。"[①]

高宗观书之际，宫监适将灯置于其右而碍目光，翌日即以此命题试士，

---

① 《清朝野史大观》卷九"难倒彭元瑞"，上海：上海书店1981年据中华书局1936年版复印，第77页。

不仅以出处难倒了诸位考官,还顺便和素有"博学强记"之名的彭元瑞开了个近乎恶作剧的玩笑,实现了"有以难之"这一蓄谋已久的愿望。

对清代会试诗题出处的具体统计如下表:

清代历科会试诗题出处统计表

朝代（会试次数）	经	史	子	集	其他
乾隆（18）	7	1	6	3	1（灯右观书）
嘉庆（12）	1	3	1	7	
道光（15）	4	3	2	5	1（云随波影动,出处不详）
咸丰（5）	—	2	—	3	
同治（6）				6	
光绪（11）	—	—	1	10	
总计（67）	12	9	10	34	2

会试诗题出自经书的约有12道,占诗题总数的18%,集中在乾、嘉、道三朝,具体为:《诗经》2次——《赋得春日载阳,得风字》(乾隆四十五年恩科)、《赋得白驹空谷,得人字》(道光二十四年);《尚书》3次——《赋得闰月定四时,得和字》(乾隆六十年)、《赋得王道平平,得偏字》(道光十五年);《礼记》2次——《赋得四时为柄,得乾字》(乾隆五十二年)、《赋得鸣鸠拂其羽,得鸣字》(嘉庆四年);《周易》1次——《赋得贤不家食,得同字》(乾隆二十六年恩科);《春秋》1次——《赋得受中定命,得中字》(嘉庆十九年);《中庸》1次——《赋得取人以身,得贤字》(道光三十年);《论语》1次——《赋得春服既成,得鲜字》(乾隆四十三年);乾隆三十一年的《赋得三复白圭,得寒字》,则兼用《诗经·大雅·抑之》"白圭之玷,尚可磨也;斯兰之玷,不可为也"的诗句与《论语·先进》"南容三复白圭,孔子以其兄之子妻之"

105

的典故。这些经书属于封建士子最基本的阅读范围，而且诗题均出经书正文，相对来说还是比较容易确定出处的。这些诗题冠冕堂皇，所言皆是王道圣贤之事，其考查重点不在出处，而在于以应试诗的形式体现经学的尊崇、王道的尊严。

会试诗题出自经书的情况集中于乾、嘉、道三朝，咸、同、光三朝诗题无一出自经书，这一现象颇具意义。前三朝，尤其是乾隆时期，国力如日中天，诗歌中也多雍容典雅的盛世之音；后三朝内忧外患，国势衰颓，统治者失去了对王道与皇权的自信，也不再以经书内容命题，诗题或是与时事直接相关，或是丝毫无关痛痒的吟风咏月。另一方面，经学内容频频出现在前三朝会试题目中，亦是乾嘉时期重视经学原典这一学术风尚的侧面反映。

出自史书的诗题计有9道，占总数的13%，依次为：《赋得从善如登，得难字》（乾隆二十八年，出自《国语》），《赋得一意同欲，得同字》（嘉庆十四年，出自《晏子春秋》），《赋得受中定命，得中字》（嘉庆十九年，出自《春秋》），《赋得桐生茂豫，得桐字》（嘉庆二十二年，出自《汉书·礼乐志》），《赋得以诚制心，得诚字》（道光十三年，出自《旧唐书》），《赋得布德行惠，得时字》（道光十六年恩科，出自《吕氏春秋》），《赋得师直为壮，得平字》（道光二十一年恩科，出自《左传》），《赋得高车高梱，得从字》（咸丰九年，出自《史记·循吏列传》），《赋得聚米为山，得波字》（道光十年恩科，出自《后汉书·马援传》）。如果说经书阐述的都是应该遵循的原则纲领，史书罗列的则是可供借鉴的操作方法。出自史书的这10道诗题，固然亦有为政治国、修身养性的原则，但是时事背景反映得更为鲜明，能够从中隐约窥见统治者为之头疼、疲于应付的若干问题，好像急于通过会试诗题、通过士子所作诗句，使自己的决策得到赞许与肯定。

出自子书的会试题目亦有10道，依次为：《赋得循名责实，得田字》

(乾隆二十二年，出自《邓析子》，道光十二年诗题相同，得诚字），《赋得河海不择流，得虚字》（乾隆三十四年，出自李斯《谏逐客书》），《赋得下车泣罪，得惭字》（乾隆三十六年恩科，出自刘向《说苑》），《赋得匠成翘秀，得多字》（乾隆三十七年，出自葛洪《抱朴子》），《赋得王良登车，得行字》（乾隆四十六年，出自王充《论衡》），《赋得繁林翳荟，得贤字》（乾隆五十八年，出自张君房《云笈七籖》），《赋得立中生正，得精字》（嘉庆十三年，出自《管子》），《赋得春风风人，得风字》（道光二年恩科，出自刘向《说苑》），《赋得褒德录贤，得廉字》（光绪二十一年，出自《太平御览》）。子书数量繁多，内容庞杂，许多书不在士子基本阅读范围之中。虽然这10道诗题所讨论的内容亦很普通，但是如果知识面过于狭窄，考场上很可能睹试题而不知出处，也就很难把诗作得熨帖合体。乾隆以子书命题有6道，占他在位期间会试诗题总数量的1/3，这显然与他的个人喜好有密切关系。

出自集部的诗题最多，占到一半以上，且有递增趋势。乾隆朝只占1/6，嘉庆朝激增到1/2强，道光朝经、史所占比例有所回升，集部回落到1/3，咸丰朝占1/2强，同治、光绪年间，除光绪朝有一题出自子部，其余全都出自集部的诗赋，诗歌所占比例更高。具体来看：

乾隆朝3题，诗、赋、骈文各居其一，均出中唐之前的作品之中，且都是乾隆晚年所出诗题。

嘉庆朝7题，四诗二赋一文，诗赋出处为汉魏六朝至初唐人的作品，《赋得虚堂悬镜，得情字》出朱熹《敷文阁直学士陈公行状》"吾何术，第公吾心，使如虚堂悬镜，而物之至者，妍丑自别耳"一语[1]，这是朱子作品首次作为清代会试诗题的出处。

道光朝5题，均出诗歌，除了道光六年的《赋得莺声细雨中，得声

---

[1] 按：《宋史·陈良翰传》亦有类似语句，更简略，应以朱熹此文为依据。

字》出自中唐"大历十才子"之一刘长卿的《海盐官舍早春》、道光二十五年恩科《赋得凡百敬尔位，得贤字》出自"竹林七贤"之一应玚的《侍五官中郎将建章台集诗》，另外3题全都出自宋人之手：《赋得春色先从草际归，得归字》（道光九年）出自黄庭坚《春近四绝句》，《赋得泉细寒声生夜壑，得声字》（道光十八年）出自朱熹《假山焚香作烟云掬水为瀑布》，《赋得天心水面，得知字》（道光二十七年）出自邵雍诗"月到天心处，风来水面时"。以宋诗，尤其是理学家的诗为出处，这是嘉、道以来一个非常值得注意的倾向。

咸丰朝3题，皆出诗作，其中咸丰三年的《赋得自喜轩窗无俗韵，得森字》，亦出自朱熹诗作《曲池轩》。

同治朝6科会试，诗题皆出集部，为清代六朝中绝无仅有的情况。其中除同治十三年的《赋得无逸图，得勤字》出自宋代吕公著《进十事·无逸》奏折中所讲"昔周公作《无逸》之篇，以戒成王"以及"唐明皇初即位，宋璟为相，手写《无逸图》，设于帝座，明皇勤于政事，遂致开元之治"，其余全以诗歌为出处。

光绪朝10题，均出唐宋人诗作，光绪二十四年的《赋得静对琴书百虑消，得清字》，是以朱熹《崇寿客舍夜闻子规》一诗为出处的。

这类诗题，有5首出自应制之作，其中3首都是唐代翰林学士张说的作品，这种现象，一方面是对程式诗与应制诗密切渊源的形象说明，另一方面也表明张说在清人心目中的特殊地位。吴振棫《养吉斋丛录》卷五记载：

> 乾隆九年，重修翰林院，落成……十月二十七日，圣驾临幸，送掌院大学士鄂尔泰、张廷玉进院。备礼奏乐，赐宴赋诗，以唐张说《丽正书院诗》"东壁图书府，西园翰墨林"四十字为韵。御制东字、音字韵，诸臣各分一字。……按：词林典故，前代艺文，以

张说诗为首，故赋诗以此分韵。嘉庆九年，甲子重开，循乾隆故事，于二月初三日幸翰林院……仍以张说"东壁图书府"五律字分韵赋诗，御制亦用首、末两韵。亲简侍宴者三十八人，各分一韵。①

《丽正书院诗》亦即《恩赐丽正殿书院赐宴应制得林字》，咸丰二年《赋得东壁图书府，得心字》，亦以此诗命题。此诗背后隐藏着的是大唐盛世君臣宴饮赓和的词林雅事，张说已经成为封建帝王扬风抆雅的样板，成为翰林学士无限荣宠的标志，会试考场的无数士子自然心向往之。

总的来看，道光之前，会试应试诗一般以唐前作品为出处；道光之后，宋诗明显增多，理学家的作品占到了相当的比例。这种现象可以从思想与文学发展两个方面得到解释：

从思想方面来看，经学在清代经历了由兴盛到衰落的过程，理学的影响越来越突出，大有取而代之之势。康熙五十七年（1718），性理之学成为科举考试内容。在科举的指挥棒下，人们对理学投以越来越多的注意力，自然也会更多地关注理学家所谓的文学创作。会试以朱熹等人的诗作命题，正是这种时代风气的反映。

从文学发展角度来说，道、咸以来宋诗运动方兴未艾，"清苦幽隽"的诗歌流派逐渐取代了"浓腻浮滑"的乾嘉诗风②，特别是"同光体"诗人如祁文瑞、曾国藩等都居于高位，对科场诗风尤具直接影响力。会试诗歌亦由"鸣国家之盛"的风雅之音，悄悄转向对孤寂清高心境的表现，比如"泉细寒声生夜壑""静对琴书百虑消"之类的题目，在乾嘉时期是见不到的。康乾时期宗唐，唐音和平，适合表现盛世、鼓吹休明；道、咸乃至同、光时代宗宋，宋音萧飒，适合传达人们

---

① ［清］吴振棫：《养吉斋丛录》卷五，北京：北京古籍出版社1983年，第54～55页。

② 钱仲联：《论"同光体"》，《梦苕盦论集》，北京：中华书局1993年，第419页。

内心的衰世之感。科场应试诗虽然冠冕堂皇，还是可以从中隐约听到时代的脚步之声。

比较清代试诗的六个朝代，乾隆朝会试诗题出处最为广泛，以经、子为出处的诗题占总量的70%以上。经书文字固然为士子所熟悉，但以内容庞杂的史书作为命题来源，士子不仅要知其出处，并且要在诗中巧妙地点明，就势必要有较为宽广的阅读面，直接刺激了士子们对博览群书的兴趣。这可以说是帝王素质与好尚影响时代风气的一个例证。高宗在帝王中堪称"博雅"（昭梿《啸亭杂录》语），平日作诗好用廋辞僻典，且以考问侍从文臣为乐事，清代史料笔记中颇多这方面的记载：

> 纯庙天纵聪慧，揽读渊博。……每一诗出，令儒臣注释，不得原委者，许归家涉猎，然多有翻撷万卷，莫能解者。然后上举其出处，以博一笑，诸臣无不佩服。尝于《塞中雨猎》诗内用"制"字，众皆莫晓。上笑曰："卿等一代钜儒，尚未尽读《左传》耶？"盖用"陈成子杖制以行"也。又出《汗卮赋》考词林，众皆误为寙尊。上徐检出，乃拟傅咸《汗卮赋》也。①

> 遇有引用故事，而御笔令注之者，则诸大臣归，遍翻书籍，或数日始得，有终不得者，上亦弗怪也。余扈从木兰时，读御制《雨猎》诗，有"著制"二字，一时不知所出，后始悟《左传》"齐陈成子帅师救郑"篇"衣制杖戈"，注云："制，雨衣也。"又，用兵时论旨，有硃笔增出"埋根首进"四字，亦不解所谓。后偶阅《后汉书·马融传》中始得之，谓决计进兵也。圣学渊博如此，岂文学诸臣所能仰副万一哉？②

---

① ［清］昭梿：《啸亭杂录》卷一，北京：中华书局1980年，第26页。
② ［清］赵翼：《簷曝杂记》卷一，北京：中华书局1982年，第8页。

110

乾隆会试命题既是高宗自炫渊博学识的一个机会，亦是借助科举之力、影响从臣乃至国民的一种方式。然而，随着应试诗套路的逐渐形成，社会普遍将对试律诗思想内容的兴趣转向写作技法方面，这对诗题出处以集部描写性诗句为主，亦起到了一定程度的推动作用。

（二）清代会试所用试帖诗内容类型分析

作为中央级考试，清代会试诗题由皇帝拟定，而士子于风檐寸晷之中冥思苦想、落笔成文之时，想象中的读者也正是皇帝本人。皇帝有权要求士子说些他喜欢听到的话，士子们自然也是挖空心思去说他们认为皇帝想听到的话，而且还要比赛到底是谁说得更为娓娓动听。这种命题宗旨与写作意图规定了科场诗题范围的极其有限性，王道、圣恩、太平之象、礼贤之心，构成清代会试诗题的主要类型，另外一个重要类别是写景咏物，涉及时事的题材亦占一定比例。下表是对清代67科会试诗题内容的分类统计结果：

清代67科会试诗题内容分类统计表

朝代 （会试次数）	君王相关			选贤任人	道德修养	时事	时令时景	其他
	君之道	君之事	颂圣明					
乾隆（18）	2	3	2	3	2	2	4	1
嘉庆（12）	—	3	4	—	—	—	3	1
道光（15）	2	2	—	3	1	2	5	—
咸丰（5）	—	1	1	1	1	1	—	—
同治（6）	1	—	—	1	—	—	4	—
光绪（11）	—	—	—	1	1	—	9	—
总计（67）	5	9	7	9	5	5	25	2

1. 与君王相关的题材。会试是科举考试中最高一级，按照清制，进士列入一等，就可以直接进入翰林院，成为高级文臣，歌颂圣朝、鼓吹

休明,将成为他们的本职工作。选择经、史、子、集中与君王相关的内容命题,是非常自然的事。这类题目有20题,占清代会试诗题总量的30%,乾、嘉、道三朝占绝大多数,大致可以分为"为君之道""君王之事"与"歌颂圣明太平"三个类别。

  为君之道,讲的是君王治国的基本原则。比如,《尚书·洪范》有"无偏无党,王道荡荡;无党无偏,王道平平",乾隆二十五年(1760)与道光十五年(1835)分别以"王道荡荡""王道平平"为诗题;又如,同治十三年(1874)的诗题是《赋得无逸图,得勤字》,"无逸"是对君王勤于政事的特别要求,"昔周公作《无逸》之篇,以戒成王……唐明皇初即位,宋璟为相,手写《无逸图》,设于帝座。明皇勤于政事,遂致开元之治"[1]。表面上看,这个诗题名义上是君王自勉的目标,实际此题非同治亲命,而是由帝师李鸿藻代拟。同治经常微服游幸,李鸿藻是年以副主考入闱,代拟此题,意在讽劝,所以此题是隐含时事背景的。

  君王之事,主要是治国方术,相对来说比较具体。这类题目所占比例最大,如乾隆二十二年(1757)及道光十二年(1832)皆以《循名责实》为诗题,语出《邓析子·无厚篇》"循名责实,君之事也""循名责实,察法立威,是明王也";乾隆三十六年(1771)恩科的《赋得下车泣罪,得惭字》,语出刘向《说苑》"禹出见罪人,下车问而泣之",惭愧自己不能像尧舜一样使天下之人"皆以尧舜之心为心",包含以禹为榜样、见贤思齐之意;乾隆四十六年(1781)的《赋得王良登车,得行字》,语出王充《论衡·率性》"王良登车,马不罢驽;尧、舜为政,民无狂愚",这是夸赞帝王御民有术。嘉庆朝《赋得立中生正,得精字》与《赋得受中定命,得中字》两题,分别出自《管子》与《春秋》,都以"以礼治国"为诗旨;此外如嘉庆二十四年(1819)

---

[1] [宋]吕公著:《进十事·无逸》,《皇(宋)朝文鉴》卷五二,四部丛刊初编集部。

恩科的《赋得敦俗劝农桑，得敦字》与道光十六年（1836）恩科的《赋得布德行惠，得时字》，主题分别是帝王重视农业、开仓济民。

与君王相关的第三类题材是对明君统治效果的歌颂，如乾隆二十六年（1716）恩科的《赋得贤不家食，得同字》，语出《易经·大畜》"利贞，不家食，吉"，《象》曰"不家食，吉，养贤也"，王弼《注》"有大畜之实，以之养贤，令贤者不家食，乃吉也"。乾隆四十九年（1784）的《赋得摘藻为春，得宾字》，语出张景阳《七命》"皇风载穆，时圣道醇。举实为秋，摘藻为春。下有可封之民，上有大哉之君"。嘉庆朝此类题材尤为集中，如嘉庆十年（1805）的《赋得我泽如春，得春字》，语出曹植《七启》"显朝惟清，王道遐均。民望如草，我泽如春。河滨无洗耳之士，乔岳无巢居之民"；嘉庆十四年（1809）的《赋得一意同欲，得同字》，语出《晏子春秋》"四海之内，社稷之中，粒食之民，一意同欲"；嘉庆二十五年（1820）的《赋得惠泽成丰岁，得成字》，语出张九龄《和崔尚书喜雨》"惠泽成丰岁，昌言发上才。……直颂皇恩浃，崇朝遍九垓"。清代会试安排在农历三月，正是农耕之时，故而这类歌颂帝王统治效果的题目，亦有与时令相关的特点。

2. 选贤任人。会试是国家三年一度的抡才大典，历代统治者无不以选贤任人自我标榜，因而这一题材在会试中亦频频出现，共计9次，占13%的比例。乾、道两朝比较集中，咸、同、光三朝亦各有一题，唯有嘉庆朝空缺。具体可以分为三类：一是表现君主的虚怀礼贤：《赋得河海不择流，得虚字》（乾隆三十四年）、《赋得繁林翳荟，得贤字》（乾隆五十八年）、《赋得凡百敬尔位，得贤字》（道光二十五年恩科）；二是说明君主的选才原则：《赋得取人以身，得贤字》（道光三十年）；三是赞美国家人才之盛：《赋得匠成翘秀，得多字》（乾隆三十七年）、《赋得白驹空谷，得人字》（道光二十四年）、《赋得游鳞萃灵沼，得灵字》(咸丰六年)、《赋得譬海出明珠，得材字》(同治二年恩科)。士子们对"入其彀中"充满期待与想象，写作此类诗作，有可能表现出更为真挚的热情。

3. 道德修养。这类题材共有5道，占总量的7%。时段分布上没有明显特征，但是前后期道德修养的内容却有明显变化。乾隆二十八年《赋得从善如登，得难字》，以从善之难立题，亦是自勉；三十一年的《赋得三复白圭，得寒字》有两个出典，一为《诗经》中"白圭之玷，尚可磨也；斯兰之玷，不可为也"之语，一为《论语》中"南容三复白圭"而得圣人赏识之事，诗旨在于表明人应时时自省，注意自己的品格不被玷污；道光二十年的《赋得慎修思永，得谟字》，语出《尚书·虞书·皋陶谟》，意思是要慎修其身，思为长久之道。圆明园有"慎修思永殿"，乾隆时所建，道光帝以此为题，除去经典出处之外，亦有秉承祖训之意。这三题虽然也是官面文章，但毕竟立意较高。等到咸丰三年的《赋得自喜轩窗无俗韵，得森字》、光绪六年的《赋得静对琴书百虑消，得清字》，均以朱熹诗句为出处，虽为高雅之事，终非帝王之体。这也可以从清朝国运日衰、气度日益狭小、诗学审美风尚发生改变等方面找到根源。

4. 时事型题。这类题材亦有5题，乾隆五十五年以《赋得老当益壮，得方字》为题，语出王勃《滕王阁序》"君子安贫，达人知命。老当益壮，宁移白首之心；穷且益坚，不坠青云之志"，但这绝非平常以集部诗文为出处的题目，因为此年恰逢高宗八旬万寿。这是举国同庆的大事，五十四年十二月，高宗已经下诏"镌八徵耄念之宝"，五十五年正月又"颁诏覃恩有差，普免各直省钱粮"，并"颁恩诏于朝鲜、安南、琉球、暹罗等国"①，这等于遍告中外，士子们自是人人知晓，在

---

① 《清史稿》卷一五《高宗本纪》，第546页。

时事型题目中，这是最易做的一首。乾隆六十年会试诗题为《赋得闰月定四时，得和字》，语出《尚书·虞书·尧典》"汝羲暨和，期三百有六旬有六日，以闰月定四时，成岁。允厘百工，庶绩咸熙"。是年闰二月，亦是乾隆帝在位最后一年，是时当已决定举行归政典礼。会试诗题以"闰月定四时"为题，表达太平丰年的祈盼，不无象征意味。

道、咸间3道时事型题，与乾隆朝2题的喜庆氛围恰好相反，皆与战乱忧患相关。道光十三年（1833）会试题目是《赋得以礼制心，得诚字》。此前两年，水旱灾荒，各地乱起，清廷忙于剿匪，《清史稿·宣宗本纪》记载的即有：十一年三月"广东黎匪作乱"、十二年二月"湖南江华县瑶贼赵金龙作乱"、七月"和阗回塔瓦克等纠众作乱""广西贺县瑶盘均华等作乱"、十月"广东曲江、乳源两县盗匪作乱"、十三年二月"四川越巂等处夷匪作乱"。结合这种时事背景，就可以知道是年诗题《以礼制心》的用意所在。此题出自《旧唐书》："禄山母为巫者，身是牙郎。偶缘微立边功，遂至大加宠用，总知马牧，特委兵权。爱天子之独尊，与国忠之相忌，故不能以义制事，以礼制心，遂称向阙之兵，以期非望之福，此所以为乱也。"这是以史为鉴，期望能用"以礼制心"的教化手段平复叛乱。

道光二十一年（1841）恩科题目是《赋得师直为壮，得平字》，以《左传》"僖公二十八年"中子犯"师直为壮，曲为老，岂在久乎"之语为出处。此前一年，中英鸦片战争爆发，二十一年二月，英人攻陷虎门炮台，广东水师提督关天培殉难，形势非常危急。朝中分为和战两派，相持不下。会试恰在此时举行，统治者以《师直为壮》命题，给自己鼓气的意图是显而易见的。

咸丰十年（1860）恩科试题是《赋得聚米为山，得波字》，语出《后汉书》卷二十四《马援传》："（建武）八年，帝自西征嚣，至漆，诸将多以王师之重，不宜远入险阻，计尤豫未决。会召援，夜至，帝大喜，引入，具以群议质之。援因说隗嚣将帅有土崩之势，兵进有必破之状。又于帝前聚米为山谷，指画形势，开示众军所从道径往来，分析曲折，昭然可晓。帝曰：'虏在吾目中矣！'"此科会试诗题的时事背景，是已经持续十年之久、几乎动摇了清廷统治基础的太平天国运动。由于农民起义控制南方大部分地区，咸丰元年至八年，共有4次乡试，16个举行乡试的省级单位中能够正常举行考试的，唯有顺天、山西、陕西、四川、浙江五省，其余各省停考一科、两科、三科不等，广西更是从未举行乡试。至咸丰九年，曾国藩用兵颇见成效，于是复开恩科乡试，除了南方五省（广东、广西、云南、贵州、湖南）之外都如期选拔举子，参加咸丰十年的恩科会试，诗题即用"聚米为山"的典故，显然是将曾国藩比作汉代伏波将军马援，表明清廷对作战前景的信心。

5. 时令时景。这是清代会试诗题中所占比例最大的一类，共计25题，占总数的37%。这类题目几乎全部与春季相关，表现与时令相关的典事，描摹初春景象（三月北方天气刚刚转暖）。有些题目关涉圣贤之事，比如乾隆四十三年的《赋得春服既成，得鲜字》是孔子之事；有的与帝王宫廷相关，比如乾隆五十四年的《赋得草色遥看近却无，得夫字》，是韩愈描写"皇都"景色的诗句；道光二十七年的《赋得天心水面，得知字》，出自邵雍的诗，而且圆明园建筑有"天心水面"匾额；同治元年的《赋得千门万户皆春声，得莺字》中的"千门万户"特指皇宫；光绪二年的《赋得南山晓翠若浮来，得来字》，出自张说的《侍宴隆庆池应制》；光绪十八年的《赋得柳拂旌旗露未干，得春字》，是岑参描写大明宫的诗句；光绪二十年恩科的《赋得雨中亭皋千亩绿，得皋字》，出自张说的《奉和圣制春日出苑应制》。写作这类诗时，是必须照顾诗题出处的，也就是说，应该是以表现皇城或宫廷春色为主的。另外近1/3的题目基本是对春天景色的泛泛描写，如《莺声细雨中》《春色先从草际归》等，主要集中在同、光两朝。写作这类诗题，更重巧妙点题与描写刻画方面的技能，与时事无关痛痒，思想方面的要求更几近于零了。

（本节以《清代会试试帖诗题目出处及内容类型分析》为题，发表于《晋阳学刊》2008年第2期）

第三节　应试诗的限韵

科举考试中限韵作诗的制度，经历了由宽到严的发展过程，其实也正是从合理到乖理的演变过程。唐代试诗通常用五言六韵，考官直接限定韵字的情况很少，大多数情况下，都允许士子自由选择题字所在韵部（或题字之外的韵部）为韵，而且对韵书中哪些字可以用、哪些字不可以用，都没有任何限制。作诗出韵甚至亦有被原谅的可能，这一点可在保留下来的唐代应试诗篇及相关文献记载中得到证明。也就是说，唐代科场上适当限定韵字范围，基本上是出于技术操作方面的考虑，限韵意在"杜节抄剽盗之弊。盖题可拟而韵不可必，文之工拙，犹其所自作，必不至于以他人之文抄誊一过而中式者矣"[1]。

宋沿唐制，诗亦用五言六韵，"以题中平声字为韵"[2]，如遇诗题均为仄声字，则另外指定一字为韵，较唐代自由度缩小。但从文献记载来看，宋代诗赋取士，始终存在着轻诗重赋的倾向，对诗韵的强调比对赋韵的限制要宽松得多。因八韵赋落韵而失意科场者比比皆是，著名者如

---

[1]　［清］顾炎武著，［清］黄汝成集释，秦克诚点校：《日知录集释》卷十六"拟题"，长沙：岳麓书社1994年，第591页。
[2]　［宋］佚名：《附释文互注礼部韵略》所附《韵略条式》，上海：商务印书馆1934年四部丛刊续编影印常熟瞿氏铁琴铜剑楼藏宋刊本。

欧阳修、秦观等人，都曾在赋韵上出过问题；因六韵诗押韵而铩羽者却绝无仅有，文献中几乎找不到相关记载。

清代各级考试只有指定题中某字或题外某字为韵一种形式，而且考生只能在考官事先选定的若干韵字范围内进一步确定自己想用的韵字，灵活性降至最低限度。这不仅是考试制度本身更加发达乃至僵化的结果，还有人们对待诗韵的态度作为深层背景。经过宋代至清初的发展，次韵、和韵越来越成为诗歌创作的契机与方式，成为一种作诗的思维习惯。限韵作诗已经超越了考场的范围，由一种本来以方便评判为目的的技术操作，变成对诗人具有内在束缚力的积习。对诗歌的评价重心，已经由艺术水平的高低，转移到对用韵及格律的考校上面。清代科场限韵与其说是出于对考试公正性的保证，莫如说是对限韵行为本身的追求。百余年的科场实践以超政治的力量推波助澜，将本已畸形的诗歌艺术标准进一步推向极限，最终造成了清代诗歌"家弦户诵"的虚假繁荣，造成诗韵的僵尸状态。

本章将对唐代及清代科场应试诗的限韵状况进行全面分析，宋代应试诗资料有限，且不被重视，故在限韵的具体操作部分（本章第三部分）一并论述。这种分析不仅可以让我们对应试诗有更为感性的把握，还可以为考察中国古典诗歌发展史提供一个全新的视角。

一、唐代应试诗用韵分析

《文苑英华》卷一八〇至卷一八九收录唐代应试诗（以省试诗为主，亦附录少量州、府试、翰林试、监试诗）284题，共计459首诗[①]。亦有一些应试诗散见于唐人别集之中，本文选录题目见收于《文苑英

---

① 按：《文苑英华》卷一八五收大历十年（775）东都试《龟负图》两首，有目无诗，故本文实际统计283题。

华》者5首①，进一步增强统计数字的说服力，所以实际参与统计的应试诗共有464首。在对这些诗歌进行全面统计分析的基础上，本文拟就唐代应试诗的限韵方式、所限韵字在诗中的出现规律及韵部使用方面的若干特点，阐述如下：

（一）唐代应试诗的限韵方式

关于唐代科场诗歌的限韵方式，文献中未见明确记载。分析现存篇目的韵脚使用情况，唐代应试诗的限韵方式大约包括以下五种。

1. 任用题字为韵。这种限韵方式的判断前提是：同一诗题下，必须保存两首或两首以上的作品，所用韵部不同，但韵脚字皆包含题中某字。在统计的283个诗题中，任用题字为韵的共计45题，占总题数的15.9%。考虑到《文苑英华》所收一题一诗者多达197题（首），其中157题（首）以题中某字为韵，只是无法进一步判断是"任用题字为韵"还是"限用题中某字为韵"，那么实际上"任用题字为韵"的情况应该远远超过15.9%的比例，甚至可能是唐代科场最主要的限韵方式。知贡举仅拟定诗题，在用韵方面未做明确限制，举子可以任选题目中某字所在韵部为韵，如：《风光草际浮》，陈祐用"风"字所在东韵，斐杞用"光"字所在阳、唐韵，吴秘用"浮"字所在尤、侯韵；《春风扇微和》，崔立之、邵偃用"春"字所在真、谆韵，张汇、陈九流、范传正用"风"字所在东韵，豆卢荣用"扇"字所在先、仙韵，陈通方用"微"字所在微韵。举子们在自行选择题字为韵时，一般倾向于选用诗题中的平声字，不过唐代似乎尚未形成宋代那样"以题中平声字为韵"的规

---

① 这五首诗是：吕温《白云起封中》（《英华》收张嗣初、李正辞诗）、黄滔《奉诏涨曲江池》（《英华》收郑谷诗）、项斯《浊水求珠》（《英华》收王损之等三人诗）、杜荀鹤《御沟新柳》（《英华》收陈羽等六人诗）、郑谷《春草碧色》（《英华》收殷文珪、王毂诗）。

定①，用题中仄声字为韵的情况亦比比皆是，比如《竹箭有筠》，李程用平声"筠"字所在的真、谆韵，张仲素就用了去声"箭"字所在的霰、线韵。亦有诗题全为仄声字，即以诗题中某一仄声字为韵者，如《亚父碎玉斗》，裴次元以"碎"字为韵，"碎"在去声对韵；何儒亮则以"玉"字为韵，"玉"在入声烛韵。不计平仄、任用题字为韵，反映出唐代科场限韵在以诗赋取士的历朝之中是最为宽松的。唐代诗题最短为两字，如《霜菊》《荐冰》等，韵部选择余地较小；但以四、五字诗题最为常见，除去仄声字及同韵部的字，通常还有两、三个平声韵部供士子选择；也有十字以上的超长题目，如《恩赐魏文贞公诸孙旧第以导直臣》等，碰到这种以长诗题中某字为韵的情况，士子选择韵部的余地相对来说就更大了，限韵给士子造成的困难也就因之降到了几乎可以忽略不计的程度。

2. 限用题中某字为韵。这是清代中晚期最为常用的限韵方式，唐代却并不多见。《文苑英华》所收唐代应试诗在题下标注限用韵字的，唯《玉烛》诗注"平字"、《太社观献》诗注"以功字为韵"两例而已。本文对此种限韵方式的判断标准是：同题之下收若干首诗，皆以同一题字为韵，姑且推测其为限用题中某字为韵。通过归纳《文苑英华》所收省试诗用韵情况，可以大致确定以这种方式用韵的诗题有28首，占总数的9.89%，被限用的字，往往也正是诗题的核心字眼，如：《青云干吕》《立春日晓望三素云》皆以"云"字为韵，《石季伦金谷园》以"园"字为韵，《行不由径》以"行"字为韵，《清明日赐百僚新火》《御沟新柳》皆以"新"字为韵，《玉声如乐》以"声"字为韵等。不过，一些同题诗皆以题中某字为韵，未必说明考官就是限用此

---

① 元祐五年太学博士孙谔等人的奏状及南宋建炎四年《出题式》，俱见《附释文互注礼部韵略》（商务印书馆1934年四部丛刊续编影印常熟瞿氏铁琴铜剑楼藏宋刊本）。

字，也可能只是因为押此韵最为方便而已；而一题一诗且题字作为韵脚出现的情况，因不能确定是"任用题字为韵"，还是"限用题字为韵"，遂不做统计。基于上述两种情况的存在，此处 28 首的统计结果，事实上是应该有所增减的。

3. 限用题外某字为韵（或限用不包含题字的某个韵部）。限用题外某字为韵也是后世普遍采用的一种限韵方式，唐代较少使用。283 题中，用此法者约 20 题，占总数的 7% 左右。有时所限韵字与诗题在意义上相关联，如《荐冰》限"清"字、《元日望含元殿御扇开合》限"君"字、《寒夜闻霜钟》限"音"字等。唐代省试在春季，大概因为时景关系，很多诗题限用"春"韵，如《山出云》《莺出谷》《奉诏涨曲江池》等。有些韵字与诗题关系不明显，可能纯是为了降低用韵难度，如《寿星见》，题中唯有"星"字为平声字，所在青韵属于窄韵，故限用相近的庚清韵部；《玉烛》皆为仄声，故限用平声"平"字等。从这个角度考虑，唐代应试诗限韵实际上是相当宽松的。

4. 韵非题字。韵非题字的限韵方式为唐代所独有，可以说是一种反向选择法，就是允许士子任用除了包含题字的韵部之外的韵部作诗。大约有 22 首诗题以这种方式限韵，占总数的 7.7%。《广韵》有 57 个平声韵部，唐代允许部分窄韵合用，实际就是合并为一个韵部；而诗题用字以四、五字为常见，采用韵非题字的限韵方式，较之以题字为韵，士子在韵字选择时一般来说会有更大的灵活性，是难度较低的限韵方式；也有一些是因为诗题全部为仄声字，故而允许士子任选题外韵部作诗，如《夏日可畏》《古镜》等。

5. 限用题中某字所在韵部，而不许出现题字。这种限韵方式极少使用，在统计的 283 题中只有 6 题：郭遵《春风扇微和》用与"春"字所在谆韵同用的真韵，而未出"春"字；吕炅《贡举人谒先师闻雅乐》用"师"字所在的脂韵及同用韵部支、之韵，而未出"师"字①；窦常《求自试》用"求"字所在尤韵及同用韵部侯韵，而未出"求"字；李肯《文宣王庙古松》用"宣"字所在仙韵及同用韵部先韵，而未出"宣"字；徐元弼《太常寺观舞圣寿乐》用"常"字所在阳韵及同用韵部唐韵，而未出"常"字；王泠然《古木卧平沙》用"沙"字所在麻韵，而未出"沙"字。这种限韵方式与其说是在考查士子对韵部的熟悉程度与灵活运用能力，倒不如说是在考查士子的细心程度，要看看他们在极度紧张的状况下，是否还能看清题目的要求。这倒好像是知贡举人有意施展狡猾的小伎俩了。

（二）唐代程试诗所限韵字在诗中出现规律分析

清人作试帖诗，韵是头等大事，"试律以用韵为最要，得字官韵必在首、次联押出，不可更换"②。唐人却自由得多，文献中未见限定韵字出现位置的记载，对现存省试诗的统计结果，也表明唐代士子是被允许灵活安排所限韵字在诗中的位置的。

《文苑英华》收唐代科场诗歌459首，加上自别集采录的5首诗，共计464首。在这些诗中，有58首诗因为韵非题字、用题韵不出题字等原因，无法确定所限韵字。除去这些诗，能够统计韵字在诗中出现位置的共计406首，绝大部分为五言六韵（包含四韵9首，八韵12首）。下表是所限韵字在诗中出现位置的统计结果：

---

① 按：《文苑英华》于此二题皆同时收录他人诗，任用题字为韵，而且该题字作为韵脚在诗中出现。或许唐代某段时期对于所限韵字是否作为韵脚出现，本无硬性要求？
② ［清］商衍鎏：《清代科举考试述录》，北京：生活·读书·新知三联书店1958年，第252页。

《文苑英华》所收唐代省试诗所限韵字在诗中出现位置统计表

	首联	次联	三联	四联	五联	六联	七联	八联
数量	168	130	33	22	15	36	1	1
比例	41.38%	32.01%	8.13%	5.42%	3.7%	8.87%	0.02%	0.02%

唐代省试诗所限韵字在首联出现的超过40%，次联出现的超过30%，二者合计达74.3%，接近总数的3/4。从写作技巧角度来看，韵字多有指示诗意的作用；将韵字安排在首、次联，是比较方便的思路，这是所限韵字集中出现于前两联的最主要原因，并不是强制要求的结果。

所限韵字在三、四、五联的出现比率呈递减趋势，但三者之和亦超过17%。从五言六韵诗的通常结构来看，这三联属于对诗旨的铺陈展开部分，以细致深入的描写为主，这应该是所限韵字较少出现的原因。

在五言六韵诗的尾联，韵字的出现比率又出现回升之势。结尾通常申明、照应题旨，这种结构安排，对韵字的出现频率具有一定的影响力。

唐代省试，只在极少数情况下限定用五言八韵形式，有时士子自作主张作成五言八韵，亦被允许。参与统计的五言八韵诗有12首，韵字出现在第七联与第八联的各有一首，虽然绝对数字微不足道，但是对于说明唐代省试诗用韵灵活的特点，仍是不无意义的。

（三）唐代省试诗韵部使用方面的几个特点

对唐代省试诗统计分析的结果，还反映出唐代省试诗押韵方面的几个特点：

1. 不避仄韵。宋代之后应试诗例用平韵，但是唐代用仄韵者亦较常见，具体包括几种情况：①题目全为仄声字，即以题字为韵，如《亚父碎玉斗》，裴次元、孟简都以"碎"字为韵，"碎"在去声对韵，与代韵同用；何儒亮则以"玉"字为韵，"玉"在入声烛韵，为独用韵部；②题目全为仄声字，允许以题字为韵，亦可用对应的平声韵，如《冬日可爱》，庾承宣以"日"字为韵，"日"在入声质部，陈讽则押质部对应的平声韵部支、脂、之韵；③题字平仄兼具，或以平声字为韵，或以仄声字为韵，如《竹箭有筠》，李程、席夔都用"筠"字所在的平声真、谆韵，张仲方则选择"箭"字所在的去声霰、线韵；《洛出书》，叔孙玄观选择平声"书"字所在鱼部韵，郭邕则以入声"洛"字所在铎部为韵，而萧昕、张钦敬则选择入声"出"字，用质、术部韵字作诗。

2. 允许首句入韵。唐代省试通常用五言六韵，单句不入韵，双句入韵，但是并不像清代那样绝对避免首句入韵。在统计的464首诗歌中，首句入韵的有21首，虽然只占4.53%的比例，却足以说明唐代科举在省试诗程式方面的要求是非常宽松的。

3. 支韵有强烈的独立倾向。《广韵》中支、脂、之同用，这是沿袭唐代官韵《切韵》允许窄韵同用规定的结果。但是对唐代省试诗的统计表明，唐代支韵具有极强的独立性。在464首诗歌中，支韵独用的有14例，支、脂、之同用的有5例，脂、之同用的有3例，二者的总和尚不及支韵独用的数量。有独用有同用，说明支韵独用不是功令的强制要求，只能说明当时口语中三韵之间存在士子可以比较容易分辨的差别，故而导致支韵在使用中表现出强烈的独立倾向。

4. 文韵独用。现行《广韵》以文、欣为同用韵部，据钱大昕考证，在《切韵》及《广韵》原本中，文韵独用；合殷（欣）于文，是宋仁宗景祐年间以《广韵》为基础修订《集韵》之时，根据贾昌朝的建议，许附近通用的十三处窄韵之一。本文所统计的464首唐代应试诗中，用文韵者有25例，全部押用文部韵字，绝不掺杂殷（欣）部韵字，可见唐代文韵确是独用韵部。

二、清代应试诗限韵分析

（一）会试五言八韵诗限韵方式分析

自乾隆二十二年至光绪二十四年，清代计有67科会试以五言八韵诗作为考试内容。会试诗题由皇帝钦命，命题的同时，指定所限韵字。从清代会试五言八韵诗所限韵字的统计结果看，不同帝王在位时期的限韵方式表现出不同特点，尤以乾隆、同治、光绪三朝特点最为突出。韵字选择方式大致可以分为三种类型。

1. 韵字在题中，也就是限用题中某字为韵（一般是题中相对具有关键意义的字）。如嘉庆十九年《赋得受中定命，得中字》、道光十八年《赋得泉细寒声生夜壑，得声字》、光绪十五年《赋得马饮春泉踏浅沙，得泉字》之类。这种限韵方式在清代中晚期非常普遍，在统计时也最显而易见。

2. 韵字为题目出处中的文字。以这种方式限定的韵字绝对不在诗题中出现，乍看似随便拟定，实则为题目出处中的现成字，比如：乾隆六十年会试题目为《赋得闰月定四时，得和字》，此题出自《尚书·虞书·尧典》"汝羲暨和，期三百有六旬有六日，以闰月定四时，成岁"，"和"字在其中；嘉庆十六年会试题目为《赋得虚堂悬镜，得情字》，此题出自朱熹《敷文阁直学士陈公行状》：（陈良翰知温州瑞安县），"瑞安俗强梗，号难治，或谓公宜厉威严以弹治之，不然不济。公叹曰：'县令，字民之官，爱之如子，犹惧不蒇，况奋其武怒以憯威之，彼亦何所恃耶？'催租不下文符，第揭逋户姓名通衢，为之期日。民乐于不扰，如期皆集。听讼多得其情。或问其术，公曰：'吾何术，第公吾心，使如虚堂悬镜，而物之至者，妍丑自别耳。'"在此文中，"情"实为陈良翰治民的基本出发点，以"虚堂悬镜"为题作诗，不可不顾及此"情"。清代应试诗不仅要求士子在诗歌写作中表现出高超的技巧，同时要求了解题目出处并在诗中点明①；限定题目出处中的关键文字为韵字，可以视为对考生是否真正了解题目出处及其意义，并且巧妙地加以表达的一种变相考查方法。

3. 韵字与题意相关。这种方式所限韵字既非题字，也非题目出处中字，仔细分析，却与题目存在某种意义上关联，比如：乾隆二十八年会试，以《赋得从善如登》为题，以"难"字为韵。此题出《国语·周语下》"从善如登，从恶如崩"，讲的是个人道德修养问题，谓人之向善如登山，进程艰难缓慢；以"难"字为韵，是对题意的说明，也是士子在诗中必然要涉及的内容。乾隆五十八年的会试诗题是《赋得繁林翳荟，得贤字》，诗题出自宋人张君房所编《云笈七籤》卷九十八中《云林右英夫人惣杨真人许长史诗》一诗："繁林翳荟，则羽族云华；玄泉浩瀚，则鳞群竞赴，此在德之茂也。"这是以比喻手法，赞扬统治者有好贤之德，故群贤毕集，所限"贤"字，实为此题核心。这种选择与题意相关文字作为韵字的限韵方式，文献中未见明确记载，完全是笔者对清代历科会试诗题进行归纳的结果。在统计、分析、界定之时，不可避免地受到分析者主观理解以及思维模式的影响；不过，以对大量数据为基础进行归纳，得出的结论应该还是比较具有说服力的。而

---

① 按：清代科场极端强调"知题目出处"，甚至以此作为录取与否的唯一标准。陈康祺《郎潜纪闻二笔》卷一"嘉庆辛酉科诗题"条记载了一个典型事件："嘉庆辛酉，京师大水，科场改九月。诗题《百川赴巨海》，乃谢康乐拟建安七子陈思王一首，取'天下归仁'意，闱中罕得解。前十本将进呈，韩城王文端公以通场无知出处为憾。房考高侍读鹗搜遗卷，得定远陈籔卷，亟呈荐，遂得南元。他房落卷有略涉正意者，搜弃补荐，皆中式。""嘉庆辛酉"为嘉庆六年（1801），是年顺天府乡试题目为《赋得百川赴巨海，得收字》；陈康祺所言"谢康乐拟建安七子陈思王一首"，指的是谢灵运《拟魏太子邺中集诗八首》（其一），诗中有"百川赴巨海，众星环北辰。照灼烂霄汉，遥裔起长津。天地中横溃，家王拯生民。区宇既涤荡，群英必来臻。忝此钦贤性，由来常怀仁"之语，所谓"天下归仁"之义。考官以此命题，要求士子不仅要描摹出"百川赴巨海"的字面形态，还要扣合到诗题出处中的"天下归仁"之义，方为合格答卷。

且此类限韵方式也非清代所仅有,《文苑英华》所收唐代省试诗中,即偶有这种限韵方式,如《小苑春望宫池柳色》,限用"晴"字为韵。宋代文献则有《附释文互注礼部韵略》所附南宋初年的《出题式》,明确规定如遇诗题中字皆为仄声情况时的限韵方式:"《玉烛诗》,以'和'为韵,限五言六韵成,出《尔雅·释天》,云:'四时调为玉烛。'"①所限"和"字韵,与题目出处中"调"字在意义上存在关联,可以视为清代此种限韵方式之先声。

除了以上三种情况,清代尚有部分会试诗题的限韵方式不甚明了,暂归入"其他"类,存疑待考。统计结果列表如下:

清代67科会试五言八韵诗所限韵字选择方式统计表

	乾隆	嘉庆	道光	咸丰	同治	光绪
韵字在题中	—	8	5	1	3	7
韵字为题目出处中的文字	2	2	3	1	2	4
韵字与题意相关	9	2	6	1	1	—
其他	7	—	1	2	—	—
总计	18	12	15	5	6	11

乾隆朝会试计18科,所限韵字无一在题目中出现,只有2次使用了题目出处中的文字;韵字与题意相关的则有9次,另有7次限韵不易归类。作为清代科举试诗制度的创立者,乾隆不仅对题目出处极其用心,在韵字选择之时也是颇费心思的。他所限定的韵字,或是对诗旨有强烈的限定性,或是变相强调了熟悉诗题出处的要求,例如,三十四年的《赋得河海不择流,得虚字》,语出李斯《谏逐客书》:"太山不让土

---

① [宋]佚名:《附释文互注礼部韵略》所附《韵略条式》,上海:商务印书馆1934年四部丛刊续编影印铁琴铜剑楼藏宋刊本。

壤，故能成其大；河海不择细流，故能就其深。"这个诗题与韵字，足以保证乾隆可以听到数量够多、质量够高的关于"虚心纳士""虚怀若谷"的赞美声。四十六年的《赋得王良登车，得行字》，语出王充《论衡·率性》："王良、造父称为善御，能使不良为良也。如徒能御良，其不良者不能驯服，此则驵工庸师服驯技能，何奇而世称之？故曰：王良登车，马不罢驽；尧、舜为政，民无狂愚。"这自然是要士子称颂当朝皇帝御民有术，堪比尧舜了。五十四年恩科诗题是《赋得草色遥看近却无，得夫字》，这是乾隆朝唯一一次以唐诗为题目，"夫"字在"平水韵"虞韵（由《广韵》虞、模韵合并而来），韩愈《早春呈张水部》原诗亦用虞、模韵，由此可见，乾隆是从不放弃向士子玩弄小花招的机会的。

嘉庆朝会试诗题大多限用题中某字为韵，这种情况占总数的75%。以这种方式限韵，命题者省去了选择韵字所费的心思；士子构思时所受的干扰也相对较小，难度有所降低。道光之后，乾隆朝刻意避免的这种以题字为韵的限韵方式就变成了主流，诗题亦多出自士子更为熟悉的诗歌，限韵的作用就由兼考对出处的了解变成了单纯的韵部限定。这种变化趋势的个中原因尚不甚清楚，可能的解释之一是，试帖诗日益模式化，考查重点由出处向韵部转移；另一种解释就是乾隆之后的帝王，对于试帖诗限韵问题，已由热情转为惯性，不想再在选择韵字上花费心思了。

（二）乡试五言八韵诗限韵分析

清代乡试最初在15省举行，也称15闱。雍正元年（1723）湖北、湖南分为两闱，光绪元年（1875）陕西、甘肃分为两闱，共计17闱。在以五言八韵诗作为考试项目的大部时间里，都是分为16闱。乾隆三十三年至光绪二十三年，计举行乡试62科，所试五言八韵诗题及所限韵字，较为完整地保存在《清秘述闻三种》之中，构成本文研究的基本资料：法式善《清秘述闻》保存了乾隆三十三年至嘉庆四年的材料，王家相等《清秘述闻续》保存了嘉庆五年至光绪十二年的材料，徐沅祁《清秘述闻再续》保存了光绪十五年至光绪二十三年的材料。嘉庆年间有几科有题目无韵字，咸、同年间若干省份因战争原因未能正常科考，光绪年间几科诗题阙载，统计时亦排除在外，共得诗题922道。对乡试所限韵字在题目中出现频率的统计结果列表如下：

清代乡试五言八韵诗所限韵字在题目中出现频率统计表

省府	乾隆 韵在题中	乾隆 总数	嘉庆 韵在题中	嘉庆 总数	道光 韵在题中	道光 总数	咸丰 韵在题中	咸丰 总数	同治 韵在题中	同治 总数	光绪 韵在题中	光绪 总数	总计 韵在题中	总计 总数	比例（%）
顺天	1	14	7	11	6	15	2	6	4	5	5	9	25	60	41.7
江南	3	14	3	11	10	15	1	3	3	4	7	10	27	57	47.4
江西	3	14	5	11	13	15	2	3	4	5	9	9	36	57	63.2
浙江	1	14	4	11	11	15	3	5	4	4	9	10	32	59	54.2
山东	2	14	5	11	11	15	3	5	2	4	7	9	30	58	51.2
山西	4	14	7	11	13	15	3	6	5	5	9	9	41	60	68.3
陕西	4	14	4	11	10	15	2	6	3	3	9	9	32	58	55.2
四川	3	14	8	11	8	15	4	5	3	4	9	9	35	58	60.3
福建	2	14	7	11	11	15	4	4	4	5	8	9	36	58	62.1
湖北	2	14	3	9	7	15	1	4	4	5	9	10	26	57	45.6
湖南	2	14	6	10	13	15	2	3	3	5	6	8	32	55	58.2
河南	1	14	5	11	13	15	3	5	2	3	9	5	33	53	62.3
广东	2	14	7	11	8	15	2	4	5	5	8	9	32	58	55.2
广西	2	14	5	11	7	15	1	2	4	5	8	10	30	57	52.6
云南	2	14	9	10	11	15	1	3	2	2	9	9	34	53	64.2
贵州	2	14	5	11	13	15	2	2	4	4	8	9	34	55	61.8
甘肃	—	—	—	—	—	—	—	—	—	—	8	9	8	9	88.9
总计	36	224	91	172	163	240	36	65	59	70	138	156	523	922	
比例	16.1%		52.9%		67.9%		55.4%		84.3%		88.5%				56.7

此表清晰显示出乡试五言八韵诗所限韵字在诗题中出现比例逐渐增高的趋势。乾隆年间14科乡试224个题目中，所限韵字在题中出现的仅有36个，占诗题总数的16.1%，嘉庆年间增加到52.9%，道光年间更高达67.9%，咸丰年间回落至55.4%，同、光两朝所占比例都在80%以上。科举考试中诗题所限韵字，不仅规定了诗的韵部，而且如果韵字不在题中，而在诗题出处的文献中，出韵字时就必须考虑尽量运用原文中的语汇，这对士子熟悉诗题出处的文献无疑具有更高的要求。如果韵字出现在诗题之中，或者只是与诗旨相关，出韵字时选择词汇的余地会更大一些，难度也会相对有所降低。综合考虑清代乡试五言八韵诗所限韵字在诗题中出现比例不断增高的趋势，以及诗题依据的文献由经、史向集部转移的趋势，表明命题者对士子熟悉经典的要求有所降低，将兴趣更多地放到了应试诗的写作技巧方面。

　　五言八韵诗命题时所限韵字在限定韵部的同时，亦对诗旨有一定的暗示作用。考官以限韵方式，规定了士子作诗时思考的起点、方向与范围。他们必须在韵字限定的韵部中挑出合适的词汇，进行妥善组合，做出一首格式合乎要求、技巧尽量高妙的应试诗。对所限韵字进行统计分析，可以从中发现若干有意义的信息。下表是对清代乡试中922道诗题所限韵部的统计结果：

清代乡试五言八韵诗所限韵部统计表

韵部		所限韵字及出现次数	总计	比例
上平声	一东	丰13、东11、风11、中7、同4、红4、雄2、功2、笼1、通1、宫1	57	6.2%
	二冬	峰6、农2、宗2、钟2、龙1、松1、冲1、浓1、锋1	17	1.8%
	三江	江1	1	0.1%

续表

	韵部	所限韵字及出现次数	总计	比例
上平声	四支	诗13、时10、辞3、为2、奇2、宜2、知2、迟2、思2、枝1、垂1、吹1、陂1、碑1、施1、规1、词1、葵1、滋1、持1、怡1、淇1	51	5.5%
	五微	飞2、归2、晞1、挥1	6	0.6%
	六鱼	书3、如3、初2、舒2、居1、余1、锄1、虚1、庐1	15	1.6%
	七虞	湖5、珠4、图3、儒3、苏2、无1、瑜1、符1、都1、孚1	22	2.4%
	八齐	齐2、堤1、西1、溪1、携1	6	0.6%
	九佳	佳1、淮1	2	0.2%
	十灰	来7、才4、开3、台2、材2、梅2、堆1、杯1	22	2.4%
	十一真	新4、人4、筠2、民2、真2、臣1、仁1、宾1、珍1、春1、醇1	20	2.2%
	十二文	云5、文4、闻2、分2、纷1、勤1	15	1.6%
	十三元	源3、言1、尊1、敦1	6	0.6%
	十四寒	观9、丹4、兰3、寒2、安2、韩1、竿1、乾1、澜1、欢1、宽1、盘1	27	2.9%
	十五删	山17、环1、班1、颜1	20	2.2%
下平声	一先	贤16、先6、泉11、天10、圆10、年8、川6、田5、仙4、连4、莲3、烟2、然2、前1、坚1、煎1、延1、篇1、宣1、旋1、船1、传1	96	10.4%
	二萧	潮4、霄1、超1、朝1、遥1、摇1	9	1%
	四豪	高6、皋1	7	0.8%
	五歌	多9、和5、河4、歌3、罗2、波2、哦1	26	2.8%
	六麻	花3、麻1、霞1、家1、巴1	7	0.8%
	七阳	光21、香12、阳6、章6、长5、霜5、方4、凉4、行4、良4、祥3、黄2、芳2、扬1、乡1、昌1、房1、场1、觞1、冈1、彰1	86	9.3%

续表

	韵部	所限韵字及出现次数	总计	比例
下平声	八庚	清32、声29、晴18、平10、成8、生8、明7、鸣6、城4、横4、英3、荣3、情2、京2、耕2、兵1、迎1、茎1、精1、营1、贞1、诚1、呈1、程1、萦1	148	16.1%
	九青	青5、4、馨3、星2、庭1、屏1、经1	17	1.8%
	十蒸	登4、丞1、冰1、层1、腾1	8	0.9%
	十一尤	秋135、楼13、流10、游6、州3、留2、修2、舟2、收2、求2、浮1、周1、由1、洲1	181	19.6%
	十二侵	心13、林6、琴4、临3、寻2、深2、吟2、金2、音2、砧1	37	4%
	十三覃	南2、含2、涵2、岚1、蚕1、三1、蓝1	10	1.1%
	十四盐	檐1、谦1、蟾1	3	0.3%

清代922个乡试诗题所限韵字，涉及平水韵30个平声韵部中的28个，下平声三肴与十五咸两个韵部从未用到。出现频率最高的为尤韵，共计181次，占总数的19.6%；其次为庚韵，共计148次，占总数的16.1%；再次是先韵，共计96次，占总数的10.4%；以下依次为阳韵、东韵、支韵和侵韵，分别占总数的9.3%、6.2%、5.5%和4%；其余韵部中的韵字出现总数在10次以上的为寒韵（27次）、歌韵（26次）、灰韵（22次）、真韵与删韵（均为20次）、冬韵与青韵（均为17次）、鱼韵与文韵（均为15次）、覃韵（10次）；韵字出现次数低于10次的韵部有10个：萧韵（9次）、蒸韵（8次）、豪韵与麻韵（均为7次）、微韵、元韵与齐韵（均为6次）、盐韵（3次）、佳韵（2次）、江韵（1次）。

乡试所限韵字集中在尤韵、庚韵、先韵、阳韵、东韵、支韵等若干韵部之中，这种现象是由多种原因造成的，大致涉及韵部本身字数多寡、韵部本身具有的声情特点、清代乡试举行时间以及时人对韵字的特殊喜好等几个方面。

在平水韵30个平声韵部中，有的韵部可供押韵的字比较多，称为"宽韵"，如支韵、先韵、庚韵、尤韵、东韵等；有的韵部可供押韵的字比较少，称为"窄韵"，如微韵、文韵、删韵、青韵、蒸韵、覃韵、盐韵等。韵窄字少，难以押韵，稍有疏忽，即有出韵的危险，因而那些最窄的韵，诸如江韵、佳韵、肴韵、咸韵等，又有"险韵"之称。元韵虽然可供押韵的字不算太少，但是语音演变后与若干邻韵变得界限模糊，而且有些韵字较为艰僻，也极易出韵。

从对清代乡试限韵统计结果来看，出现频率较高的韵部，与平水韵宽韵较为一致，如尤、庚、先、东、支等韵，韵字多，韵部宽，在乡试中出现比例亦排在前列；出现频率最低或未出现的韵部，与平水韵窄韵或险韵亦基本一致，比如属于险韵的肴韵和咸韵，不仅韵字少（肴韵常用字有40个左右，咸韵不到20个），而且韵字大多缺乏诗意，不够雅驯，所以在应试诗中只能遭遇淘汰出局的命运；佳韵与江韵则分别出现2次与1次，从绝对数字上看并不多，但是科场之上以这两个韵部作五言八韵诗，难度是非常大的，足以作为清人追求险韵倾向的明证。限用佳韵字的，一次是《赋得春秋多佳日，得佳字》，语出陶渊明《移居二首》（其二）"春秋多佳日，登高赋新诗"，是乾隆四十四年（1779）恩科江西乡试诗题；一次是《赋得远树望多圆，得淮字》，语出白居易《渡淮》"孤烟生乍直，远树望多圆"，是光绪十七年（1891）顺天乡试诗题。佳韵常用韵字如下：佳、街、鞋、牌、柴、钗、差、涯、阶、偕、谐、骸、排、乖、怀、淮、豺、侪、埋、霾、斋、娲、蜗、娃、哇、皆、喈、揩、蛙、楷、槐、俳。两个题目都以写景为主，要从以上韵字中选择1/4，做成一首辞藻清丽、典雅工巧的五言诗，其难度可想而知。限用江韵的是道光十五年（1835）恩科江西乡试诗题《赋得白露横江,得江字》,江韵常用韵字极少,只有十几个,如:江、扛、窗、邦、缸、降、双、庞、逢、腔、撞、幢、桩、淙、豇等。康熙南巡时,有个叫吴廷桢的苏州人献诗,康熙很高兴,命他登上御舟赋诗,赐韵三江。吴廷桢只作得首二句"绿波潋滟照船窗,天子归来自越邦","思不能属,窘甚,忽听御舟自鸣钟,即景生情",才续出后二句:"忽听钟声传刻漏,计程今已到吴江",因此"好事者戏呼自鸣钟为'救命钟'"①。以江韵作一首七绝尚且如此困难,却要求在考场上以之作足八韵,分明是在为难考生了。

删、青、文、覃等窄韵韵字较为频繁地出现,亦证明了清代科场限韵有刻意追求窄韵乃至险韵的倾向。这些韵部中所限韵字与该韵部常用韵字的比例大致如下:删韵 20/31,青韵 17/53,文韵 15/35,覃韵 10/34。由于应试诗体兼赋颂、鼓吹休明的特点,因为诗题体裁的限制,韵部中的常用字,实际上有相当一部分是很难(或者根本不可能)用在诗歌中的,比如删韵的鹣、悭、扳,青韵的蜓、腥、娉、囹、荥,文韵的坟、荤、蕲,覃韵的龛、戡、郯、媭、褴等,考官命题选韵之时可能已将其排除在外,所以考生的韵字选择范围实际上就更为有限了。

平水韵每一韵部中韵字的收音基本相同,而具有某种相似收音的汉字,容易给人造成相似的听觉感受,也就是说,不同韵部客观上是具有不同声情的,适于表达不同类型的情感。清代周济在《宋四家词选·序论》中对各韵部不同音色的论述,揭示了韵部与情绪之间的关系:

东、真韵宽平,支、先韵细腻,鱼、歌韵缠绵,萧、尤韵感慨,各具声响,莫草草乱用。②

---

① [清]王应奎:《柳南随笔》卷四,北京:中华书局1983年,第73页。
② [清]周济:《宋四家词选》,上海:古典文学出版社1958年,第4页。

清代乡试限用最多的韵部是具有"感慨"声情的尤韵,这是诗人偏爱的韵部,该韵部的很多韵字极具诗意,如忧、流、留、游、悠、秋、洲、舟、愁、浮、鸥、楼等,在古典诗歌中的出现频率是相当高的。科举考试多以尤部字为韵,与此韵本身的声情特点有密切关系。出现频率较高的先韵、支韵的细腻,东韵的宽平,阳韵的响亮,庚韵的清空,也与应试诗本身的文体要求相吻合。

清代乡试在八月举行,与时令相关的写景咏物题材占相当的比例,决定了所限韵字也多与秋季的自然特点相关。最突出的一个韵字就是"秋"字,以总计出现135次的超高频率独占鳌头,占所限韵字总数的14.6%,除了它所在的尤部韵外,只有庚韵合整个韵部之字数,可以与之相抗衡,这也是造成尤部韵字出现频率高居榜首的主要原因。考察这些限用"秋"字韵的诗题,基本上以秋景描写为题材,只有极少数例外,比如:乾隆五十一年广西乡试《赋得百谷用成》、咸丰元年恩科河南乡试《赋得红枣林繁喜岁丰》、嘉庆二十一年四川乡试《赋得八月其获》等,特别强调秋季的丰收景象;乾隆五十九年河南恩科乡试《赋得查客至斗牛》,以神话传说以题材;道光十九年福建乡试《赋得笔非秋而垂露》,语出庾信《谢赵王示新诗启》"文异水而涌泉,笔非秋而垂露",是用比喻手法夸赞他人诗思流畅等。但是这类题材毕竟只占极小的比例。

同属庚韵的"清"字、"声"字的出现频率也比较高,分别为32次和29次。秋,自然是清秋,清江、清露、清景、清响、清音、清辉、清光、清月、清风、清桂,此类字样充斥在乡试五言八韵诗题之中,"清"字自然频频出现。统计中还发现一个有趣现象:乾隆年间乡试五言八韵诗所限用的224个韵字中,"清"字就有12个(其中5次出现在诗题中),《赋得秋澄万景清,得清字》(三十九年山西)、《赋得秋日悬清光,得清字》(三十三年广东,五十九年广西恩科)、《赋得玉韫山辉，得清字》（三十五年贵州恩科）、《赋得千崖秋气高，得清字》（四十四年贵州恩科）等题目，都以描写时景为主；另外一些诗题限用"清"韵，则带有鲜明的比喻色彩，如《赋得渭水象天河，得清字》（三十六年陕西）、《赋得玉壶冰，得清字》（三十六年贵州）、《赋得轮抱玉壶冰，得清字》（五十三年广东恩科）等。清代乡试限用"清"字韵总计32次，乾隆一朝就占了将近40%的比例，这一时期对"清"字韵的偏好是比较明显的。

以"声"字为题面并限用"声"字韵，却以道、咸之后最为常见，此处仅略举几例：《赋得尽日松声杂水声》（道光十五年恩科福建）、《赋得夜泉声在翠微中》（道光十九年贵州）、《赋得雁声新度灞陵烟》（道光二十年恩科陕西）、《赋得万壑度尽松风声》（道光二十三年江西、光绪五年云南）、《赋得风高时送雁声过》（道光二十九年山西）、《村春已报隔林声》（咸丰二年福建）、《夜添山雨作江声》（咸丰五年浙江）、《赋得树里河流汉水声》（光绪八年湖北）等。与《赋得清露滴荷珠》（乾隆五十九年恩科顺天）、《赋得江南江北青山多》（嘉庆五年恩科江南）等强调质实性描写的题目不同，以"声"为题面的诗讲究虚灵，大多须从闻声者落想，力求表现出悠远清空的韵味。这与其说是出于对韵字的强调，莫如说是一种诗歌审美风尚在起主导作用。考官通过对韵字的限定，表现出对这种审美风尚的推崇。

乡试限韵用到的另外一些高频字有：光（21次）、晴（18次）、山（17次）、贤（16次）、诗、丰、心、楼（均为13次）、香（12次）、东（11次）、风（11次）、泉（11次）、时（10次）、天（10次）、圆（10次）、平（10次）、流（10次）等。这些韵字基本上可以归为两类，一类与清秋时令相关，如光、晴、山、楼、香、风、泉、天、圆、平、流等；一类与获稼得人相关，如贤、丰、心、时、多、成、年等。

三、应试诗限韵的操作及影响

科举考试中对诗赋用韵的限定，有一个由手段到目的的发展历程；而对待诗韵的不同态度，直接决定了不同的限韵操作方式，并对诗赋创作风貌产生不同的影响。

唐代科举初试诗赋，由允许士子自由创作到在格律、用韵方面作出相关规定，有一个发展过程，目前掌握的文献不足，难以作出进一步的深入论证。但是，可以肯定的一点是，唐代最初对五言六韵诗的用韵作出限制，主要目的在于防止预作或抄袭，而不在有意通过限韵增加创作难度。随着进士科日益受到重视，参加考试的人数不断增加，使得竞争日益激烈，淘汰比率上升；而诗赋取士制度经过一个时期的发展也逐渐确立与完善，限韵的技术性因素有所增强，文献中偶尔可见因落韵、出韵而不第的记载。但终唐之世，直接限定韵字的终属少数，士子一般可以在三四个韵部（甚至更多）中作出选择。对于首句可否入韵、题字能否重出、所限韵字在诗中的出现位置等细节，都没有作出规定。而且偶有出韵，或可原谅；句数不足，可曰"意尽"①，可见唐代虽然创立了诗赋取士制度，但是具体操作上却经常无可无不可，是非常灵活的。

宋代科举考试中一个突出现象是因事立法，下不为例。在诗赋取士方面，宋初基本沿用唐、五代之法，熙宁变法取消诗赋，哲宗元祐四年（1089）恢复诗赋考试，并就出题模式及考核标准进行了认真讨论。元祐五年七月，太学博士孙谔等人提议：

---

① ［宋］计有功《唐诗纪事》："有司试《终南山望余雪诗》，（祖）詠赋云：'终南阴岭秀，积雪浮云端。林表明霁色，城中增暮寒'，四句即纳于有司。或诘之，詠曰：'意尽。'"

诗以题中平声字为韵，题中有两字同韵而并押者（如廖迈《仲秋献良裘诗》云："策礼分常职，天时及仲秋。猎将行大狝，服预献良裘"，既押"秋"字，又押"裘"字）……欲乞依旧许用。①

据此可知，熙宁变法前，五言六韵诗的限韵形式一般默认采用以题字为韵的方式，但对平仄尚未作出明确规定，此时进一步限定只能用"题中平声字"；题中如有两字在同一韵部，允许并押，唐代及宋初应试诗中都有这种现象②，此时可能引起争议，孙谔提议允许依旧使用，得到批准。

高宗建炎（1128~1130）年间，在北宋哲宗年间科举制度的基础上进一步严密系统，对出题、答题、评判作出一系列补充规定。诗赋方面，首先以举例形式规定了《出题式》，涉及五言六韵诗有如下内容：

《天德清明诗》，以题中平声字为韵，限五言六韵成，出《毛诗》"清庙，祀文王也"注："天德清明，文王象焉。"……《玉烛诗》，以"和"字为韵，限五言六韵成，出《尔雅·释天》云："四时调为玉烛。"③

《出题式》就限韵方式、诗歌形式、题目出处三个方面分别作出详细规定。诗例用五言六韵，要详细注明题目出处，这是宋代诗赋命题的特点

---

① ［宋］佚名：《附释文互注礼部韵略》所附《韵略条式》，商务印书馆1934年四部丛刊续编影印铁琴铜剑楼藏宋刊本。
② 按：如陆复礼《中和节赐公卿尺》："春仲令初吉，欢娱乐大中。皇恩贞百度，宝尺赐群公。"题中"中""公"二字都在东韵，在诗的第一、二联分别作为韵脚出现。
③ ［宋］佚名：《附释文互注礼部韵略》所附《韵略条式》。

（唐代对题目出处不甚留意，考官命题亦比较随意；清代命题不注出处，却要求考生清楚题目出处并在诗作中有所反映）。如果题目用字平仄兼有，则"以题中平声字为韵"，这是沿袭唐代允许士子自由选择题字为韵的方式，只是进一步明确须用平声字；如果题目皆为仄声字，考官要另外指定一字为韵。从《出题式》所举《玉烛诗》以"和"字为韵，诗出《尔雅》"四时调为玉烛"来看，考官并非随意指定韵字，而是要与题目出处有一定的关系，"和"与"调"就是意义相关的两个字。这个韵字对题旨亦有一定的指示限定作用。

在应试诗考核方面，南宋也作出一系列详细规定，《绍兴重修通用贡举式》关于"试卷犯不考（但一事不考，余皆不考）"①的细则中，与诗赋用韵相关的就占了6条，现依次分析如下：

1. "诗赋题全漏写官韵"。这一条其实是对试卷书写格式的要求，与考生的诗赋写作水平根本没有关系。在考场上，考官宣布诗赋题目及所限韵字后，考生应该依照要求，在试卷上写明：《××诗》，以题中平声字为韵（或"以×字为韵"），然后书写所作五言六韵诗；《××赋》，以"××"为韵，依次用（或"不依次用"），然后书写所作赋②。仅因诗赋题目漏写官韵即取消评判资格，亦见得对"韵"的强调程度。

2. "诗赋不压官韵"（《贡举式》原注：如文意分明，止是漏书字，即依脱字例，谓如赋官韵用"华"字，压云："祥开日"，漏"华"字；

---

① ［宋］佚名：《附释文互注礼部韵略》所附《韵略条式》。按：宋代科举考试评判时，对于试卷出现问题的处置分为三种：试卷中极微小的问题用"点"，稍严重些用"抹"，点、抹多的试卷成绩会降等；出现严重问题则判为"不考"，就是根本取消试卷的评分资格。

② 按：南宋《绍兴重修通用贡举式》规定："（赋）官韵八字，一平一侧相间，即依次用；若官韵八字平侧不相间，即不依次用。"（［宋］佚名：《附释文互注礼部韵略》所附《韵略条式》）

诗官韵用"居"字,压云:"山河壮帝",漏"居"字之类)。此条特别针对题目所限韵字在诗赋中的出现情况:如果诗赋没有使用考官所限韵字,而随意押用其他韵字,则按"不考"论处。此条另有对特殊情况的附加说明:如果从考生试卷可以看出考生在构思时是打算以所限官韵为韵脚的,最后却因疏忽慌乱等原因而忘记写上去,导致韵脚处空缺一字,"即依脱字例"论处;按照《绍兴重修通用贡举式》,"脱一字"的扣分标准只是一"点",而不是"不考"①。

3. "诗赋落韵"(《贡举式》原注:如文意分明,止是误书字,即依字误例,谓如赋"祥开日华",误书作"日革"之类)。此条与"诗赋不压官韵"的区别在于:它针对的是诗赋中除所限韵字之外的韵脚字。对于五言六韵诗来说,如果除了所限官韵之外的五个韵脚错用了韵部之外的字,即会被取消评判资格。此条亦有对特殊情况的附加说明:如果从试卷中可以分明看出考生在构思时所想的确实是韵部中的韵字,只是落笔时不小心错写成该字的形近字,如误书"日华"为"日革","即依字误例"论处。按照《绍兴重修通用贡举式》,"误用字"的扣分标准是一"抹",比一"点"要严重②。

4. "诗赋重叠用韵"(《贡举式》原注:如文意分明,止是误书字,即依字误例,谓如赋官韵用"东"字,压云"阴魄既没,大明在东。吐象成字,昭文有融",误书作"昭文有东"之类;诗官韵用"灵"字,压云"善鼓云和瑟,尝闻帝子灵。冯夷徒自舞,楚客不堪听",误书作"楚客不堪灵"之类)。此条规定:一个字在诗赋之中两次作为韵脚出现,即按"不考"论处。此条亦有附加说明:科场诗赋词句多有出处,韵脚更是如此。如果试卷中有韵脚重出现象,考官又能根据出

---

① [宋]佚名:《附释文互注礼部韵略》所录《绍兴重修通用贡举式》。
② 按:《附释文互注礼部韵略》中《绍兴重修通用贡举式·出题式》关于"试卷犯点抹"中规定:"误用字""脱三字"均为一"抹","脱一字"为一"点"。

140

处，判定重出韵脚实为考生误书，则可不按重叠用韵处理，而"依字误例"，亦只是一"点"。此条与"诗赋落韵"的处理，在一定程度上依靠考官的学识与负责态度，包含一定的运气因素在内。

5. "诗韵数少剩"。宋代要求五言六韵，所谓"韵数少剩"，即为未作足六韵，是不合格的试卷。

6. "诗两韵以前不见题"。应试诗是一种对"点题"有着严格要求的特殊诗歌形式，是一种围绕题目来做的诗。宋代五言六韵诗，要求点题必在首、次两联，否则以"不考"论处。清代试帖诗规定用五言八韵，亦要求首、次两联点题。这要求考生在安排韵字韵脚之时，要时时照顾题意。好在唐宋时期对于题目中所限韵字在诗中的出现位置均未作明确规定①，较清代规定所限韵字亦必在首、次联出现，难度要求方面还有所放宽。

清代五言八韵诗对用韵限制极端严格，自命题、限韵到可用韵字的选择，形成一套严格完整的制度。会试及顺天府乡试五言八韵诗例由钦命，各省乡试则由主考命题。在考试前一天，主考有一项特殊任务，就是按照命题时所限韵部选韵，删去该韵部中奇险之字，选取雅驯之字，刷印成一篇，临场发给士子，以此作为作诗时选择韵字的范围。赵翼（1727～1814）《瓯北集》有《分校杂咏》组诗，共计26首，均为两字

---

① 按：关于这一点，可从南宋绍兴年间的一个事例得到证明。绍兴五年（1135），左朝奉郎大理寺丞黄邦俊在有关于诗赋平仄问题的奏折中，提议"诗四句外用题目一字，合当抹；连用两字，即合不考，押官韵者非"。礼部经过一番讨论之后，作出以下决议："诗四句外用题内一字，祖宗旧制，考校格内即不曾立为杂犯，如省元欧阳修《府学释奠诗》第六句'罇罍莫两楹'，系犯题目'奠'字；解元林希下《善斋肃诗》第六句'善问若撞钟'，系犯题内'善'字之类。今相度，如止犯一字，自不为杂犯；欲连两字，合作一点；三字以上，即作一抹，难以便行不考。"（《附释文互注礼部韵略》所附《韵略条式》）由黄邦俊奏折中"押官韵者非"之语，可以推知：诗四句之外，仍可以出现所限官韵，即官韵出现位置，并不像清代一样限于首、次两联。

141

标题，以诗体形式记录他参加乾隆二十四年乙卯科乡试主考的全过程。其中《选韵》一诗曰：

> 令甲初添试帖新，主司选韵为胪陈。华严字母删奇险，韶濩诗林取雅驯。叉手挥成知几辈，吟髭撚断定多人。最先一字休忘却，御笔当头耀炳麟。①

五言八韵诗题目统一采取《赋得……得×字》的形式，主考在考试前夜，根据所限韵字，对《佩文韵府》该韵部中的韵字进行筛选，挑出符合"雅驯"标准的韵字，临时刊刻印刷（皇帝命题时所限韵字，照例要刻在最前面）；考生入场，每人拿到这样一张印有韵字的纸，只能在指定范围内进行选择，实际范围小于《佩文韵府》所列该韵部韵字之和。

如前所述，清代试帖诗不仅直接限定某字为韵，而且有刻意追求窄韵乃至险韵的倾向；试卷上五言八韵诗出韵，更是绝对不允许的情况。诗韵在诗歌写作中的地位，远较唐宋时期更为重要。纪昀曾对限用险韵颇不以为然，他认为："作诗最藏拙者，莫过于险韵。唐人试律限韵者至少，盖主者深知甘苦，不使人巧于售欺。"② 他结合创作实践，认为诗歌水平高低，与用韵宽严并无必然联系；倒是险韵因为韵字极少，写诗时可以用到的词汇也相对较少，高手与庸才同样面对有限的施展空

---

① ［清］赵翼：《瓯北集》，上海古籍出版社1997年，第172页。按：《分校杂咏》计有《宣名》《赴闱》《封门》《佔房》《聘礼牌》《供给单》《乡厨》《刻匠》《分经》《发策》《刷题》《选韵》《号簿》《荐条》《文几》《卷箱》《红烛》《蓝笔》《落卷》《副卷》《拨房》《谕帖》《填榜》《谢恩》《门包》《房卷》等26首，涉及主考乡试的各道程序、各色人等、各种器物，既有史料价值，又具形象性。

② ［清］纪昀：《唐人试律说》，《镜烟堂十种》，壬午重刊定本，嵩山书院藏版，第43页a。

间，高水平者难以充分发挥，低水平者反倒容易蒙混过关。因此，纪昀认为唐代深谙诗歌创作之道的考官在限韵之时，常常有意避开险韵。纪昀的论点可能部分接近事实，但是唐宋科举很少限用险韵的最根本原因仍然在于时人对诗韵的态度：唐代乃至宋代大部分时间里，即使是在科举考试中，人们也尚未把限韵当成一项技巧来加以强调；在诗与韵之间，评判重点仍然在诗而不在韵。随着古典诗歌作为一种文学形式日益僵化，评判标准由诗的内容向以韵为核心的形式方面倾斜，押韵不断得到重视与强调，考核重心最终移到对用韵的考校方面。

形成于初唐时期的格律诗经过千余年的坎坷历程之后，18世纪中期重新成为科举考试项目。实际上，格律诗此时已经走到末路，作为一种文学体裁，在外部，它承载着过多的社会任务；在内部，它被清规戒律牢牢束缚。乾隆帝在科场加试五言律诗的举措，使得仅能维持僵化局面的古典诗歌又与仕途利禄更加紧密地捆绑在一起，八股倾向更为严重，各方面的规范更加严苛，并溢出科场范围，向日常创作蔓延。在科举指挥棒的牵动下，清代很多人穷毕生之力从事试帖诗的写作，出现"试律观止"[①]的局面，这绝对是诗歌的不幸。可以说，正是清人坚持推行考试五言诗这一倒行逆施的举措，将诗歌艺术引向了死胡同，并且造成此后两百余年间"平水韵"的僵尸状态。

[①] ［清］王先谦《〈国朝试律诗钞〉序》："经术盛于汉，书法盛于魏晋之间，骈俪盛于南北朝，古文之学盛于宋，词曲盛于元，制艺盛于明，古近体诗唐称盛焉。国朝兼之，而试律观止矣。"（《虚受堂文集》，长沙：《葵园四种》，岳麓书社1986年，第45页）

下编　古典诗歌创作论
——诗赋取士背景下的诗国风貌

启功师曾有笔记一条:"唐以前的诗是长出来的,唐人诗是嚷出来的,宋人诗是想出来的,宋以后诗是仿出来的。"① 长、嚷、想、仿,通俗形象、顽皮幽默的四个字,揭示了中国古典诗歌随时代而流变而各具面貌的本质原因。唐音宋调,风格截然不同,却都个性鲜明:"唐人'嚷'诗,出于无心,实大声宏,肆无忌惮";宋人"想"诗,以才学为根基,章法井然,冷静而富于理趣。至于宋以后的"仿"诗,无论模仿水准多么高妙,总是在前人划定的圈子内打转转。诗赋取士制度为仿诗提供了某种客观需要,本编将要讨论的是确有诗才与本无诗才的人在这种政治文化背景之下是如何学诗、作诗与用诗的。

---

① 万光治笔录并整理:《1974年4月5日启功先生讲唐代文学》,启功著,赵仁珪等编:《启功讲学录》,北京:北京师范大学出版社2004年,第3页。

第一章

官方化的诗韵系韵书

中国古典诗歌用韵经历了从随顺口语自由押韵（先秦至晋、宋时期），到审音辨韵自觉押韵（齐、梁至陈、隋时期），再到依照韵书强制押韵（唐代中叶之后）的发展过程。在这个过程中，齐、梁至唐代前期是至为关键的历史阶段，这既是诗歌用韵模式的形成时期，亦是韵书的形成时期。永明诗人积极探索四声、平仄在诗歌中的应用，对于用韵也非常讲究，"押韵由疏而密，押平声韵居多，押仄声韵很严，至于通韵，很多已经接近唐人"[①]；在此期间，韵书亦蜂涌而出。这些韵书多是对以往韵文材料的归纳与成果化，又转而在一定范围内成为韵文创作的指导和依据。隋代陆法言对旧韵进行了一番捃选除削、剖析分别的加工，编成《切韵》一书，唐初取代其他韵书，获得垄断地位。也正

[①] 刘跃进：《门阀士族与永明文学》，北京：生活·读书·新知三联书店1996年，第3页。

是在唐代，依照韵书押韵逐渐成为基本创作方式①，经宋、元至明、清时期，甚至成为唯一的押韵方式。

韵书的产生与文学的自觉以及诗歌的格律化有密切关系，是对诗歌用韵进行有意识地探索、归纳、系统化的结果；韵书产生后，又转而成为诗歌用韵的依据，规范着诗歌用韵的发展模式。唐代诗赋取士确定以《切韵》作为科场评判标准后，作为艺术规律成果化的韵书被赋予了文学之外的官方力量，它对文学创作的影响，亦超出了艺术规律本身可能产生的作用效果。从此以后，诗歌用韵呈现出偏离艺术自由发展的奇特轨迹。研究诗赋取士对文学创作风貌的影响，诗韵系韵书的官方化是一个必须给予高度重视的问题。

第一节　从永明文学传统看《切韵》编纂目的

《切韵》是第一部被指定为官韵的韵书，后世诗韵系统的韵书无不与之有着密切联系。尽管《切韵》仅存残卷，自发现以来却一直是音韵学领域的重要研究对象，尤以《切韵》音系性质为争论的重点，目前尚无定论。文学创作是《切韵》编纂的背景，亦是其最终服务的对象，惟有联系齐、梁至隋初文学发展的特殊状况，方能解释《切韵》

---

① 王力《汉语诗律学·导言》："唐朝初年（所谓初唐），诗人用韵还是和六朝一样，并没有以韵书为标准。大约从开元天宝以后，用韵才完全依照了韵书。何以见得呢？譬如《唐韵》里的支、脂、之三个韵虽然注明了'同用'，但是初唐的实际语音显然是脂和之相混，而支韵还有相当的独立性，所以初唐的诗往往是脂之同用，而支独用（盛唐的杜甫犹然）。又如江韵，在陈隋时代的实际语音是和阳韵相混了，所以陈隋的诗人有以江阳同押的；到了盛唐以后，倒反严格起来，江阳绝对不能相混，这显然是受了韵书的拘束。其他像元韵和先仙，在六朝是相通的，开元天宝以后的'近体诗'也不许相通了。"（王力：《汉语诗律学》，上海教育出版社1979年新2版，第4~5页）

音系的性质,方能理解《切韵》在历史上的作用与意义。

一、关于"欲赏知音,即须轻重有异"

《切韵·序》曰:"欲广文路,自可清浊皆通;若赏知音,即须轻重有异。"理解《切韵》编纂宗旨,通常由此句入手。陆法言在"广文路"与"赏知音"之间如何取舍?一般认为以"赏知音"为宗旨。[1]观其韵部划分之细,亦可充分说明这一点。

问题在于如何理解他所说的"赏知音"。语言学家倾向于认为陆法言是要"确定正音规范"[2],认为他之所以能够细分韵部,是因为他具有卓越的审音能力。陆法言的审音能力达到何种程度权且不论,首先需要进一步追问的是:《切韵》严于审音,用意究竟何在?

从齐、梁至隋初文学、文化的发展状况来看,陆法言所说的"赏知音"与后世语言学家强调的"审音"是有所区别的,它们是分属文学与语言学两个层面的概念,根本差别在于目的不同:"审音"以对语音本身的辨别为目的,"赏知音"则要透过语言层面、达到对文学作品深层次的理解与欣赏。《梁书》卷一三三《王筠传》记载了这样一个典型事例:

> (沈)约制《郊居赋》,构思积时,犹未都毕,乃要筠,示其草。筠读至"雌霓(原注:五的反)连蜷",约抚掌欣忭曰:"仆尝恐人呼为霓(原注:五鸡反)。"次至"坠石堆星"及"冰悬坎而带坻",筠皆击节称赞。约曰:"知音者希,真赏殆绝,所以相

---

[1] 赵振铎:《从〈切韵·序〉论〈切韵〉》:"《切韵》的目的在于赏知音。……既然按照诸家音韵、古今字书,用开皇初年的记录为纲来决定去取,足以看出它和广文路的关系不如赏知音密切。"(《中国语文》1962年10月号,第473页)

[2] 赵振铎:《从〈切韵·序〉论〈切韵〉》,《中国语文》1962年10月号,第473页。

要，政在此数句耳。"

沈约作赋，特邀王筠诵读，就是因其"知音"，能够读准赋中所用字音，从而能够对作品达到"真赏"的层次。"霓"字有平、去、入三个读音，以平声"五鸡反"最为常用，但是沈约期望人们把这个字读为入声"五的反"，构成—｜——的句式。从他"尝恐人呼为'霓'"的忧虑可以推想：单从文意角度来看，呼为"五鸡反"是绝对可以的；"五的反"读音太古怪，时人一般不会想到要这样读。但如按照通常"五鸡反"的读法，"雌霓连蜷"一句就是四个平声相连属，虽然于意义无大妨碍，却失去了"一简之内，音韵尽殊"①所带来的平仄相间的美感。而自觉运用"参差变动"的声调来展现声音的韵律美，正是永明诗人追求的最高境界。沈约"构思积时，犹未都毕"，可能主要也是在为声律问题花费心思。王筠能够意识到沈约赋的声律问题，故而对"霓"字取其入声而不取其平声，保证了沈约对作品声律的追求在"创作—接受"两个环节上都能得到完美的实现，这才是"赏知音"的真正内涵。至于认为"'霓'字从雨从兒，义合谐声，固当读为'五鸡反'，乌在为知音哉"②，是不能理解声律对于永明诗人重要意义的人才会产生的想法。

"齐永明中，文士王融、谢朓、沈约文章始用四声，以为新变，到转拘声韵，弥尚丽靡，复逾于往时。"（《梁书·庾肩吾传》）永明诗人倡导作文讲究声律，成为一时风尚，"远近文学，转相祖述，而声韵之

---

① 《宋书》卷六七《谢灵运传论》："一简之内，音韵尽殊；两句之中，轻重悉异。妙达此旨，始可言文。"（北京：中华书局1974年，第1779页）
② （元）程端礼：《（程氏）家塾读书分年日程》卷三"旁证"，清同治七年（1868）湖北崇文书局刻本，第12a页。

道大行"①。这是齐、梁时期"音韵蜂出"（颜之推《颜氏家训·音辞篇》）的背景。不管是由于四声的发现促成了诗歌创作对音乐美的追求，还是因为文学创作追求声韵和谐，最终发现四声，从而归纳出体系化的韵书，无可否认的一点是：文学创作与欣赏方面的要求，是韵书大量涌现的最关键因素。韵书的编纂者与服务对象，基本上是祖尚风华的文人，而不是以审音辨韵、通经学大义为目的的学者；制韵的目的是为了韵文的创作与欣赏，而不以辨别声韵为终极目标。这是一个推崇文学的时代，而不是一个以研究语音为目的的追求学术的时代。陆法言生活的隋初，齐、梁文学余绪尚存，虽然《切韵·序》无一语提及永明文学，但它无疑也是在永明新体诗风沾溉之下结出的硕果；陆氏强调的"赏知音"，与永明诗人的声律观念有密切关系。

二、关于"颜外史、萧国子多所决定"

《切韵·序》中"颜外史、萧国子多所决定"一语，对理解《切韵》编纂目的与性质具有重要意义。对此，一些观点认为：在讨论与文学创作关系密切的韵书问题时，颜、萧"之所以多所决定，大概有两个可能性：一是他们两人在陆法言等人当中更长于音理和音学知识，二是他们两人最熟悉江南音系"②。这种推测很有说服力，但仍需强调一点：二人秉承着南朝文学（尤其是永明文学）的观念与传统，他们的决定性意见，使得《切韵》成为永明创作追求的体现。

1. 二人生于南方，在梁朝接受教育。颜之推的父亲颜勰担任梁武帝子湘东王萧绎镇西府谘议参军，颜家"世善《周官》《左氏》，之推早传家业。年十二，值绎自讲庄、老，便预门徒"，"博览群书，无不

---

① ［唐］封演：《封氏闻见记》卷二"声韵"，丛书集成初编1936年初版，第15页。
② 王显：《再谈〈切韵〉音系的性质——与何九盈、黄淬伯两位同志讨论》，《中国语文》，1962年12月号，第547页。

该洽；词情典丽，甚为西府所称"①。萧该为梁武帝第九弟鄱阳王萧恢之孙，"性笃学，《诗》《书》《春秋》《礼记》并通大义，尤精《汉书》"②。二人都曾亲沐梁代优秀的文化氛围，而从整个南北朝文学、文化的发展状况来看，南朝始终占据绝对优势，是北方祈慕的典范，东魏创始人高欢至有"江东复有一吴儿老翁萧衍者，专事衣冠礼乐，中原士大夫望之以为正朔所在"之语③，说明文化吸引力甚至有衍化成政治上的向心力与同化力量的可能。开皇初年诸人讨论韵书问题时，南北尚未统一，陈朝继梁之后，支撑着半壁江山，也延续着业已没落的宫廷贵族文化。隋文帝麾下集结的文化精英，以颜、萧二人与南方梁代上层文化圈关系最为密切，学术造诣亦最为精深，自然成为有资格发表决定性意见的学者。

2. 二人都兼通南、北语音。《北齐书》卷八二《文苑传》："颜之推，字介，琅邪临沂人也。九世祖含，从晋元东度，官至侍中、右光禄、西平侯。父勰，梁湘东王绎镇西府谘议参军。"王利器《颜氏家训集解》引洪亮吉《晓读书斋四录》对此进行的考证：

> 《南史》颜协在《文学传》，其子颜之推在《北史·文苑传》，皆云"琅邪临沂人"。按：琅邪系东晋成帝时侨郡，临沂亦侨县，属琅邪。……《元和姓纂》等书"颜氏本贯琅邪，晋永嘉过江，居丹阳"，是颜氏本自江北琅邪渡江，又居侨郡之琅邪耳。④

---

① ［唐］李百药：《北齐书》卷四五，北京：中华书局1972年，第617页。
② ［唐］魏征等：《隋书》卷七五，北京：中华书局1973年，第1715页。
③ ［唐］李百药：《北齐书》卷二四，第347页。
④ ［北齐］颜之推撰，王利器集解：《颜氏家训集解》（增补本），北京：中华书局1993年，第649页。

颜之推在晚年所著《观我生赋》中自述家世:"吾王所以东运,我祖于是南翔。去琅邪之迁越,宅金陵之旧章。作羽仪于新邑,树杞梓于水乡。"颜之推于梁武帝中大通三年(531)生于金陵,在南迁士大夫的"通语"环境中长大①,对这种文雅的语言自是极为熟悉。且颜之推早年即在萧绎门下,甚得赏识。萧绎对音韵极为重视,并与萧纲进行讨论,《颜氏家训·音辞篇》中有这样的记载:

> 梁世有一侯,尝对元帝饮谑,自陈"痴钝",乃成"飔段",元帝答之云:"飔异凉风,段非干木。"谓"鄩州"为"永州",元帝启报简文,简文云:"庚辰吴入,遂成司隶。"如此之类,举口皆然。元帝手教诸子侍读,以此为诫。

此侯把"痴钝"说成"飔段",把"鄩州"说成"永州",萧氏兄弟精于审音,能够引经据典、极为风雅地指出他的错误②。颜之推耳濡目

---

① 鲁国尧:《"颜之推谜题"与南北朝语言和方言》:"颜之推《颜氏家训·音辞篇》:'南染吴越,北杂夷虏,皆有深弊,不可具论。'自颜含随晋元帝渡江,至颜之推已历九世。……到了南北朝后期,即梁与北齐、北周鼎峙时,中国已形成了两个通语,黄河流域以洛阳话为标准,而江淮地区则以金陵话为标准。《颜氏家训·音辞篇》指出'帝王都邑'的语言具有权威性:'独金陵与洛下耳'。"(《南京大学中文系九十周年系庆论文集》,南京大学出版社2004年,第18~20页)
② [北齐]颜之推撰,王利器集解:《颜氏家训集解》(增补本),第564页。按:元帝以"飔异凉风,段非干木"说明钝、段不同;《说文解字》:"飔,凉风也。"段干木是战国初年魏国名士,师子夏,为孔子再传弟子。简文帝所言"庚辰吴入,遂成司隶",是巧借历史事件与著名人物,说明鄩、永不同;《颜氏家训集解》引赵曦明曰:"《春秋》:'定四年冬十有一月,庚午,蔡侯以吴子及楚人战于柏举,楚师败绩,楚囊瓦出奔郑。庚辰,吴入郢。'"龚道耕先生曰:"后汉鲍永为司隶校尉,有名。六朝文词,习用其事,故简文云然。谓其以'庚辰吴入'之'郢',误呼为鲍司隶之名耳,与地理无涉。"简文答语,举《春秋》吴入楚都为"鄩"之歇后语,举后汉抗直不阿之司隶为"永"之歇后语,齐、梁之际,多通声韵,故剖判入微如此云。

153

染，无疑也培养了细致分辨语音的兴趣与能力。二十四岁时，旧主梁元帝死，他被俘至北周，后经砥柱之险投奔北齐，置身文化荒漠，充耳疏野之语，时常有意识地将南、北方语言进行比较："冠冕君子，南方为优；闾里小人，北方为愈。易服而与之谈，南方士庶，数言可辩；隔垣而听其语，北方朝野，终日难分。"他认为江南士庶"语音分别，昭然易晓"；河北朝野"语音混同"，不易区分，言外之意，即认为南方知识阶层中通行的语音带有更为明显的文化印记。因此，他始终保有以南方通语为标准语音的观念，坚持以通语教育子女，"虽在孩稚，便渐督正之；一言讹替，以为己罪"①，将保持家庭语言的纯正看得无比重要，并郑重其事地写到《家训》之中。

萧该的生平资料保存甚少，仅在《隋书》卷七五《儒林传·何妥传》附百余字传记云："兰陵萧该者，梁鄱阳王恢之孙也。少封攸侯。"萧恢是武帝第九弟，而武帝则为"南兰陵中都里人……以宋孝武大明八年甲辰岁生于秣陵县同夏里三桥宅"②。南兰陵是东晋初年侨置郡县，治所在今江苏常州市西北，梁武帝则生于金陵附近。《萧该传》所云"兰陵"亦为南兰陵，而非山东兰陵。作为梁朝宗室，萧该所操语音应是上流社会的通语。他在554年西魏攻陷江陵时来到长安，至开皇初年，已在此居住近三十年，对关中一带的语言也应非常熟悉了。

3. 二人都深谙音理。熟悉一种语言，并不意味着一定能从音理上对此种语言进行分析与解释。从现存文献来看，当夜论韵诸人中，唯有颜、萧在音学方面进行过专门研究，颜之推著有《训俗文字略》（已佚），现存《颜氏家训·音辞篇》，"颇多辨章纽韵之言"③，"专为辨析

---

① ［北齐］颜之推撰，王利器集解：《颜氏家训集解》（增补本），第529～530页。
② ［唐］姚思廉：《梁书》卷一，北京：中华书局1973年，第1页。
③ 罗常培：《〈切韵·序〉校释》，严家崟《〈广韵〉导读》书后附载，成都：巴蜀书社1990年，第246页。

声韵而作,斟酌古今,掎摭利病,具有精义,实为研求古音者所当深究"①。此篇"胪述了南朝和北朝语言(方言)的特点,比较其差异,至少在中国语言学史上首次揭示了语言(方言)接触感染的大问题,也多处叙述了南北语言学者观点的分歧"②,对"古今言语,时俗不同;著述之人,楚、夏各异"的状况有较为深刻的理性认识,亦就时人所著韵书的评价,如"李季节著《音韵决疑》,时有错失;阳休之造《切韵》,殊为疏野"等。关于《颜氏家训》成书时间,王利器认为"盖成于隋文帝平陈以后,隋炀帝即位之前"的6世纪末期③,然据《音辞篇》中"至邺已来"一句推测,写作此篇时颜氏似尚在北齐。至开皇初年,颜氏关于音韵的这些观点业已成熟,在讨论中应该能够得到反映。

萧该则撰有《汉书音义》十二卷、《文选音》三卷,"咸为当时所贵",均著录于《隋书·经籍志》,惜世无传本④。

由南入北的生活经历以及在语音学方面的高深造诣,使得颜、萧二人能够洞析南北语言的得失,在关于韵部划分的讨论中,比其他北方人拥有更多的发言权。

4. 二人的语言观中渗透着永明文学对声律的追求。以竟陵王萧子良为核心的文人集团是永明文学的核心,其西邸曾集结了以沈约为首的"竟陵八友"⑤。萧纲与萧绎对他们的文学成就非常推崇,萧纲在《与

---

① 周祖谟:《〈颜氏家训·音辞篇〉注补》,《周祖谟语言学论文集》,北京:商务印书馆2001年,第198页。
② 鲁国尧:《"颜之推谜题"与南北朝语言和方言》,《南京大学中文系九十周年系庆论文集》,南京:南京大学出版社2004年,第18~20页。
③ 王利器:《〈颜氏家训〉集解·叙录》,上海:上海古籍出版社,1980年,第2页。
④ [唐]魏征等:《隋书》卷七五,第1715页。
⑤ 《梁书》卷一《武帝纪上》:"竟陵王子良开西邸,招文学,高祖与沈约、谢朓、王融、萧琛、范云、任昉、陆倕等并游焉,号曰八友。"

湘东王书》中称"近世谢朓、沈约之诗，任昉、陆倕之笔，斯实文章之冠冕，述作之楷模"。颜之推追随萧绎，对沈约亦深怀敬意。不仅如此，萧绎君臣对"全面贯彻与体现了沈约的文学思想"[1]的《文心雕龙》一书应该是非常熟悉的，萧绎曾经在其所著《金楼子》中大段引用《文心雕龙》里的话，颜之推《颜氏家训》则在音韵、文字、训诂和语法思想上与《文心雕龙》表现出高度的相似性。至于萧该，被认为是最早的《文选》研究者，撰有《文选音》，而《文选》的编纂正是在《文心雕龙》理论指导下完成的，二书在"选文定篇"方面亦多有契合之处。萧该给《文选》注音，肯定是熟悉甚至研究过刘勰与昭明太子在文学以及音韵方面的成就的。

综上所述，《切韵》编纂之时，是明确定位于满足文学创作与欣赏这一需要的。陆氏所谓"欲广文路，自可清浊皆通；若赏知音，即须轻重有异"，"广文路"与"赏知音"固然有辨韵与审音的区别，但这实际上是文学作品创作与接受的两个方面，都是围绕文学而言的。即便是"赏知音"重于"广文路"，亦如沈约所期待的那样，"赏知音"是为了更好地体现文学作品的声律美，而不以对语音的细致分辨为目的。当时人使用韵书，也基本上出于这个目的，潘徽批评李登《声类》"全无引据，过伤浅局；诗赋所须，卒难为用"[2]；刘善经评价阳休之《韵略》："齐仆射阳休之，当世之文匠也。乃以音有楚夏，韵有讹切，辞人代用，今古不同，遂辨其尤相涉者五十六韵，科以四声，名曰《韵略》。制作之士，咸取则焉。"[3] 可见在隋朝人看来，对韵书的评价标准是看它能否为"诗赋所须"、能否为"制作之士"提供准则，《切韵》

---

[1] 王启涛：《永明文学与〈切韵〉》，《四川师范大学学报》（社会科学版），1997年第3期，第91页。
[2] 《隋书》卷七六《文学传·潘徽传》所载潘徽为《韵纂》所作序言，第1745页。
[3] 转引自王利器《〈颜氏家训〉集解》，上海：上海古籍出版社1980年，第544页。

亦不例外，"凡有文藻，即须明声韵"，文学创作活动迫切需要韵书的指导，这正是陆氏对《切韵》编纂动机的说明。

亦有学者认为，"《切韵》编纂的目的，旨在制定以北方为中心的隋帝国的标准音"①，笔者对此不敢苟同，以为只是未充分考虑韵书在当时的实际作用的一种猜测之说。隋代韵书究竟能在多大程度上起到像今天国家语委颁布的普通话正音标准的作用？而且有没有这种实施的可能性？答案是否定的。韵书在当时是直接服务于文学的，而不是来规范时人语音的。陆法言是要整理出一套学习、欣赏、写作韵文的用韵规范，编纂一部既可供创作时选韵、又可供读书时辨韵用的韵书，而不是提供一部正音字典。

《切韵》的重要意义也许并不在于它作为一部怎样的韵书存在过，而在于它对中国古典诗歌创作曾经起到怎样的影响。《切韵》的价值，与其说在于为我们提供了一个颇有争议的中古音系统，莫如说在于它借助官方的力量，为诗歌创作确立了一套用韵标准。

第二节　《礼部韵略》：宋代科举的考试大纲

韵书在宋代发生一系列较为明显的变化：首先，韵书的编纂修订，由南北朝隋唐时期的私人行为，变成官方举动，尤以北宋对韵书的两次大规模修订最为典型；其次，韵部划分在《切韵》基础上进一步细化，达到极致；而科场应用中却通过对窄韵的进一步合并而变得更为宽松，允许窄韵合用之后的《礼部韵略》事实上已成为后世"平水韵"的雏

---

① 坂秀世：《隋代的汉语方言》，转引自平山久雄《〈切韵序〉和陆爽》，《中国语文》，1990年第1期。

形；最后，韵书职能发生较为明确的分化。宋代所编《广韵》《集韵》，在字形、字音、字义方面都以"求全"为目标，主要使其承担字典、词典的功能，以备查考之需；《礼部韵略》则明确强调"略"的特点，专门服务于科场诗赋写作。同时修订一详一略两部韵书，并使两部韵书在职能上，是北宋官修韵书的共同特点。

一、《雍熙广韵》与《雍熙韵略》

北宋建国之初，科场韵书仍为唐、五代沿用的《切韵》。有文献记载的韵书修订始于宋太宗太平兴国二年（977）。《玉海》曰：

> 太平兴国二年六月，诏太子中舍陈鄂等五人，同详定《玉篇》《切韵》。……因命中正及吴铉、杨文举等考古今同异、究隶篆根源，补缺刊谬，为《新定雍熙广韵》一百卷。端拱二年六月丁丑上之，诏付史馆。

《玉海》所云太平兴国年间对《切韵》的"详定"，可能并未做大的改动；至雍熙年间（984~987年），又命句中正等人校订，《宋史》卷二〇二著录"句中正《雍熙广韵》一百卷《序例》一卷"[1]，然《杭州府志》又曰："吴铉，余杭人，登进士。重定《切韵》，进于朝。后为屯田郎中、史馆校勘，与邱雍校勘《玉篇》，人多其博雅云。"李新魁认为前引《玉篇》所云"吴铉"即"吴铉"之讹[2]。则吴铉"重定《切韵》"，即《玉海》与《宋史》所载之《雍熙广韵》，大约主要完成于

---

[1] ［清］文莹《玉壶清话》卷一："中正有字学，篆、隶、行、草尽精，与徐铉校定《说文》，又同吴杨文举撰《雍熙广韵》，遂值史馆。"（北京：中华书局1984年，第10页）
[2] 李新魁：《汉语音韵学》，北京出版社1986年，第35页。

雍熙年间，端拱二年（989）进上。此书面貌不详。

《崇文总目》曰："《雍熙韵略》五卷，略取《切韵》要字，备礼部科试。"则太宗雍熙年间，还曾摘取《切韵》中的常用字，编订一部专门用于科场的《韵略》。《崇文总目》曰"略取《切韵》要字"，似乎《雍熙韵略》直接来自《切韵》，而不是《雍熙广韵》之略。张渭毅也说："宋太宗雍熙年间，曾命句中正、吴铉、杨文举等撰《雍熙广韵》，同时编了一部《韵略》，应该都是对《切韵》的刊修，后者即取代《切韵》成为官韵。"① 因为《雍熙广韵》与这部《韵略》均已不存，其间关系难以判定。

二、《大宋重修广韵》与《景德韵略》

《广韵》是现存最早、最完整的韵书，是北宋初年的重要文化成就之一。关于这部重要韵书的修订过程，《玉海》"景德校定《切韵》、祥符重修《广韵》"条记载如下：

> 景德四年十一月戊寅，崇文院上校定《切韵》五卷，依九经例颁行（本陆法言撰）。祥符元年六月五日，改为《大宋重修广韵》。

据此，则真宗景德四年（1007）之前，崇文院已经开始校定《切韵》的工作，至此完工进上；明年即大中祥符元年（1008），改名《大宋重修广韵》。

关于修订原因，现存《大宋重修广韵》卷首有"准景德四年十一月十五日敕"，可援以为释：

---

① 张渭毅：《〈集韵〉研究概说》，《语言研究》，1999年第2期，第129~153页。

四声成文，六书垂法，乃经籍之资始，实简册之攸先。自吴楚辨音，隶古分体，年祀寖远，攻习多门。偏旁由是差讹，传写以之漏落。刬注解之未解，谅教授之何从？爰命讨论，特加刊正，仍令摹印，用广颁行。期后学之无疑，俾永代而作则。宜令崇文院雕印，送国子监，依九经书例施行。

"四声""六书"，分指汉字的音与形。敕文反复强调音、形的重要，说明刊正韵书的直接目的是为了正字音、字形。"依九经例施行"，将韵书等同经书，足见宋人对字形、字音的态度，这与《隋书·经籍志》将韵书著录于"经部·小学类"的思想是一致的。接下来又有"准大中祥符元年六月五日敕"：

　　道有形器之适，物有象数之滋。一爻始画于龙图，八体遂生于鸟迹。书契是造，文字勃兴。踵事增华，触类浸长。沿赓载以变本，尚辞律之谐音。集韵成书，抑已久矣。
　　朕聿遵先志，导扬素风，设教崇文，悬科取士，考核程准，兹实用焉。而旧本既讹，学者多误。必豕鱼之尽革，乃朱紫以洞分。爰择儒臣，叶宣精力，校雠增损，质正刊修。综其纲条，灼然叙列，俾之摹刻，垂于将来。仍特换于新名，庶永昭于成绩，宜改为《大宋重修广韵》。

此处提到"悬科取士"，需有韵书作为考核标准；而旧本韵书多有讹误，需精加校雠，方才便于使用。

不过就本文而言，最有意义的不是《广韵》，而是几乎同时完成的《景德韵略》。王国维《五代两宋监本考》卷中"北宋监本"收有

"《韵略》五卷"①，下引《玉海》曰：

> 景德四年十一月戊寅，诏颁行新定《韵略》，送胄监镂板。先，以举人用韵多异，诏殿中丞丘雍重定《切韵》。陈彭年言省试未有条格，命晁迥、崔遵度等详定，刻于《韵略》之末。
>
> 又祥符四年六月，详定诸州发解条例，附于《韵略》。
>
> 又《书目韵略》五卷，景德四年，龙图待制戚纶等承诏，详定考试声韵。纶等以邱雍所定《切韵》同用、独用例及新定条例参定。

此处所言《韵略》，通常称为《景德韵略》陈振孙《直斋书录解题》说："其曰略者，举子诗赋所常用，盖字书、声韵之略也。"

对照《玉海》"景德校定《切韵》、祥符重修《广韵》"条，可知"校定《切韵》"与《景德韵略》是在同一天颁行，而且应该都是丘雍等人以《切韵》为基础进行修订的。王应麟在叙事中以"先"字追溯前事，则丘雍重定《切韵》在景德四年十一月之前已经开始，"重定"的直接动机就是因为科场之中"举人用韵多异"，是为了制定一个统一的标准。

丘雍对唐代传承下来的《切韵》同用、独用例进行了修订，这是值得重视的一项内容。虽然从《玉海》记载来看，这是针对《韵略》的韵部合并，但是《广韵》206个韵目下也有同用、独用的标注。现存《广韵》的不同版本所载同用、独用例有出入，这可能与《广韵》流传过程中受后来韵书影响而做了改动有关。据清人戴震、段玉裁等人研

---

① ［清］王国维：《五代两宋监本考》卷中，《王忠悫公遗书》第23册，海宁王氏1927至1928年铅印暨石印本，第14页b。

161

究，《广韵》韵目"独用"42处，"同用"73处，归并之后实际变成117部。如果《景德韵略》是"以邱雍所定《切韵》同用、独用例及新定条例参定"，应该与《广韵》不会有太大出入，则科场使用的韵目也应该是117部。

这样看来，《景德韵略》与"景德校定《切韵》"都是对《切韵》的修订，成书于同一时期、同一批人之手，是有意编成的详略两部韵书。详细的一部于次年又加以修订，以《大宋重修广韵》命名；简略的一部专门用于科场，并于韵书后面附录《省试条格》，具有考试大纲的性质。于官韵后附录科场仪范，自此成为宋代《礼部韵略》的一个典型特征，在历朝韵书中亦独具风貌。

《景德韵略》作为官韵只应用了三十来年，即为仁宗景祐四年（1037）《景祐韵略》所取代，这部专门针对科场的韵书也就很快被社会所冷落，终至散佚无存了。

三、《集韵》与《景祐韵略》

音韵学界最为重视的韵书是真宗景德、祥符年间修订的《广韵》，但是宋代应用时间最长的官韵却是完成于仁宗年间的《景祐韵略》，同时完成的还有另一部与《广韵》同样大规模的韵书——《集韵》。

据文献记载来看，与真宗朝修订《广韵》和《景德韵略》的情况非常类似，仁宗朝的《集韵》和《景祐韵略》，亦是由同一班人、在几乎相同的时间内完成的，修订动机仍然来自科场需求，而且是先酝酿编纂《集韵》，对科场所用《韵略》的修订几乎同时进行，而先于工程庞大复杂的《集韵》完工并刊刻颁行。《集韵》卷末牒文说：

> 景祐元年三月，太常博士直史馆宋祁、三司户部判官太常丞直史馆郑戬等奏：

162

<<< 下编 古典诗歌创作论

> 昨奉差考校御试进士，窃见举人诗赋多误使音韵，如叙序、座坐、底氐之字；或借文用意，或因释转音，重叠不分，去留难定。有司论难，互执异同，上烦圣聪，亲赐裁定。盖见行《广韵》《韵略》所载疏漏，子注乖殊，宜弃乃留，当收复阙，一字两出，数文同见，不详本意，迷惑后生。欲乞朝廷差官重撰定《广韵》，使知适从。

因此，编纂《集韵》的一个主要任务，是为举人诗赋考试提供择音取字的依据、为考官提供判断正误的标准。《集韵》编修始于景祐元年（1034），至宝元二年（1039）九月完成，"十一日，延和殿进呈。奉圣旨，镂版施行"①。庆历三年（1043）八月十七日雕印完毕，由国子监颁布施行。

《集韵》韵数和《广韵》全同，但韵目用字、部分韵目的次序以及韵目下所注同用、独用例却有小异。根据文献记载可知，此次修订韵书期间，曾经接受贾昌朝的建议，对十三处窄韵"许令附近通用"，所以这次修订又一次涉及与韵文创作密切相关的窄韵合用问题。

韵部允许合用与否，本来就是针对科场的规则；关于《集韵》十三处窄韵合用的最原始文献记录，就是景祐四年颁行《礼部韵略》的诏书：

> 景祐四年六月丙申，以丁度所修《韵略》五卷颁行。初，说

---

① 一说完成于英宗治平四年（1067），根据是《切韵指掌图》所载司马光的自序："仁宗皇帝诏翰林学士丁公度、李公淑增崇韵学，自许叔重数十家，总为《集韵》，而以贾公昌朝、王公洙为之。属治平四年，余得旨，继纂其职。书成上之，有诏颁焉。"实际上，这篇自序是后人假托司马光之名伪造的，中华书局影印本《切韵指掌图》的《重印后记》已经辨明。

163

书贾昌朝言：《韵略》多无训释、疑混声、重叠字，举人误用。诏度等刊定窄韵十三，许附近通用。混声、重字，具为解注。

景祐元年三月，宋祁与郑戬曾"奉差考校御试进士"，之后提出修订韵书的建议，朝廷成立了"刊修《广韵》所"，由丁度等人总领其事。因为《广韵》并不直接用于科场，同时刊修的还有《景德韵略》。因为对《广韵》的修订工程浩大，进展缓慢，到景祐四年（1037）六月丙申，即《集韵》撰作的第四个年头，丁度等应科举考试急需，在已经成型的《集韵》未定稿基础上，按照《集韵》业已成形的框架，提取举子诗赋中常用的字形、字音和字义，缩编成韵书简本，以应士子准备次年（景祐五年，十一月改元，即宝元元年）考试之需。

关于《景祐韵略》的编纂情况，丁度在进呈《韵略》的劄子中有较为详细的说明，从中亦可以看到《礼部韵略》作为考试大纲的特点：

> 中书门下牒刊修《广韵》所翰林学士兼侍读学士、尚书刑部郎中、知制诰丁度劄子奏：
>
> 昨奉敕详定刊修《广韵》《韵略》。所有《韵略》，今将旧本看详，其间文字多无解训，并疑混声，及重叠出字，不显义理，致误举人使用。今取合入诗赋使用声韵，要切文字，重修《韵略》。除义理灼然可晓、更不解释外，于逐字下各著训说，或引经史为证。又有独用韵苦窄者，难为著撰声律文字，凡一十三处，并取有唐诸家韵本详据，许令通用。其疑混声及重叠出字，各许依本字下注解使用。上件《礼部韵略》并删定《附韵条制》，谨先写录进呈。如可施行，欲望却降付刊修所，镂板讫，送国子监印造。颁行取进止。臣等今详定《附韵条制》：
>
> 赋限三百六十字以上。诗限六十字（五言六韵）。论限五百字

以上。

赋官韵有疑混声，疑者许上请。诗赋题目经史有两说者许上请。

诸韵中字有字体及声韵同者，各许依本字下注用。

三点当一抹，三抹及九点准格落。

涂注乙字并须卷后计数，不得揩洗。每场一卷内涂注乙三字以上为一点，九字以上为一抹。

程试格式：

不考：

文理纰谬	重叠用韵
不识题（策不答所问而别指事同）	小赋内不见题
	赋少九字
漏写官题	诗韵数少剩
用庙讳御名	诗全用古人一联
诗赋脱官韵	诗两韵以前不见题
落韵	论少三十六字
失平侧	

抹：

文理丛杂	赋少三字
文意重叠	赋全用古人一联语（别以一句对者非）
误用事	
脱三字（谓诗赋不该用韵及平侧处）	赋第一句与第二句末同用平声不协韵
文义不与题相类	赋侧韵第三句末用平声字（今谓赋限如第一句用侧声协韵，即第三句用平声亦许）
误写官题（须是文理无失但笔误者）	

165

诗赋重叠用事　　　　　　　赋初入韵用隔句对第二句无
诗赋属对偏枯　　　　　　　韵（用长句引而协韵者非）
诗赋不对（诗赋初用韵及　　诗全用古人一句
用邻韵引而不对者非，及诗赋末　诗重叠用字
两句亦不须对）　　　　　　诗用隔句对
小赋四句以前不见题　　　　论少十二字
同押官韵无出处
点：
错用字　　　　　　　　　　赋少一字
脱一字　　　　　　　　　　论少四字

敕：宜令刊修《广韵》所、国子监并依所奏施行。牒至准敕故牒。景祐四年六月日牒。

礼部侍郎、参知政事石（中立）　吏部侍郎、参知政事程（琳）

户部侍郎、参知政事韩（亿）　户部侍郎、平章事陈（尧佐）

门下侍郎、平章事王（随）①

丁度的劄子明确告诉我们：《集韵》和《韵略》都是在"刊修《广韵》"所修订的，基本上是平行展开的工作，由上述五人具体负责。只是《韵略》专门针对科场，因而收字只"取合入诗赋使用声韵，要切文字"，不像《集韵》搜罗无遗。关于窄韵十三处的通用，是采纳贾昌朝的建议、参照"有唐诸家韵本"进行的。至于丁度等人所"删定

---

① 按：据李焘《续资治通鉴长编》卷一二〇"景祐四年六月丙申"条，可以知道这个敕牒的日期是二十六日。原文只有姓氏，括号中的名字为笔者所加。

《附韵条制》",涉及科场诗赋各方面的问题：诗赋字数、允许士子上请的场合、同形同音字的处理办法、试卷涂乙的处理措施，并且制定了评判试卷的三类标准（不考、抹、点）。现存《附释文互注礼部韵略》本中载有《绍兴重修通用贡举式》，比丁度等人制定的《附韵条制》还要严格苛刻。

仁宗年间《集韵》与《景祐韵略》的成书，是宋代最后一次大规模的官方修订韵书。这两部韵书组成详略配套、两位一体的科举考试规范韵书。《集韵》刊行稀少，流布不广；《景祐韵略》却成为北宋及南宋《礼部韵略》的基础。不过作为韵书本身，韵字会不断增删；作为考试大纲，细则也会有所调整。因为这两方面的原因，宋代官方不断推出《礼部韵略》的新版本，新版一出，旧版就失去了存在价值，很难保存下来，这是工具类书籍所特有的命运。

四、北宋官修韵书造成的韵书职能分化

宋代之前，韵书的编纂修订都是私人行为；自宋代以后，官修韵书成为传统。宋代官修韵书的重要意义在于，韵书职能至此发生分化：陆法言编纂《切韵》，重点在于韵部划分及切语的确定，不正字形，注释亦极简略；唐人对《切韵》的修订，以增字、刊谬、补训为主，使得韵书逐渐具有了字典的性质。等到《广韵》成书，这种性质得到淋漓尽致的发挥。《广韵》收字26194个，可以说是一部按韵编排的字典，其中多有奇怪冷僻的字，对一般人来说根本没有用处。《集韵》则在此基础上进一步变本加厉，收字"务从该广"，一个字不管有多少不同的写法，也不管是正体、或体、俗体，只要有根据，一律收入书中，收字总数达到53525字，比《广韵》又增加了27331字，其中大部分是非常

用字,"故书雅记所载奇字异音,甄采郅备"①,偏离了《切韵》审音辨韵、为文学创作与欣赏服务的初衷。

科举考试及一般人读书、作文所依据的韵书是《韵略》。北宋每次修订韵书,都同时完成一繁一简两个版本,详本详到极致,礼部考官和少数学者可以据以补充《礼部韵略》失收的某些韵字,查询某些韵字押韵和释义的理据;略本专收重要、常用的字和注解,满足普通读书人的一般需要,实用性很强。

宋代韵书的繁简系统,昭示着小学与文学的分野。《广韵》《集韵》之作,非专为韵,"普收奇字,务为该洽"②,"取《说文》《字林》《玉篇》所有之字而悉载之,且增益其未备,釐正其字体,欲使学者一览,而声音文字,包举无遗。故《说文》《字林》《玉篇》之书,不可以该音学,而《广韵》一书,可以该六书之学",而且注释旁征博引,"举天地民物之大,悉入其中。凡经史子志、九流百家、僻书隐籍,无不摭采。一'公'字也,而载人姓名至千有余言;一'枫'字也,而蚩尤桎梏化枫,枫脂入地,千年化虎魄之说,无不备录"。

《韵略》专为科场诗赋提供用韵依据,而且官方制定的《贡举条例》亦附于《韵略》之后,称为《附韵条制》,早期《韵略》甚至还附载样题,《韵略》对士子的参考价值就不仅限于诗韵,而是成为必备的考试大纲了。

韵书职能出现分化,是编纂者有意识的行为。宋人似乎一开始就对科场诗赋用韵问题采取了理智而富于弹性的态度,为之制定标准大纲并不断进行修订,标准本身与对标准的执行,都具有一定的灵活性。士子与考官有法可依,法则本身又能够不断自我完善,因此,宋

---

① 孙诒让:《集韵考正跋》,《集韵考正》,商务印书馆《万有文库》本,第999页。
② [宋]王之望:《看详杨朴〈礼部韵括遗〉状》,《汉滨集》卷五,沔阳卢氏慎始基斋借文津阁本影印,湖北先正遗书集部。

人诗赋用韵实际上还是比较自由的。

第三节　神秘的"平水韵"：金代官韵

实际成为宋末以来古典诗歌用韵指导的"平水韵"面目神秘而模糊。它的名称虽在一些文献中隐约闪现，但是清代学者或者拒绝承认它的存在，或者对其多有指责与误解。直到近现代以来，学界对"平水韵"的得名与由来还是诸说不一。

"平水韵"在什么时间、由何人所编？是只有一部韵书，还是两部？因何原因而得名？它出现于南宋，还是出现在金朝？它与哪部韵书关系最为密切？它是通过何种途径成为后世近体诗写作的用韵标准的？居于诗韵垄断地位的"平水韵"背后，隐藏着一个又一个问号；对这些疑问的解答，亦是众口不一，大致可以归纳为以下三种观点：一、刘渊所编，因编者籍贯而命名，关于刘渊，有人认为是南宋人，有人认为生活在金朝；二、金人王文郁所编，因刊行地点而命名，刘渊仅刊印该书，据为自撰；三、金人王文郁与南宋人刘渊各编一部韵书。

一、刘渊《壬子新刊礼部韵略》

在元初至清代中叶的很长一段时间里，"平水韵"是与"刘渊"这一名字联系在一起的，甚至干脆被称作"刘平水之韵"。熊忠于元成宗大德元年（1297）所编《古今韵会举要》，最早提到刘渊《壬子新刊礼部韵略》。该书《凡例·韵例三》曰：

> 江南监本、免解进士毛氏晃《增修礼部韵略》、江北平水刘氏渊《壬子新刊礼部韵略》，互有增字。今逐韵随音附入，注云"毛

氏韵增""平水韵增"。

熊忠是元代福建邵武人,他在这段文字中提到毛氏韵与刘氏韵。毛晃韵书刊刻于南宋宁宗嘉定十六年(1223),刘渊韵书刊刻于1252年,为南宋理宗淳祐十二年。其时南北对峙,金朝已于1234年灭亡,平水(今山西省临汾市)属蒙古国势力范围。熊忠以"江南""江北"对称,表明刘渊非南宋人,其韵书是在蒙古境内刊刻的。以下事实亦可为此观点提供佐证:

1. 南宋对官韵的任何微小修订,都经过一番郑重讨论,并由朝廷下诏,方能写进韵书。在流传至今的《附释文互注礼部韵略》与《增修互注礼部韵略》中,丝毫未见并韵痕迹。在这种背景下,刘渊如果在南宋刊刻韵书,并韵之举与官韵不符,是脱离实际的,不可能有市场。

2. 平阳是在金代灭亡北宋之后才逐渐发展为书籍刻印中心的。如果刘渊出生在平水,在宋金对立时期,他不太可能由北入南;如果刘渊祖上是南渡之人,他又何必强调自己的祖籍是业已落入敌国手中百余年之久的"江北平水"呢?所谓"南宋平阳学者刘渊"的说法①,更是违背历史事实。江北平水刘渊,只能是元代人熊忠站在南方人立场上对他的称呼。

然而后世多误以刘渊为南宋人,清初毛奇龄《韵学要指》曰:"至理宗朝,乃有平水刘渊者,实始并冬、钟、支、脂二百六部为一百七部,且尽删去三钟、六脂数目,而易以今目。其书颁于淳祐壬子,名

---

① 《关于尧文化的研究与开发》,http://www.shanxiwindow.net/culture/other/a/004.htm。

<<< 下编　古典诗歌创作论

《壬子新刊礼部韵略》。"① 同书卷二更称其为"南渡刘渊"②。《四库全书总目》关于《古今韵会举要》亦曰："南宋刘渊淳祐《壬子新刊礼部韵略》，始合并通用之部分。"以上说法皆源自熊忠序言，却未能正确理解熊忠的意思。

二、王文郁《平水新刊韵略》

自清代中叶起，文献、音韵学家开始注意一个名字和一部韵书：王文郁与《平水新刊韵略》。据钱大昕言，他曾在清代著名藏书家黄丕烈处见过元椠本《平水韵略》，缪荃孙《艺风藏书记》亦载"《新刻韵略五卷》，影钞元本"。这两部韵书不著撰人姓氏，但在卷首均有许古序，全文如下③：

> 科举之设久矣。诗赋取人，自隋唐始。厥初公于心，至陈书于庭，听举子检阅之。及世变风移，公于法，以防其弊，糊名考校，取一日之长，而韵得入场屋。比年以来，主文者避嫌疑，略选举之体，或点画之错，辄为黜退。错则误也，误而黜之，与选者亦不光矣。

> 近平水书籍王文郁携《新韵》见颐菴老人曰："稔闻先《礼部韵》，或讥其严且简；今私韵岁久，又无善本。文郁累年留意，随方见学士大夫，精加校雠，又少添注语，既详且当。不远数百里，敬求韵引。"仆尝披览，贵于旧本远矣。仆略言之。

---

① ［清］毛奇龄：《韵学要指》卷一"韵论二条"，《毛西河先生全书》第51册，凝瑞堂本，第3a～3b页。
② ［清］毛奇龄：《韵学要指》卷二"今韵"，《毛西河先生全书》第51册，凝瑞堂本，第2页a。
③ ［清］张金吾：《金文最》，北京：中华书局1990年，第596页。

正大六年己丑季夏中旬中大夫前行右司谏致仕河间许古道真书
于嵩郡隐者之中和轩

许古（1157~1230），字道真，河间人，明昌五年（1194）进士。宣宗朝自左拾遗拜监察御史，以直言极谏得罪，两度削秩。哀宗立，召为补阙，迁右司谏。致仕，居伊阳（今河南嵩县）。正大七年（1230）卒，年七十四。《金史》卷一〇九有传，《中州集》"戊集"收诗四首。序文落款中许古身份及写作地点均与史料中所载生平相符，写作时间则是其辞世前一年。如果这篇序文确非伪作，尚有以下几个问题需要讨论。

1. "平水书籍王文郁"。钱大昕说"书籍"是官名①，宁忌浮以为不妥，他说：

> 查《金史·地理志》，三十府中有"书籍"的只有平阳一府。开封府"有药市四，榷场"，太原府"有造墨场"。"书籍"大概与"药市""造墨场"等相类。平阳是金代的出版印刷中心，"书籍"或是国家设立的出版印刷事业的管理机构，王文郁曾在此供职，"平水书籍王文郁"，犹今之称"北京中华书局×××"。②

作者关于"书籍"的解释，实有两种：一、推断"'书籍'大概与'药市''造墨场'等相类"，则应该是比较成规模的书市或书局，但仅平阳府有书市，与理不合，故应是书局，也就是出版印刷机构；二、"'书籍'或是国家设立的出版印刷事业的管理机构"，则是政府的一个权力部门。如果是这样的话，说"'平水书籍王文郁'，犹今之称'北

---

① ［清］钱大昕：《跋〈平水新刊韵略〉》，《潜研堂集》卷二七，四部丛刊初编。
② 宁忌浮《〈古今韵会举要〉及相关韵书》，北京：中华书局1997年，第115页。

京中华书局×××'",恰恰是不合适的,中华书局不是管理机构,只是出版印刷机构,与"书籍"的第一种意义倒很相近。

检《金史·职官志》,未见任何相关机构或职官的记载,但是前人已有此种猜测,缪荃孙在《艺风藏书记》中著录《新刻韵略》时考证如下:

> 按《金史·地理志》:"平阳府有书籍",其倚郭平阳县有平水,是平水即平阳。史言"有书籍",盖置局设官于此。元太宗八年,用耶律楚材言,立经籍所于平阳,当是因金之旧耳。①

缪氏提出元代立经籍"当是因金之旧"的猜测。蒙古人建立的元朝于元太宗六年(1234)攻陷金朝都城南京(开封)后,这个曾经几乎以征战为唯一职能的政权,也开始稍稍注意文治,政府管理机构逐步得到完善。《元史》卷一四六《耶律楚材传》载,元灭金之后,"置编修所于燕京、经籍所于平阳,由是文治兴焉";同书卷二《太宗本纪二》曰:"耶律楚材请立编修所于燕京、经籍所于平阳,编集经史。召儒士梁陟充长官,以王万庆、赵著副之。"查考历代正史,"编修所"与"经籍所"之称,皆为《元史》所仅见,且"经籍所"之称使用时间极短(1236~1268年);但是考虑元代薄弱至极的文化基础,在短期内草创这种文化机构,似乎不太可能,"因金之旧"的说法是合乎情理的。即使金朝没有这种称呼,也应有类似机构;耶律楚材所任命的梁陟等三位负责人,也皆为亡金名儒。

但是,"经籍所"就是"书籍"吗?《元史》卷六《世祖本纪》记载:至元三年(1267)十月,"徙平阳经籍所于京师";四年二月,"改

---

① [清]缪荃孙:《艺风藏书记》卷一,光绪二年撰者自刊本,第10b页。

经籍所为弘文院，以马天昭知院事"。由此可知，经籍所的主要职责是书籍的编辑，而不是刊刻；而且经籍所徙京师、改名之后，平阳作为元代北方刻印中心的地位并未动摇。所以，《金史》所谓平阳府"有书籍"，应该就是强调该地是刻印中心，而不是强调有出版印刷的管理机构，王文郁是"当时之出版局长"的说法①，更是无从谈起。

所谓"平水书籍"，意思只是"平水刻书人"，王文郁的身份大概类似于今天的出版商。"书籍"的这一意义，在相近时代亦可找到旁证：宋代临安府有尹家书籍铺，所刊图书皆有"临安太庙前尹氏书籍铺刊行"字样，叶昌炽在《藏书纪事诗》曾将"尹家书籍铺"与"平水书籍王文郁"并称："三辅黄图五色描，别风枒诣望嶣嵽。尹家铺子临安市，平水书林正大朝。"②将"书籍"理解为官职、国家设立的出版印刷事业的管理机构，难免求深反晦之嫌。

从许古序文本身看，涉及《平水新刊韵略》编纂情况的部分，完全照搬王文郁的自述，作序人对编纂者竟未给予一语评价，仅对韵书略提一笔"贵于旧本远矣"，态度是非常冷淡的。许古对这部韵书、韵书编纂者以及韵书编纂行为本身，都没有表现出特别的重视与兴趣。这也可以侧面证明：在许古看来，求他作序的王文郁只不过是一名普通书商而已。

2. 《平水新刊韵略》的刊刻地点。自清人发现此书始，皆以为书名《平水新刊韵略》，序文又曰编纂者为"平水书籍王文郁"，此书自当刊刻于平水（平阳）无疑。王国维曰："余又见张天锡《草书韵会》五卷，前有赵秉文序……王韵刊于平阳，张书成于南京③，未必即用王

---

① 《蒲剧史魂》，http://qlcs.ad184.com/pjwz/pjwz019.htm。
② ［清］叶昌炽：《藏书纪事诗》，北京：北京燕山出版社1999年，第583页。
③ 按：南京应指开封，金代自宣宗贞祐二年（1214）至哀宗天兴二年（1233）以之为都城。

韵部目。"①

　　实际上此处有一个问题被忽略了：许古序文作于金哀宗正大六年（1229），而早在金宣宗兴定二年（1218），平阳已落入蒙古人之手，其周边地区亦相继失守②。虽然到哀宗正大四年（1227），金人曾一度收复平阳，但旋即复被元兵攻占③。此前，即宣宗贞祐二年（1214），金朝已将都城迁至开封。据《临汾地方志》，王文郁祖籍河南嵩州，1127年靖康之乱，金兵将汴京刻书人虏往北方，其父落户平阳，王文郁出生于此，继父辈刻书为业。在金末动乱中，他很可能已在平阳陷落前后回到河南故里，继续刊刻图书④。去拜访隐居嵩县的许古求序，虽亦"不远数百里"，仍是比较方便的事。否则，他于正大六年从蒙古人控制的平阳跑到金代统治区求序，实在是令人不可思议的事；而且，许古序文起笔即谈论科举制度及科场弊病，王文郁复有"今私韵岁久"之语，毫无疑问，他们谈论的《韵略》是金代官韵，直接服务于科场。这样一部官韵，在蒙古人控制的平阳刊刻，是没有现实意义的；假设刻印完毕、再于兵荒马乱中运到金人活动区域出售，也是缺乏现实可能性的。

---

① ［清］王国维：《书金王文郁〈新刊韵略〉、张天锡〈草书韵会〉后》，《观堂集林》卷八，石家庄：河北教育出版社2001年，第250～251页。
② 《金史》卷一五《宣宗本纪·中》："兴定二年（1218），九月乙亥，下太原府，元帅左监军兼知枢府事乌古论德升死之。……冬十月……己酉，大元兵徇绛、潞。壬子，攻平阳，提控郭用死之。癸丑，下平阳，知府事、权参知政事、行尚书省李革及从坦死之。……（三年春正月），以大元兵已定太原，河北事势非复向日，集百官议备御长久之计。"
③ 《金史》卷一七《哀宗本纪上》：（正大四年）"二月，蒲阿、牙吾塔复平阳，执知府李七斤，获马八千。三月……大元兵复下平阳。"
④ 按：金人在丧城失地、版图收缩过程中，政府不断动员百姓迁徙，如《金史》卷一五记载：兴定三年十月，"大元兵次单州境，诏诸路民应迁避兵而不欲者，亟遣人以利害晓之"。平阳是金代刻书中心，一向重视文治的金人，曾于灭亡北宋之后，将宋朝刻书人掳往北方；如今于平阳告急之时动员刻书人内迁，是比较合乎情理的。

所以，它只能刊刻于金人势力范围之内的河南，与张天锡《草书韵会》刊刻时间、地点都非常接近。至于书名及编纂者皆言"平水"，盖因平水曾是金代图书刊刻中心，亦是王文郁家族事业达到鼎盛之地的缘故。

3. 王文郁合并过韵部吗？钱大昕曾经亲见《平水新刊韵略》，并记录下此书的分部情况：

> 王氏平水韵，并上、下平声各为十五，上声廿九，去声三十，入声十七，皆与今韵同。文郁在刘渊之前，则谓"并韵始于刘韵"者，非也。论者又谓"平水韵并四声为一百七韵，阴时夫又并上声拯韵入迥韵"。今考文郁韵，上声拯等已并于迥韵，则亦不始于时夫矣。①

王氏平水韵为 106 韵，与清代《佩文韵》相同，钱氏据此认为：王文郁是将 206 韵并为 106 韵之人，认为"刘渊合并韵部为 107 韵，阴时夫又并上声拯韵入迥韵"的说法，是存在双重错误的。

王国维在《书金王文郁〈新刊韵略〉、张天锡〈草书韵会〉后》一文中，也同意"今韵一百六部之目不始于刘渊"的观点，不过他的步子走得比钱大昕更远，他认为"一百六部之目并不始于王文郁，盖金人旧韵如是"，其具体论证过程如下：

理由之一：张天锡《草书韵会》韵部与《平水新刊韵略》相同，王韵刊刻仅早于张书一年半，且二书刊刻地点相距遥远，张书不可能受到王韵影响，二书韵部应同出一源：

---

① ［清］钱大昕：《十驾斋养新录》卷五"平水韵"，《嘉定钱大昕全集》（七），南京：江苏古籍出版社 1997 年，第 120 页。

  自王文郁《新刊韵略》出，世人始知今韵一百六部之目不始于刘渊矣。余又见张天锡《草书韵会》五卷，前有赵秉文序，署"正大八年二月"。其书上、下平声各十五韵，上声廿九韵，去声三十韵，入声十七韵，凡一百六部，与王文郁韵同。王韵前有许古序，署"正大六年己丑季夏"，前乎张书之成才一年有半。又王韵刊于平阳，张书成于南京，未必即用王韵部目。是一百六部之目并不始于王文郁，盖金人旧韵如是，王、张皆用其部目耳。何以知之？王文郁书名《平水新刊韵略》，刘渊书亦名《新刊礼部韵略》，《韵略》上冠以"礼部"字，盖金人官书也。

按：如前所述，《平水新刊韵略》刊刻之地不在平阳，可能就在金朝政府所在的南京，至少应在河南境内。王韵与张韵从产生的时间、地点上看，相距都不算远。但这并不影响二书分韵同出"金人旧韵"的结论。

  理由之二：《礼部韵略》是官韵，对其所做的任何更改，都必须得到朝廷批准，表现为官方行为，宋、金都应如此，故王文郁不可能私自合并韵部：

  宋之《礼部韵略》自宝元[①]讫于南渡之末，场屋用之者逾二百年。后世递有增字，然必经群臣疏请，国子监看详，然后许之。惟毛晃增注本，加字乃逾二千，而其书于绍兴三十二年表进，是不啻官书也[②]。然历朝官私所修改，惟在增字、增注，至于部目分合，

[①] 按：宝元（1038～1040），宋仁宗年号。1037年，亦即景祐四年，颁行《礼部韵略》，王国维应指此。

[②] 按：毛晃《增修互注礼部韵略》表进后并未得到官方认可，王氏谓其"不啻官书也"，是不恰当的，上一章于此已有论述。

则无敢妄议者。金韵亦然。许古序王文郁韵,其于旧韵,谓之简严。简谓注略,严谓字少。然则文郁之书,亦不过增字、增注,与毛晃书同。其于部目,固非有所合并也。故王韵并宋韵同用诸韵为一韵,又并宋韵不同用之迥、拯、等及径、证、嶝六韵为二韵者,必金时令功如是。

按:许古序文亦转述王文郁之语"精加校雠,又少添注语",可见王文郁对《韵略》所作修订,仅限于两个方面:一为校勘,解决私韵在长期流传过程中讹误层出、缺乏善本的问题;二为增注,解决《礼部韵》注释过于简略、不便使用的问题。官韵韵部合并是了不得的大事,如果王文郁所做工作涉及这个方面,序文中不可能无一语提及。张天锡《草书韵会》及书序,亦可提供佐证。此书系张天锡集古名家草书而作,自汉章帝史游以下至金王万庆共二百五十七人,赵秉文作序,依韵编次;国家图书馆另有四卷本《草书韵会》,"后附金正大辛卯年(按:正大八年)樗轩老人跋尾"[①]。作序的赵秉文(1159~1232),大定年间进士,历仕五朝,被誉为"金士巨擘"[②],曾知贡举,对金代官韵自是非常熟悉。写跋的"樗轩老人"是完颜璹(1171?~1232?),金世宗之孙,越王长子,"与文士赵秉文、杨云翼、雷渊、元好问、李汾、王飞伯辈交善"[③],被元好问谓为"百年来宗室中第一流人物"[④],《中州集》"戊集"收其诗多达41首。二人在序跋中对《草书韵会》的韵部皆未表示意见,可见与金朝官韵没有差别。

理由之三:上声拯、等二韵韵字极少,金代科举考试或曾规定与迥

---

① 石光明:《残缺古籍对著录的影响》,http://www.nlcbook.com/wjsh/can.htm。
② 《金史》卷一一〇《赵秉文传》,第2427页。
③ 《金史》卷八五《完颜璹传》,第1905页。
④ (金)元好问:《中州集》,上海:中华书局上海编辑所1959年,第272页。

通用，并进而合并韵部，王氏认为这是韵部合并的政策依据：

考金源词赋一科，所重惟在律赋。律赋用韵，平仄各半，而上声拯、等二韵，《广韵》惟十二字，《韵略》又减焉，在诸韵中字为最少。金人场屋或曾以拯韵字为韵，许其与迥通用，于是有百七部之目，如刘渊书；或因拯及证，于是有百六部之目，如王文郁书及张天锡所据韵书[1]；至拯、证之平、入两声，犹自为一部，则因韵字较宽之故。要之，此种韵书全为场屋而设，故参差不治如此，殆未可以声音之理绳之也。[2]

按：王氏的思路是正确的。金代虽为契丹族建立的少数民族政权，但极重文治，科举考试分诗赋、经义两科，必然有官韵作为押韵标准。它的官韵，应该是以北宋《礼部韵略》为基础的。金太宗天会四年（1126），完颜晟等攻克宋朝都城开封，次年，将宋代大批图书文物押送到北方。金与宋议和时，还把索取三馆、秘阁藏书作为条件，遂悉得宋代政府藏书，韵书自然应在其中。

宋代《礼部韵略》是《广韵》之略，自然韵部为206部，功令允许窄韵同用，归并后变成117部；景祐年间贾昌朝又建言十三处窄韵"许令附近通用"，应该大体接近107或106部。有宋一代，无论官修还是私修韵书，始终恪守这种韵部划分体系。金代原是一个文化上相当落后的民族，在向南方扩张的过程中，不断学习汉族文化，但得自北宋的《礼部韵略》，对他们来说无疑是过于复杂了。出于实用目的，他们对

---

[1] 按：107韵的刘渊书，于上声拯、迥并未合并；王氏认为"因拯及证"的去声证、径二韵，恰恰是合并成一韵的。
[2] ［清］王国维：《书金王文郁〈新刊韵略〉、张天锡〈草书韵会〉后》，《观堂集林》卷八，石家庄：河北教育出版社2001年，第250~251页。

允许同用的韵部直接进行合并，并进而合并了清、青韵对应的上声和去声韵部。

从历史上看，推动中国政治格局转关的力量经常来自北方的马上民族，语音的大规模变革，更以北方为契机，往往与少数民族和汉族的杂处密切相关。《颜氏家训·音辞篇》"南染吴越，北杂夷虏"，一语道出了中国语音演变的内在规律。晋宋至隋唐时期上古音向中古音的过渡，五胡内迁是重要因素；金元时期中古音向近古音的过渡，则与契丹、蒙古相继入主中原密不可分。金人采用唐、五代及北宋诗赋取士制度，并且突破束缚汉人的习惯势力，对传统韵书分部做大规模合并，成为后世诗赋用韵的新标准。王文郁《平水新刊韵略》之"新"，只在于"新刊"，并不涉及韵部合并问题。

（本节以《关于"平水韵"若干问题的再考辨》为题，发表于《西北民族大学学报（哲学社会科学版）》2009年第3期）

第四节 《佩文韵府》：最后一部官韵

各种"平水韵"原本虽已亡佚，但其音韵体系却通过《古今韵会举要》《韵府群玉》等书流传下来，为清代官修《佩文韵府》所采用。随着乾隆年间科举考试加试五言诗，《佩文韵府》及其简本《佩文诗韵》成为科场用韵标准，平水韵重又获得加官晋爵的机会，具有了更为强大深远的影响力。

一、《佩文韵府》的成书与编撰体例

康熙四十三年（1704）十月，文华殿大学士张玉书等70余人奉敕，主要以元代阴时夫《韵府群玉》与明代凌以栋《五车韵瑞》为基础，

进行韵书修纂工作，地点设在武英殿。四十九年十一月，工作接近收尾，奉旨开载《佩文韵府》纂修监造官员职名；五十年十月全部完工，奉旨刊定汇阅，以宫廷书斋"佩文"命名；五十二年九月，刊刻完毕，谕令刷印一千部。康熙五十五年至五十九年，张玉书等又编成《韵府拾遗》，补其缺漏。《佩文韵府》成为最完备的"平水韵"韵书。

《佩文诗韵》收字10258个，依"平水韵"106韵排列。每一韵部之首，列出本韵部所有单字；不见于阴、凌二书的增字列在最后，标明"以上×字系增入"。每个韵字先反切，次释义，次引书证。然后按照"齐下一字"原则，收录以韵字为末字的韵藻（按字数由少到多，依次排列，并注韵藻出处）；增补韵藻列在最后面，以阴文"增"字标注（有些非常用字原无韵藻，则直接标注"韵藻增"）。韵藻后列"对语"，为二字或三字的对仗语，如：渭北—江东，日下—天东，河内—济东……然后列"摘句"，是以该字结尾的五、七言诗，如"力障百川东""农作正宜东"等。每类以字数二字、三字、四字依次排列，同字数词以经、史、子、集为序，兼顾时间。全书计收录词条48万余条，引书150余种，共2115万余字。

二、《佩文韵府》所体现的韵书职能的转变

在诗韵系韵书系统中，阴时夫的《韵府群玉》具有转折点的意义。自《切韵》以来，韵书重在审音辨韵、反切注释，韵书原不收录韵藻；而"阴氏著书之意在韵脚，不在韵"，按照"齐下一字"原则大量收录韵藻，重点不完全放在韵部与韵字的领属关系，韵书职能由检韵转向韵藻汇集。《佩文韵府》继《韵府群玉》之后，将韵书收录藻汇的功能发挥到极致，加之"平水韵"与实际语音的距离越来越远，审音功能越发淡化，遂完全成为一部按韵编排的语藻类书，供作诗之人按照韵字查检语料，寻词觅句。仅以东韵"东"字为例，"东"字所占

篇幅多达 9 页，韵字下，先出反切与注释：

东德红切，春方也。汉书：少阳在｜方。｜，动也，从日在水中，会意也。礼记：大明生于｜。又姓。陶潜圣贤群补录：舜友｜不訾。

之后罗列"韵藻"。据统计，阴、凌二书原有者：二字词 42 个，三字词 46 个，四字词 2 个，计 90 个；《佩文韵府》编者所增者：二字词 90 个，三字词 240 个，计 330 个。总计 420 个。这些韵藻并非现代意义上的词汇，皆有诗文作为语源；从词语结构来看，三字词占绝大多数，二字词数量适中，而四字词绝少，这与传统诗歌（不论五言还是七言）每句以"二/二/三"为主的节奏不无关系。韵书提供了每句诗歌的后三个字，方便诗人从韵脚字入手进行逆推，构思出整句乃至整首诗。

"韵藻"之后列"对语"，仍然按照"齐下一字"原则，收录以"东"字结尾韵藻的对仗语，如：渭北—江东，日下—天东，河内—济东……据统计，由"东"字组成的二字对语共 16 组，三字对语共 18 组。这种对语，可以帮助作诗者熟悉对仗，并进而在确定了韵脚字所在的下联之后，根据对仗原则非常容易地凑出上联。

最后是"摘句"，收录前人以"东"字结尾的诗句，如"力障百川东""农作正宜东"等。其中五言诗 24 句，七言 30 句，均不注出处及作者。

第二章

针对科场的诗艺训练

　　诗歌的历史几与人类语言史等长，诗歌教育史大概也可追溯到同一时期。夏、商、周三代时期，诗歌教育主要结合礼乐和射御教育而进行，施教对象基本局限于贵族子弟，其主要教学方式是"讽"和"诵"，要求学生能背诵诗歌，能在诸凡庆功祝贺等场合即兴吟诵乃至创作诗歌，这被视为具有文化修养的表现。孔子认识到"诗可以兴，可以观，可以群，可以怨，迩之事父，远之事君，多识鸟兽草木之名"（《论语·阳货》）的多方面功用，将《诗》列为儒家"言语科"的教学内容之一，要求学生"诵诗三百"，其直接目的有二：一是博通政事，以便治理国家；二是使于四方，做好外交工作。在他的教育体系内，学《诗》并不以成为诗人为目的。他对《诗经》作为儒家道德教科书的定位以及对"温柔敦厚"的诗教传统的奠基，对后世产生深远影响，通过诗歌教育提高文化修养、进行道德教化，成为诗歌教育史的一个基本目标。

　　本文关注的则是以培养诗人为目标的诗歌教育。诗歌教育未必能够培养出诗人，但是在诗赋成为科举考试内容的社会背景下，唐代之后的诗歌教育却在很大程度上致力于培养出能作诗的人。在考试指挥棒下，诗歌创作技能成为一项普及教育，传统的习诗模式发生转变。

　　科举考试中所用诗体为五言律诗，唐代一般为五言六韵，偶尔有四韵或八韵者，《文苑英华》卷一八〇至一八九"省试诗（附州府试）"类收录480余首；宋代科场诗体形式基本沿袭唐制，《万宝诗山》三十八卷分门别类收集了省试、监试诗。清代自乾隆二十二年（1757）在乡、会试中增试诗，限作五言八韵。与诗赋取士制度的确立一样，应试诗在命题原则、评判标准、写作技巧等方面，都有一个逐渐成熟、完善乃至僵化的过程。从艺术角度来看，"试律于诗为末务，然功令以之取士……固未可薄而不为也"；"制艺与试律，均为场屋所重，悟其法，乃入彀中，虽高才绩学之士，不能不就其范围耳"①。清代在科场加试试帖诗之后，试帖诗也逐渐成为进士馆选、庶常馆馆课、大考翰詹以及考差等的必考项目，因而在清代不仅习举业者"学者童而习之，自乡、会试，以至词馆诸公，莫不潜心致力于此"②，更有"专致力于馆课者"，《试律丛话》的作者梁章钜自言"余自十五岁即知专攻试律，学之将三十年，无年不作，殆盈千首"③，很多人甚至以自课试律为终身之事。试帖诗在清代所受到的重视、所产生的影响，是唐宋时期所无法比拟的，谈论试帖诗的写作技法不仅具有广泛的社会需求，而且成为不少人的精神需要。乾隆二十二年（1757）科场加试五言八韵诗，二十四年纪昀就编了一本《唐人试律说》，选唐代科场诗作七十余首，供初学者研习揣摩，了解"入门之规矩"。其《自序》借"师友之绪论"，概括了试律诗写作的关键步骤与需要避免的主要问题：

为试律者先辨体。题有题意，诗以发之，不但如应制诸诗惟求

---

① ［清］梁章钜著，陈居渊校点：《试律丛话》，上海：上海书店出版社2001年，第493页，第594页。
② ［清］张熙宇辑评，王植桂辑注《七家诗辑注汇钞》卷首序，同治九年（1870）北京琉璃厂刻本。
③ ［清］梁章钜著，陈居渊校点：《试律丛话》，第637页，第53页。

华美，则襞积之病可免矣。次贵审题，批窾导窽，务中理解，则涂饰之病可免矣。次命意，次布格，次琢句，而终之以炼气炼神。

后来谈论试帖诗写法者大体祖述纪昀之说，典型者如嘉庆年间李桢编《分类诗腋》，将试帖诗写法归纳为八法：一押韵，二诠题，三裁对，四琢句，五字法，六诗品，七起结，八炼格。乾隆二十五年，纪昀又"集乾隆中老辈之作"为《庚辰集》，"上下六十年，鸿篇佳制，无美不备，注释详明，评论剖析，一归精密。一时应举之士及馆阁诸公，无不奉为圭臬"①；"越三十余年而有《我法集》之刻，其说愈精，其格愈老，于试律一道，殆无复余蕴矣"②。纪氏之说，遂成为清代试帖诗领域的"度人金针"，对习诗者产生深刻影响。下面仅就试帖诗辨体、审题两个环节的训练方法略作说明。

第一节 试帖诗辨体：惟在颂扬，宜占身分

科场之诗，非言志之诗，实为应制之诗，故而"关合时事中贵得颂扬之体"③，这是写作试律诗需注意的首要问题。嘉庆四年（1796年）己未科状元姚文田（1758～1827）曾说：

科举之五言排律，其体实兼赋、颂，依题敷绎，惟在意切词明。所谓赋也，言必庄雅，无取纤佻，虽源本《风》《雅》，而闰

---

① ［清］吴廷琛：《〈试律丛话〉序》，《试律丛话》，第493页。
② ［清］梁章钜著，陈居渊校点：《试律丛话》卷二，第533页。
③ ［清］梁章钜著，陈居渊校点：《试律丛话》卷五，第592页。

房情好之词、里巷忧愁之作，不容一字阑入行间。①

姚氏曾任嘉庆二十二年（1817）丁丑科会试总裁，二十四年充殿试读卷官，三任广东等省学政，四次充乡试考官，并曾先后任国子监祭酒、内阁学士、礼部侍郎等职务，负责教习翰林院庶吉士，在掌管科举的礼部尚书职位上去世。在科场试律诗体制、格调方面，姚氏堪为清代官方发言人。

一、有褒无贬，有颂无刺

科举考试所用经义之题，命题范围不出四书、五经，试律之题则不拘何书皆可用。一般而言，试律诗命题会考虑格调的庄重、用词的雅驯，因而科场上最常见的是《春色满皇州》（唐元和十年省试）、《春色先从草际归》（清道光九年会试）之类清丽题，《河海不择流》（乾隆三十六年会试）、《我泽如春》（嘉庆十年会试）之类典正题，《月涌大江流》（乾隆三十六年江南乡试）、《百川赴巨海》（嘉庆六年顺天乡试）之类阔大题，自然都比较容易写得合体。但是，略带负面色彩的题目也不是绝对不会出现，遇到这类题目必须格外当心，不能被负面因素误导；也须格外用心，"立意斡旋"，在带有负面色彩的题目下，作出"有褒无贬，有颂无刺"的合体的诗歌②。纪昀曾以唐人元稹《赋得玉卮无当》诗为例，具体说明碰到这类棘手题目时应如何处理。此题出自《韩非子·外储说》：

> 堂谿公谓昭侯曰："今有千金之玉卮而无当，可以盛水乎？"

---

① [清] 梁章钜著，陈居渊校点：《试律丛话》卷一，第514页。
② [清] 纪昀：《唐人试律说》，纪昀著，孙致中等校点：《纪晓岚文集》，石家庄：河北教育出版社1991年，第45页。

昭侯曰："不可。""有瓦器而不漏，可以盛酒乎？"昭侯曰："可。"对曰："夫瓦器，至贱也，不漏可以盛酒。虽有千金之玉卮，至贵而无当，漏不可盛水，则人孰注浆哉！今为人之主而漏其君臣之语，是犹无当之玉卮也，虽有圣智，莫尽其术，为其漏也。"昭侯曰："然。"昭侯闻堂谿公之言，自此之后，欲发天下之大事，未尝不独寝，恐梦言而使人知其谋也。①

玉卮，玉杯；无当，无底。谿公以无当的玉卮劝喻魏昭侯，要他慎重对待君臣之间的谈话内容，不要随便外传，否则什么事情都办不好。不论是从韩非本意所指"玉卮无当，不如瓦卮有当"，还是后人多以"玉卮无当"比喻东西虽好却无用处，都以否定性的评价为主导，而且评价对象直指一国之君，因此从题面来看，要作成颂扬之体是颇有难度的。纪昀极赏元稹对此题的处理技巧：

> 共惜连城宝，翻为无当卮。
> 讵惭君子贵，深讶巧工镌。（玉卮值得君子珍视，巧工不应因其"无当"，遂将其废弃）
> 泛蚁功全小，如虹色不移。（因其无当，玉卮不能盛酒，却不改美玉之色）
> 可怜殊砾石，何计辨糟醨。（玉卮绝不混同砾石，却也终究无法贮存美酒）
> 江海诚难满，盘筵莫忘施。（江海也不能将玉卮填满，盛大的筵宴应有它的一席之地）

---

① ［清］王先慎撰，钟哲点校：《韩非子集解》，北京：中华书局1998年，第321页。

纵乖斟酌意，犹得奉光仪。①

纪昀认为此诗"'玉卮'与'无当'全篇对举，铢两悉称"，一方面强调"玉卮"可惜可贵的本质及其"不移"的色泽、"难满"的胸怀，另一方面则指出"无当"是缘于不可抗拒的外在因素。"三句、四句从'玉卮'说到'无当'，五句、六句即从'无当'挽到'玉卮'；七句、八句又从'玉卮'说到'无当'，九句、十句又从'无当'挽到'玉卮'，顺逆往来，一丝不乱。"不仅如此，试律诗"入手当还题面，故三句、四句即承'无当'顺说；篇末当见作意，故末二句即接'玉卮'意作收。用法之密，始无以复加。"乾隆年间名列"嘉禾七子"之一的朱笠亭（名炎，乾隆三十一年进士）亦称赞元稹此诗"以'无当'合题意，以'玉卮'见身分，抑扬互用，运掉自如"②，诚可谓"英雄所见略同"。

二、占身分之法

梁章钜《制义丛话》引其父梁资政《四勿斋随笔》云：

> 诗家自有占身分之法，试律诗为拜献先资，尤不可不慎。顺治初，秦松龄以庶吉士召试《咏鹤》诗，有"高鸣常向月，善舞不

---

① 按：唐德宗贞元九年（793），元稹应明经科，以第一名及第，年仅15岁。贞元十九年（803），中书判拔萃第四等，白居易亦及第；元和元年（806），二人复同应才识兼茂、明于体用科，同时及第，且元稹为第一名。元稹未曾应以诗赋为考察内容的进士科。《文苑英华》卷一八六"诗三六·省试七"收《玉卮无当》二首，其一为蒋防所作，其二即此诗，然未署名。《元氏长庆集》卷十四"律诗"收此《赋得玉卮无当》（韵取卮字），并收《赋得数蓂》（元和年作）。此诗虽为省试之题，却非科场之作，应属元稹拟作。

② [清]纪昀：《唐人试律说》，纪昀著，孙致中等校点：《纪晓岚文集》，第45页。

迎人"之句。上大加叹赏，以为有品，馆僚内至今传诵。①

咏物诗讲究"体物肖形，传神写意"（屠隆《论诗文》），要既能紧扣所咏之物的特点，又要在其中有所寄寓。秦松龄此诗既写出鹤鸣叫起舞蹈的场面，又寄寓了高洁独立的个性，故得顺治帝"有品"的评价。应制咏物诗即是如此，以希求幸进为创作动机的试律诗，在身份把握方面尤应注意，而且因为现实处境的尴尬，要做到在"卑"与"不卑"之间准确拿捏尺度，"赞美处勿涉阿谀，干请处勿失身分。即有规勉，亦当温厚和平，言之无罪，闻之足戒"②，实非易事。

试律诗不仅要合乎应试者的身份，而且要合乎题目的身份。清人王克峻在其所著《详注馆阁试帖三辛集》中说：

> 凡用经语命题者，必句句取材于经，方与题称。如陈步瀛《贤不家食》，题中四联云："帝有调羹手，臣思作醴功。芬苾尝法膳，粗粝愧儒风。汲井心何恻，观颐道独隆。笙吹鸣野鹿，卦叶渐磐鸿。"字字名贵，方见试律之体之尊。③

《赋得贤不家食》（得"同"字）是乾隆二十六年（1761）恩科会试诗题，出自《周易·大畜》："利贞。不家食，吉。利涉大川。"《象辞》解释说："'不家食，吉'，养贤也。"王弼《周易注》曰："有'大畜'之实，以之'养贤'，令贤者'不家食'，乃'吉'也。"孔颖达《周易正义》解释说："己有大畜之资，当须养赡贤人，不使贤人在家自

---

① ［清］梁章钜著，陈居渊校点：《试律丛话》卷三，第562页。
② ［清］梁章钜著，陈居渊校点：《试律丛话》卷一，第514页。
③ ［清］梁章钜著，陈居渊校点：《试律丛话》卷三，第562页。

食，如此乃吉也。"① 清代会试试帖诗以经书命题者共计12科，集中于乾、嘉、道三朝，尤以乾隆朝为多（7次），宣扬"用贤"的《贤不家食》为其中之一。② 陈步瀛"句句名贵"的这首诗，其"句句取材于经"具体如下：

  帝有调羹手，臣思作醴功。（取材《尚书·说命》所载殷高宗武丁重用宰相傅说之语："尔惟训于朕志，若作酒醴，尔惟曲蘖；若作和羹，尔惟盐梅。"）

  芬苾尝法膳，粗粝愧儒风。（上句取材汉代易学大家焦赣《易林·蒙之萃》"鼋羹芬苾，染指弗尝"，法膳是帝王的常膳；下句"儒风"自然指儒家经学，且杜甫《有客》诗有"百年粗粝腐儒餐"之语。）

  汲井心何恻，观颐道独隆。（上句取材《周易·井卦》"井渫不食，为我心恻。可用汲，王明，并受其福"；下句取材《周易·颐卦》"观颐，自求口实"，强调细嚼慢咽，不贪食过饱。）

  笙吹鸣野鹿，卦叶渐磐鸿。（取材《诗经·小雅·鹿鸣》"呦呦鹿鸣，食野之苹。我有嘉宾，鼓瑟吹笙"；下句取材《周易·渐卦》"鸿渐于磐，饮食衎衎，吉"。）

这四联无不取材经语以"称题"，无不与帝王之"食"相关以写题面，无不紧扣"养贤"以点题意。陈步瀛是科高中状元，这首充分体现"试律之体之尊"的诗于其或有大功。

相反，试律诗中阑入"闺房情好之词、里巷忧愁之作"，自然有失身份，当为大忌。《四勿斋随笔》引时人事例以为诫：

---

① ［魏］王弼注，［唐］孔颖达疏：《周易正义》卷三，十三经注疏本，北京：北京大学出版社1999年，第118页。
② 参见本书上编"诗赋取士制度考"第二章《应试诗的命题与创作》第二节中关于"清代会试所用试帖诗题目出处分析"一节。

> 吾乡某孝廉会试，文已中式，以诗中"一鞭残照里"句摈落。盖题为《草色遥看近却无》，阁中嫌其用《西厢》语黜之，其实本人并不知《西厢记》中有此句也。①

此当为乾隆五十四年（1789）会试之事。韩愈原诗描写皇都早春美景，"一鞭残照里"语出《西厢记·长亭送别》"四围山色中，一鞭残照里"。《西厢记》被清代统治者列入"琐语淫词"之列，曾被三令五申禁止刊行，《红楼梦》中林黛玉行酒令时"失于检点，那《牡丹亭》《西厢记》说了两句"（良辰美景奈何天、纱窗也没有红娘报），还被宝姐姐款款地教育了一番，说"最怕见了些杂书，移了性情，就不可救了"，以《西厢》之语用于科场，当然更不可饶恕了。何况"残照"一词有衰飒之气，也是试帖诗忌用的词汇，因为"应试诗体，最宜吉祥。凡字不雅驯、典非祥瑞者，断不可轻涉笔端"，嘉庆二十四年（1819）己卯科广东乡试"诗题系《山崇川增》，有反用'崩骞'而被黜者，有韵押'沧桑'而不录者。至于伤时慨世及魂、鬼等字，虽怀古题亦宜斟酌用之"②。

第二节　试帖诗审题：其义主于诂题，其体主于用法

"古近体义在于我，试帖义在于题。古近体诗不可无我，试帖诗不可无题。"③嘉庆四年（1799）己未科进士王廷绍这两句话指出了试帖

---

① ［清］梁章钜著，陈居渊校点：《试律丛话》卷三，第562页。
② ［清］梁章钜著，陈居渊校点：《试律丛话》卷三，第567页。
③ ［清］梁章钜著，陈居渊校点：《试律丛话》卷一，第515页。

诗的创作本质：作题目。古近体诗的创作动机，是诗人心中有所感而发于吟咏，科场试帖诗的创作动机却是眼前有诗题而进行机械写作。

从考试的技术操作角度而言，写作型试题具有极强的主观性。不论是选拔性考试还是评价性考试，为了实现考试的区分功能（在一定程度上区分应试者的一些相对差异，在应试者之间排列出每个人在考试人群中的相对位置，为选拔合格人员提供初步的信息和依据）与评价功能（在一定程度上能够评价、鉴别应试者某些方面的素质、水平是否达到了规定的某一标准），都有必要对写作的题目与范围进行一定程度的限制。不过，任何形式的命题写作都可能是把双刃剑，在保证考试评价的客观性与考试本身的经济易行性的同时，容易束缚考生的创造性，导致模式化写作倾向。为了尽量实现平衡，使考试效益得以最大化，必须注意对评价标准等方面进行监控，使命题考试制度本身能够与时俱进地得到改革与完善。

科场试律诗套路化的重要原因之一，就在于对诗歌题目与内容之间严格对应性的过分强调，在于千百年间评价标准变本加厉的严重僵化："其义主于诂题，其体主于用法，其前后起止、铺衍诠写，皆有一定之规格、浅深之体势，而且题中有一字即须照应不遗，题意有数重又须迴环钩绾，尺寸一失，虽词坛宗匠，亦不入程式焉。"① 因此讲试帖诗者在审题方面用力最多，总结出的方法也最成体系。

一、审题贵精

试帖诗题目被分为典重题、阔大题、清丽题、琐细题等类型，不同

---

① ［清］梁章钜《试律丛话》卷一引其师郑光策之语。郑光策（1759~1804），闽县（今福州市区）人，乾隆四十五年（1880）年进士。曾先后主讲福清书院、龙岩书院和福州鳌峰书院。主张改变"所用者非所习，所习者非所用"的积习，提倡"经邦济世"之学。林则徐、梁章钜皆出其门下。

类型有不同作法，这一点自不待言。但是仅对题目做如此区分是远远不够的，务必追求精细、精微、精准的把握。纪昀曾作《秋风生桂枝》诗，又作《秋风动桂林》诗，并自注曰："'生桂枝'是初秋景，'动桂林'是仲秋景，一'生'一'动'，意亦判然。"前一诗题曾用于唐、宋省试，后一诗题出自唐太宗的《秋日》诗。现将这两首诗对比如下，并附梁章钜的评点：

赋得秋风生桂枝　　得秋字

爽籁渐飕飕，西风吹未休。<u>银床才落叶，金粟亦含秋。</u>（章氏评：点题，以衬笔醒出"秋"字）冷露花微湿，清飙暑乍收。夜中惊梦醒，云外有香浮。绿袅高枝动，黄飘碎点稠。<u>凉生明月里，声在小山头。</u>（章氏评：还他"桂"字著落，以醒"生"字）红蕊芳堪折，丹梯路可求。霓裳羽衣曲，好入广寒游。

赋得秋风动桂林　　得风字

<u>高树生秋外，清飙八月中。</u>无声潜带露，有响乍摇风。（章氏评：点题。第二句点清"秋风"）<u>秋到金鹅水，花飘白兔宫。</u>（章氏评：第三句托出"动"字，皆十分醒豁）<u>数行枝戛绿，一带蕊翻红。</u>（章氏评：此"动"字正面）月影微微撼，天香冉冉通。<u>夜凉新落子，山小旧生丛。</u>（章氏评：上句描足"动"字，下句绾合"林"字）晚节邻黄菊，先凋笑碧桐。延年推上药，珍重问韩终。[①]

两诗所使用的意象，诸如冷露、清飙、明月、桂花的香气、红蕊、碧树等，几乎没什么不同；两诗所烘托的意境，清淡高远，渺渺悠悠，

[①] [清]纪昀：《馆课丛稿》，纪昀著，孙致中等校点：《纪晓岚文集》第一册，石家庄：河北教育出版社1991年，第627页，第629页。

也极为相似。但是景物背后的两个动词"生"与"动",却决定了"两诗作法各不相侔",所以梁氏总结说:"此为审题之精、用意之密,学者勿草草读过也。"①《秋风动桂林》后曾用作同治六年(1868)广西乡试题目,所限韵字亦为"风"字。

二、作诗必此诗:字字打碎点出

苏轼曾以"论画以形似,见于儿童邻。作诗必此诗,定知非诗人"(《书鄢陵王主簿所画折枝二首》其一)论书画"离形得神"的创作要旨,并曾批评石曼卿《红梅》诗"认桃无绿叶,辨杏有青枝"的写法未达神似,是"至陋之语,盖村学之体",并和作一首神似的《红梅》诗,还在尾联调侃石曼卿"诗老不知梅格在,更看绿叶与青枝"。但是苏轼此论用于试帖诗则行不通,清人刘遵陆《试帖说》就曾坦率地说:"此是高论,不可以律试帖。"② 试帖诗追求"肖似",而且最核心者是要"肖题",这与中国传统的诗歌评价标准是大相径庭的。"审题贵精"解决了对题目的把握问题,至于如何在诗中刻画题目,清人提出需用"时文拆字法诀,字字打碎,绞出汁浆"。"字字打碎"以点题,通常用于首四句,与八股时文的破题、承题部分形成对应。嘉庆十三年(1808)会试第一、极得嘉庆帝赏识的刘嗣绾(1762~1820)以《木笔初开第一花》写了三首诗,前二首点题四句分别如下:

次第修花史,东君笔底来。却从香国倚,真见木天开。(第一首)

为有江郎笔,名花更一开。无双天女下,不二木神来。(第二

---

① [清]梁章钜著,陈居渊校点:《试律丛话》卷二,第545页。
② [清]梁章钜著,陈居渊校点:《试律丛话》卷一,第531页。

首）

梁章钜认为"三首皆佳,余尤赏其点题四句",因其"皆将木、笔、花三字打碎点出,乃才人随手开此法门"。① 嘉庆十年（1805）进士、满洲正白旗人那清安的《平地丹梯甲乙高》也堪称"字字打碎"法之典型:

百尺丹梯矗,巍巍甲乙高。自天宏接引,平地起英豪。
灌耳雷声噪,当头月旦褒。几人沉俗壤,此辈是仙曹。
紫府评量定,青云顾盼劳。蓬壶新得路,姓字首挥毫。
才喜夸罗凤,行看竞踏鳌。衡文先试艺,简擢圣恩叨。②

晚唐诗人杜荀鹤由梁王朱全忠（温）举送,于大顺二年（891）在裴贽侍郎下第八人登科,殷文圭《寄贺杜荀鹤及第》诗以"由来稽古符公道,平地丹梯甲乙高"作结。③ "丹梯"喻指仕进之路,唐代进士分甲、乙两等,称甲科、乙科,故以"甲乙"指称等第。那清安此诗前四句分拆题中"平地""丹梯""甲乙""高"七字,以"字字打碎"之法点醒题面;此后穿插铺陈考官"月旦""评量""衡文"环节的"公道"之举与进士"青云顾盼""蓬壶得路""竞相踏鳌"的得意之情,以"绞出汁浆"之法阐发题意,完美实践了所谓的"拆字法诀"。

执此细密标准,清人发现率先将试律诗用于科场的"唐之人或未

---

① [清]梁章钜著,陈居渊校点:《试律丛话》卷五,第588~589页。按:此诗题目出陆游《幽居初夏》颈联"箨龙已过头番笋,木笔初开第一花"。
② [清]那清安:《修竹斋试帖辑注》,张熙宇辑评,王植桂辑注:《七家试帖辑注汇钞》,清同治九年（1870）北京琉璃厂刻本,第37页。
③ [清]徐松撰,孟二冬补正:《登科记考补正》卷二十四,第1006~1007页。

能工"。他们在唐人的许多省试诗中挑出了毛病，尤其集中体现在与题目相关的问题上。比如中唐诗坛开宗立派、堪称"一代大手笔，追逐李、杜"的韩愈有《学诸进士作精卫衔石填海》诗：

鸟有偿冤者，终年抱寸诚。口衔山石细，心望海波平。渺渺功难见，区区命已轻。人皆讥造次，我独赏专精。岂计休无日，惟应尽此生。何惭刺客传，不著报雠名。

康熙朝编《唐人试帖》的毛奇龄、乾隆朝编《唐人试律说》的纪晓岚都讥议此诗"只有题意而无题面"①，虽然写出了精卫立志复仇、衔石填海的执着精神，可惜未能将题目"字字打碎"，仅有"口衔山石细"算得上照应题面中"衔石"二字，"精卫""填海"均无着落，因而并不符合试律诗的评判标准。

同样被指摘的还有吕温的《白云起封中》诗：

封开白云起，汉帝坐斋宫。望在泥金上，疑生秘玉中。攒柯初缭绕，布叶渐朦胧。日观祥光合，天门瑞气通。无心已出岫，有势欲凌风。倘遣成膏泽，从兹遍太空。

---

① [清]梁章钜著，陈居渊校点：《试律丛话》卷一，第513页。按：此诗收在《朱文公校昌黎先生集》卷九（[宋]朱熹考异，王伯大音释，《四部丛刊初编》影印元刊本，第8页）。如题目所言，此诗是韩愈仿效之作，非其科场之作。韩愈于德宗贞元八年（792）进士及第，杂文题目是《明水赋》和《御沟新柳诗》。

毛西河曰："诗已及格，惜通首不曾赋'白'字。"① 依照清人通行的试律诗标准，仅写"白云起"是不够的，还应专门对"白"字有所铺陈展开，以肖其"白"之状。悬此以为试律诗之绝对标准，其胶柱鼓瑟真已登峰造极。清人却为此沾沾自喜，得意于本朝诗法之密，以为"唐之所难，而今易焉"②，翁方纲曰：

> 凡诗、文、词，皆今不如古，惟今人试律，实有突过古人者。非古拙而今工，实古疏而今密，亦犹算术弈艺，皆古不如今也。即如唐人喻凫《春雨如膏》诗，通篇皆"春雨"套词，并不见"如膏"之意；而嘉庆丙辰会试此题诗，则于"如膏"意无不洗发尽致者。

喻凫的诗收在《全唐诗》卷五四三：

> 幂幂敛轻尘，濛濛湿野春。细光添柳重，幽点溅花匀。惨淡游丝景，阴沉落絮辰。回低飞蝶翅，寒滴语禽身。洒岳摧馀雪，吹江叠远蘋。东城与西陌，晴后趣何新。

---

① [清]梁章钜著，陈居渊校点：《试律丛话》卷一，第526页。吕温（772～811），唐德宗贞元十年（794年）应河南府试，为贡士之冠；贞元十四年（798）年登第，是年诗题为《青出蓝诗》。《文苑英华》卷一八二"诗三二·省试三"收《白云起封中》二首，其一署名张嗣初（通常认为此人贞元八年进士登第，然本年陆贽知贡举，进士榜被称为"龙虎榜"，全榜23人名字全部保存下来，无张嗣初之名）；其二为此诗，然署名李正辞（一作陈希烈）。不过，《四部丛刊初编》影印述古堂藏宋钞本《唐吕和叔文集》卷一收此诗，应该可以确定为吕温所作。考唐代科场诗题，自贞元四年至元和六年（788～811），除贞元二十年（804）无考外，均完整保存，无以《白云起封中》为题者。《文苑英华》附载州府试诗，会在题目中注明，据此可知，此诗至少不是吕温科场所作，毛氏所谓"诗已及格"，未晓以何为标准。
② [清]王先谦：《〈国朝试律诗钞〉序》，《虚受堂文集》，《葵园四种》，长沙：岳麓书社1986年，第45页。

此诗开头两句写春雨之细密无声，然后依次描写雨中的柳条与花瓣、游丝与落絮、飞蝶与鸣禽、山雪与江蘋，最后以想象雨霁天晴作结，确实不见"如膏"之意。嘉庆元年（1796）丙辰恩科会试用此题（限押"稀"字韵），《清代硃卷集成》第4册收此科会试硃卷三份，现摘录诗作于此：

> 四望油云合，膏流见雨霏。红浮桃浪腻，碧染麦胜肥。下尺霑而渥，斜丝密复稀。螺鬟经晓沐，花露滴春菲。村远常欹笠，泥融半湿衣。润先苏草木，光欲洒珠玑。到处疑酥遍，无声泼乳微。圣朝敷泽厚，万汇畅天机。（第七十八名俞日灯。本房加批：圆璧方珪，自然合度。）

> 综揽春先后，优膏渥帝畿。晨飘殊洒洒，宵集更霏霏。尺计犹云浅，旬占尚觉稀。腻添麦叶润，浓引黍苗肥。举耦连千耦，清尘扈六飞。恩还周蔀屋，赏不为芬菲。有象酬佳节，惟甘达化机。寰区丰玉遍，尘念在民依。（第八十三名戴殿泗。本房加批：道炼，不泛作描画，语深得诗家体裁。）

> 膏泽乘时布，轻阴细雨飞。侵晨方渐沥，入夜正霏微。土润知深浅，酥凝想是非。荷蓑千耦湿，驱犊一犁肥。春树人家远，天街客屐归。风光常浥浥，花气总菲菲。著块宁愁破，经旬未觉称。醍醐歌帝德，稼穑念民依。（第一百四十名鹿维基。本房加批：声谐金石，调协宫商。）①

三诗细腻描摹"春雨"情态自不待言，尤其注意使用"四望油云合，

---

① 顾廷龙主编：《清代硃卷集成》第四册，台北：成文社1992年，第97页，第115页，第141页。

膏流见雨霏""疑酥遍""泼乳微"(第一首)、"优膏渥帝畿""腻添麦叶润，浓引黍苗肥"(第二首)、"膏泽乘时布""土润""酥凝""醍醐"(第三首)等语句，达到将"霖雨润泽大地"之意"洗发尽致"的效果。清人喜欢将本朝试律诗与唐人科场之作进行对比，认为唐人"罕工试律"而国朝"试律观止"[1]，然而，恰恰是对"作诗必此诗"评价标准的无限追求，恰恰是诗律的严密化、诗法的程式化，在一定程度上将古典诗歌创作引向了穷途末路。

三、试帖诗诠题的若干技法

除了谨守题目需"字字打碎点出"的基本原则外，清人还总结了不少帮助有效诠题的技法，有衬托、映带、串合等名目，现择其要者分述如下：

1. 题中要字难于刻画者，宜于结句挑剔出之。题中要字称为"题珠"或"题眼"，习惯上应将题中所有字眼在破题的前几句尽数剖析完毕，题珠亦应点出。如果题珠抓得准、切得妙，极易立刻打动考官。比如乾隆五十七年（1792）壬子科江南乡试以李白《秋日与张少府、楚城韦公藏书高斋作》中"天影落江虚"一语命题，题珠在空灵难摹的"虚"字。吴江袁湘湄以"此中流日月，何处辨鸢鱼"切"虚"字，主司极为称赏，遂中举；嘉庆十二年（1807）丁卯科江南乡试以苏轼《赤壁赋》中"白露横江"一语命题，题珠在动感难状的"横"字。郑璜首句即云"露脚斜飞白"，直接截取李贺"露脚斜飞湿寒兔"（《李凭箜篌引》）诗句，以"斜飞"切"横"字，考官刘凤诰圈此五字，郑璜遂获隽[2]。不过，有时"题中要字难于刻画"，万不得已，则可"于

---

[1] ［清］王先谦：《〈国朝试律诗钞〉序》，《虚受堂文集》，《葵园四种》，长沙：岳麓书社1986年，第45页。
[2] ［清］梁章钜著，陈居渊校点：《试律丛话》卷五，第594页。

结句挑剔出之",此乃唐人试律诗惯用手法。《试律丛话》卷一引嘉庆进士卞斌（1778~1805）评唐人钱起《湘灵鼓瑟》诗曰："首联一点'灵'字，以下四联只是湘江鼓瑟耳，结句乃云'曲终人不见，江上数峰青'，此以'人'挑醒'灵'字也，人不见，则其为灵可知矣。"①

2. 末二句是结穴，宜用顾题之法收住全题。清人发现（抑或发明）了八股文与试帖诗之间的对应关系。八股文自明代以来在科场沿用已久，"初学习文，其于破题、承题、前比、中比、后比、结题等法，讲之久矣。今仍以法解诗，理自易明"②。依照八股文的结构方法，试帖诗末二句应用结题法收住全题。在这种规则训练之下，清人作试帖诗固然不敢越雷池半步，甚至持此标准去穿凿曲解唐人的诗歌观念。"称量天下"的宫廷才女上官婉儿黜陟沈、宋诗的故事流传千古，戴着"八股诗法"有色眼镜的毛奇龄居然从中看出了"应试顾题之法"的评判标准，这一点颇为耐人寻味：

> 中宗正月晦日幸昆明池赋诗，群臣应制百余篇。帐殿前结彩楼，命上官昭容选一首，为新翻御制曲。从臣悉集其下，须臾纸落如飞，各认其名而怀之。既进，惟沈、宋二诗不下。又移时，一纸飞坠，竞取而观，乃沈诗也。及闻其评曰："二诗工力悉敌，沈诗落句云'微臣雕朽质，羞睹豫章才'，盖词气已竭；宋诗云'不愁明月尽，自有夜珠来'，犹陟健举。"沈乃伏，不敢复争。③

---

① [清] 梁章钜著，陈居渊校点：《试律丛话》卷一，第519页。
② [清] 叶葆：《应试试法浅说详解》卷一，清道光十二年（1832）晋祁书业堂重刊本。
③ [宋] 计有功：《唐诗纪事》卷三"上官昭容"，上海：上海古籍出版社1987年新1版，第28页。

沈、宋二人的《奉和晦日幸昆明池应制》原诗如下：

　　法驾乘春转，神池象汉回。双星移旧石，孤月隐残灰。战鹢逢时去，恩鱼望幸来。山花缇骑绕，堤柳幔城开。思逸横汾唱，欢留宴镐杯。微臣雕朽质，羞睹豫章材。（沈）
　　春豫灵池会，沧波帐殿开。舟凌石鲸动，槎拂斗牛回。节晦蓂全落，春迟柳暗催。象溪看浴景，烧劫辨沉灰。镐饮周文乐，汾歌汉武才。不愁明月尽，自有夜珠来。（宋）

应制诗需应景，此诗宜体现"晦日"（时）、"幸"（事）、"昆明池"（地）三要素。沈诗用"孤月隐"、宋诗用"节晦蓂全落"，点出"晦日"；二诗均用周武王建镐京后与群臣宴饮和汉武帝与大臣泛舟汾水、亲作《秋风辞》两个著名的君臣游乐唱和故事，以点"幸"字；沈诗中的"神池象汉""双星""残灰"、宋诗中的"灵池""石鲸""斗牛""烧劫沉灰"，均系昆明池典故①。沈、宋并驾齐驱于中宗神龙诗坛，此二诗亦"工力悉敌"。昭容斟酌再三，取宋而弃沈，理由是沈诗落句"微臣雕朽质，羞睹豫章材"用《论语》"朽木不可雕也"以示自谦，"词气已竭"；宋诗落句"不愁明月尽，自有夜珠来"则用昆明池鱼衔明珠报恩的故事②，于颂圣之外，又扣"晦日"、昆明池与帝王

---

① ［晋］干宝《搜神记》卷一三："汉武帝凿昆明池，极深，悉是灰墨，无复土。举朝不解，以问东方朔。朔曰：'臣愚，不足以知之，可试问西域人。'帝以朔不知，难以移问。至后汉明帝时，西域道人入，来洛阳，时有忆方朔言者，乃试以武帝时灰墨问之，道人云：'经云："天地大劫将尽，则劫烧。"此劫烧之余也。'乃知朔言有旨。"汉武帝开凿昆明池，取象北溟，池中有石刻鲸鱼和牵牛织女石像。

② ［宋］李昉等编：《太平御览》卷六十七"地部三十二·池"引辛氏《三秦记》曰："昆明池通白鹿原，（原）人钓鱼，纶绝而去，梦於汉武，求去其钩。明日戏於池，见大鱼衔钩，帝去其钩而放之。间三日，帝复游池滨，得明珠一双。武帝曰：'岂昔鱼之报也？'"（北京：中华书局1960年，第319页）

这时、地、人三要素,不仅一举多得,而且意境明朗豪迈,"犹陟健举"。二诗虽为宫廷应制之作,然上官昭容细较锱铢,以落句"词气"决出高下,不仅沈佺期本人伏之,也得到后世的一致认可,明代诗人王世贞就说"沈、宋中间警联无一字不敌,特佺期结语是累句中累句,之问结语是佳句中佳句耳"①。清初毛西河则持试律之法衡此二诗:

  沈诗惟领比"双星遗汉石,孤月隐残灰"二句是晦日与昆池合赋,而他并不及。宋于颈比既有"节晦蓂全落"矣,而结处复顾"晦日"一句,与昆明池、夜珠两相照合,则仍是应试顾题之法,昭容取之有以也。②

毛氏将昭容"词气"枯竭、健举的评价置之不顾,以己度人,坚持认为她弃沈取宋是因宋诗符合"应试诗顾题之法"。事实上,唐人无此法,昭容无此说,毛氏发此议论,不仅令人讥其须眉男儿反不及女子见识高妙,更见得清人作茧自缚,言诗的格局气魄远逊唐人矣。

四、颜色、数目、方向等字需运巧思

  前面曾经谈到毛奇龄讥讽吕温《白云起封中》诗"通首不曾赋'白'字",可是在唐代科场标准中,题中颜色字尚无需过分用心。对于清人就不同了,必须格外留意渲染,如法式善《雨五色》诗中"露囊盛欲溢,云锦濯初匀",以"云锦"渲染"五色";雷曰履《知白守黑》诗中"素辞为绚地,涅谢不缁名",以"素""涅、缁"渲染"白"与"黑";陈枫阶《柳汁染衣》诗中"纻抛前度白,袍话异时

---

① [明] 王世贞著,罗仲鼎校注:《艺苑卮言校注》,济南:齐鲁书社1992年,第161页。
② [清] 梁章钜著,陈居渊校点:《试律丛话》卷一,第517页。

蓝",以"白绖"渲染未染之衣,以"蓝袍"渲染柳汁染如蓝草般的衣料。

清人刘涧柟撰《试帖说》,其中讲到"题有数目字者,不可抛荒,但要运以巧思"①,现将其所举诗例胪列如下,并作简要说明:

颜崇汸《雪花六出》:三珠疑树迸,一瓣较梅添。(加法:五瓣梅花加一瓣)

李松云《其数六》:三阴重卦合,一线五纹添。(卦象:三阴爻重叠为坤卦)

陈伯恭《其数七》:审音兼正变,齐政察玑衡。(音乐:五音加变宫、变徵;天文:北斗七星)

梁九山《三月三捷》:山连传简定,城筑受降勤。(史事:《新唐书·薛仁贵传》"将军三箭定天山,壮士长歌入汉关。")

宓如春《饮易三爻》:上中由下起,天地以人参。(孔子曰:《易》有六位三才,天、地、人道之分际也。三才之道,天、地人也。)

邵玉清《十日一雨》:经旬才度一,逢闰恰余三。(历法:每月上中下三旬,闰年多一个月)

程兰翘《五日一风》:月周番六计,旬浃信重过。(历法:每月有六个五天,旬浃为十天)

这些题目的无聊可笑暂且不讲,众多精英人士殚精竭虑、杂七杂八地"运以巧思"、加减乘除,以凑足题中数字,于诗艺、于求贤,究竟有何用处?同样,"题有方向字,亦须刻画,如戴紫垣《鱼戏莲叶东》云'光摇新月上,影避夕阳红'、吴毂人《灯右观书》'箴袟舒肱易,新铭

---

① [清]梁章钜著,陈居渊校点:《试律丛话》卷三,第567页。

勒座工'"①。在诸多法门的规束之下，作诗已不再是作诗，俨然成了制作以五言八韵形式为谜面的谜语，诗的题目成了谜底。

顾炎武《日知录》卷二十一"诗题"条在回顾了中国古代诗题演变过程之后说："古人之诗，有诗而后有题；今人之诗，有题而后有诗。有诗而后有题者，其诗本乎情；有题而后有诗者，其诗徇乎物。"②吴承学在《论古诗制题制序史》一文中指出"中国古代诗歌从先有诗后有题向先有题后有诗的重大发展，这在诗歌艺术发展史上是一值得注意的问题，古人甚至认为是古今诗歌演变的一大关键"③。从"本乎情"到"徇乎物"，诗歌的创作动机与构思起点发生了根本转变，而促成转变的最关键因素是诗歌在唐代成为科场考试项目。"既然是以诗取士，诗成了取士的必要手段，则这种手段归根到底也不能不既为应进士举的人开拓道路，也同时为应进士举所必要作的诗本身开拓道路，无论这道路是好的还是坏的。"④ 自唐宋至清代，随着试律诗程式的逐渐严格细密，以及试律诗陈腔滥调、套话连篇成为无可避免的客观现实，科场诗作的符题切题，在某种程度上超越诗歌的立意而成为考试的最基本要求，"于是逐渐形成围绕题目写作的各种规范，这些科举规范也自然影响到文学创作和文学批评的风气"⑤。

从人才选拔制度内部来看，"取才以文"能否真正得到栋梁之材尚是一回事；从诗赋取士制度对诗歌艺术发展的影响来看，命题作诗，题字需"字字打碎点出"，"以诗为诗，犹以水洗水，更无意味"，结果

---

① ［清］梁章钜著，陈居渊校点：《试律丛话》卷三，第567页。
② ［清］顾炎武著，［清］黄汝成集释，秦克诚点校：《日知录集释》卷二十一，长沙：岳麓书社1994年，第730页。
③ 吴承学：《论古诗制题制序史》，《文学遗产》1996年第5期，第19页。
④ 程千帆：《唐代进士行卷与文学》，《程千帆全集》第八卷，石家庄：河北教育出版社2000年，第47页。
⑤ 吴承学：《论古诗制题制序史》，《文学遗产》1996年第5期，第19页。

"诗之道每况愈下"以至于衰亡①;从诗赋取士制度的社会影响来看,"因题作诗""为文造情",逐渐消泯了士子的独立个性与原创意识,甚至改变了整个民族的思维方式与精神面貌,恐怕这才是科举制度更消极、更深刻的影响。

---

① [清]袁枚:《随园诗话》卷七,《续修四库全书》第1701册"集部·诗文评类"影印清乾隆十四年(1749)刻本,第18页a。

第三章

和韵的盛行

第一节　和韵的发展历史及概念演变

"诗者，志之所之也。在心为志，发言为诗。"（《毛诗序》）这是中国古人对于诗的界定。押韵是诗歌重要的外在形式特征，从诗歌发展历史来看，经历了从自由用韵到自觉用韵，再到依照韵书强制押韵的过程。在这个过程中，虽然"韵"常被视为末技，但因汉语语言、汉语诗歌的特殊性，齐、梁时期，韵律被作为一种技巧极度追求，至唐初，以一种精致完美的形式稳定下来，最终获得了超越诗歌思想内容本身的力量而独立化。"和韵"这种诗歌创作模式的产生过程，也正是诗人对押韵本身投注越来越多的兴趣的过程。

自宋代至明清的诗话笔记中，谈论"次韵""和韵"的材料屡见不鲜。南宋王应麟《困学纪闻》记载陆游的说法："古诗有倡，有和，有杂拟、追和之类，而无和韵者。"① 明代郎瑛在《七修类稿》中谈到

---

① ［宋］王应麟：《困学纪闻》卷十八"评诗"，四部丛刊三编，上海涵芬楼影印江安傅氏双鉴楼藏元刊本，上海书店 1985 年影印，第 6 页 b。

"和韵"问题时,也强调说:"唐以前亦未闻也,必有赓焉,意兴而已,观《文选》何劭、张华、二陆、三谢诸人赠答,是可知矣。"①"意兴而已",道出唐前赓和之旨归。

诗歌是创作者向社会传达个体意志、情感的工具,最基本功能是"兴"与"怨",最初基本上是一个积极表达与消极接受的过程;随着诗歌社会功能的加强、诗人创作群体的成熟,这种交流亦朝积极方向发展,突出表现之一,就是诗歌以唱和、赠答等形式,成为诗人之间有意运用的交流工具。最初的交流关注"意",也就是唱和、赠答者之间的情感呼应。"古人酬和诗,必答其来意,非若今人,为次韵所局也。"②考察唐前诗歌,有赠以诗而答以赋者,有赠答诗在句数、字数上参差不等者,可见诗歌的形式本身还不是人们酬和时关注的重点所在。

和诗重视用韵的倾向出现在梁、陈时期。北宋末人叶梦得《玉涧杂书》中有这样一条:

> 唐以前人和诗,初无用同韵者,直是先后相继作耳。项看杂文,见梁武同王筠《和太子忏悔诗》,云"仍取筠韵",盖同用"路"字十韵也。诗人以来,始见有此体。筠后又取所余未用者十韵,所谓"圣德比三明,圣德光四方",比次颇新巧。③

启功师在《南朝诗中的次韵问题》中引用叶梦得这段话,加按语说:"'路字十韵',今已无传。王筠诗仍在,首二句作'一圣智比明,帝德

---

① [明]郎瑛:《七修类稿》卷三十三"诗文类",上海书店出版社2001年,第360~361页。
② [宋]洪迈:《容斋随笔》卷十六"和诗当和意",长沙:岳麓书社1994年,第136页。
③ 转引自[清]赵翼《陔余丛考》卷二三"和韵",石家庄:河北人民出版社1990年,第382页。

光四海'，与叶氏所记合校，应该是'圣智比三明，帝德光四海'。叶氏此条，于'次韵'之法，语焉未详。"① 根据"筠后又取所余未用者十韵"一语猜测，可能当时共选定二十个韵字，王筠先以"路"字十韵成诗一首，梁武帝亦依其韵作诗；后来王筠又用剩下的十个韵写成另一首诗。也就是说，在作诗之前，先以某种方式从韵书中挑出若干韵字，并且规定先后次序。普通人作诗不会采取这种方法，这种选韵及限定次序的方式，最初的应用环境，应该是梁代宫廷的诗歌比赛和游戏。在这种创作背景下，诗韵先于诗意被强制限定，押韵作为诗歌形式方面的重要因素被强调与夸大，通过限定韵字与次序，达到因难见巧的目的，使得即兴的诗歌创作更具竞赛性质。洪迈《容斋续笔》卷五"作诗先赋韵"条的记载，更为清晰地显示出这种诗歌游戏的背景与操作方法：

> 南朝人作诗多先赋韵，如梁武帝《华光殿宴饮连句》，沈约赋韵，曹景宗不得韵，启求之，乃得"竞、病"两字之类是也。予家有《陈后主集》十卷，载王师献捷，贺乐文思（按：宫殿名），预席群僚，各赋一字，仍成韵。上得"盛、病、柄、令、横、映、夐、并、镜、庆"十字。宴宣猷堂，得"迊、格、白、赫、易、夕、掷、斥、圻、哑"十字。幸舍人省，得"曰、谧、□、瑟、毕、讫、桔、质、帙、实"十字。如此者凡数十篇，今人无此格也。②

此段文字中记载梁、陈时期四次赋韵作诗事例，皆与以帝王为首的宴饮

---

① 启功：《启功丛稿·论文卷》，北京：中华书局1999年，第270页。
② ［宋］洪迈：《容斋随笔》，长沙：岳麓书社1994年，第182~183页。

相关。具体赋韵方法，梁、陈似有不同：梁代是宴席中指定一人为赋韵之人，由他将韵部中的韵字分配给诸人，也就是为之规定了诗句的韵脚及次序；陈代则是"预席群僚，各赋一字"，应该是事先指定某一韵部，诸人轮流选择一字，凑成一首诗的韵脚。南宋人程大昌《程氏则古》一书的"古诗分韵"一条，透露出赋韵的具体方法：

> 梁天监中，曹景宗立功还。武帝宴华光殿连句，令沈约赋韵，独景宗不预。固请求赋诗，韵已尽，惟余"竞、病"二字。景宗操笔而成，所谓"归来笳鼓竞"者也。初读此，未晓"赋韵"为何等格法。偶阅《陈后主集》，见其《序宣猷堂宴集五言》曰："披钩赋咏，逐韵多少，次第而用。座有江总、陆瑜、孔范等三人。"后主韵得"迮、格、易、夕、掷、折、唶"字，其诗用韵，与所得前后正同曹，不搀乱一字，乃知其说是先书韵为钩，座客探钩，各据所得，循序赋之，正后世次韵格也。①

启功师对上文中涉及的三个主要术语进行解释："赋韵"的"赋"字是"分配"之义，"赋"的方法大致是"由赋韵的人从韵书某一韵部里挑选若干字，来供分配"；"韵钩"的"钩"字即是"阄"字，"即是小纸卷、小纸团"，上面写着一个韵字，"'探钩'即是'抓阄'，'披钩'即是展开纸阄"；次韵"即是把抓得的某些韵字按抓得的先后次序来作押韵的韵脚字"。这就是梁、陈时期人们赋韵的方法，也是"历史上第一种次韵方法"②，与后世的次韵在方法上是根本不同的。

---

① 转引自启功：《南朝诗中的次韵问题》，《启功丛稿·论文卷》，北京：中华书局1999年，第271页。
② 启功：《南朝诗中的次韵问题》，《启功丛稿·论文卷》，北京：中华书局1999年，第272页。

但是，正是这种诞生并流行于梁、陈宫廷宴会上的赋韵作诗游戏，促使诗韵从诗歌这一内容与形式的统一体中突显出来，作为一种独立现象被人们关注，并直接启发了后人对于诗韵本身的兴趣。这一点，在以往的研究中始终是被忽略的。实际上，赋韵作诗并不单纯作为一种游戏而存在，它是梁、陈时期文学特点的反映；这种现象的出现也绝非偶然，而是多种因素合力作用的结果：韵书的编纂与广泛应用，频繁的诗人集会与诗歌创作竞赛，诗歌创作技法的日臻纯熟，对诗歌形式因素的极度重视，等等。这些因素，恰恰齐备于梁、陈时期。正是弥漫着贵族审美情调的创作群体，将对诗歌形式（尤其是韵脚）的追求张扬到极致。直到唐中宗景云年间（710～712），尚可经常看到以帝王为核心、以宴会为形式的诗歌竞赛活动。从这个意义上讲，初唐诗歌与梁、陈宫廷诗风在创作主体与创作环境上，是极其相似的。而这种诗歌游戏与竞赛，也正是诗赋作为考试项目进入国家级人才选拔程序的重要社会背景。诗赋考试中对用韵的限定，无疑是接受了赋韵作诗的影响的。

这种"抓阄排队的次韵法"①除了透露出梁、陈时人对韵书这种新鲜事物的满腔兴奋，至少还在两个方面具有标志性意义：其一，韵脚先于情感而存在；其二，对韵字次序的严格强调。而这两点，正是后世和韵作诗的重要特征。

预席诸人挨个儿抓韵字、排次序，操作起来毕竟过于麻烦。这个程序有时会被简化，比如庾肩吾《暮游山水应令赋得碛字诗》②，分配给他的是"碛"字所在韵部，"碛"亦是韵脚之一。这种方式在初唐更为盛行，《全唐诗》卷三三收有太宗朝七位名臣在于志宁家的宴会诗，所用方式就是每人赋得一字为韵：主人于志宁的诗题是《冬日宴群公于

---

① 启功：《南朝诗中的次韵问题》，《启功丛稿·论文卷》，北京：中华书局1999年，第273页。
② 逯钦立：《先秦汉魏晋南北朝诗》梁诗卷二三，北京：中华书局1983年。

宅，各赋一字得杯》，六位客人均以《冬日宴于庶子宅，各赋一字得×》为题，令狐德棻得"趣"，封行高得"色"，杜正伦得"节"，岑文本得"平"，刘孝孙得"鲜"，许敬宗得"归"。这七个字的选择应该比较随意，相互之间看不出什么必然联系。相比于"抓阄排队的次韵法"，这种"各赋一字"的方法，"是既抓韵部又抓了一句的韵脚"的方式，是"'限韵'而不'次韵'之法"①，后世文人分韵赋诗、限韵作诗，经常采用此法。科举考试中对诗赋限韵，也正是采用这种方法（唐宋时期相对宽松，通常允许考生在题目中选择一字作为韵部及韵脚，清代则统一采用"赋得……得×字"的形式）。

和诗的创作方式与赋韵的诗歌游戏虽然不一定在起源上存在必然联系，但均以对诗韵的浓厚兴趣为背景，这是确切无疑的。而且据文献记载，六朝时已有与后世和韵诗极为相似的个案，赵翼《陔余丛考》卷二三"和韵"条曰：

> 按《洛阳伽蓝记》载：王肃入魏，舍江南故妻谢氏，而娶元帝女。故妻寄以诗曰："本为筐下蚕，今为机上丝。得路遂腾去，颇忆缠绵时。"其继室代答，亦用丝、时二韵。叶石林《玉涧杂书》谓："《类文》有梁武帝同王筠《和太子忏悔诗》，云'仍取筠韵'。"则六朝已有此体，以后罕有为之者，至元、白，始立为格耳。②

丝、时二韵诗，与后世和韵诗完全相同；梁武帝《和太子忏悔诗》而用王筠诗韵，前面已经提到，虽然王筠所用韵脚通过赋韵方式获得，也

---

① 启功：《启功丛稿·论文卷》，北京：中华书局1999年，第274页。
② ［清］赵翼：《陔余丛考》，石家庄：河北人民出版社1990，第382页。

就是"次探钩所得之韵",但是梁武帝所作之诗,已接近严格意义上的和诗,即"酬和先唱者所用之韵"。不过这种现象毕竟还是极少数,从总体来看,直到中唐以前,唱和诗基本上还是"和意不和韵"的①。

以中唐为界,唱和发生了根本性的变化,由"和意"转向"和韵",元、白在这个过程中起了关键作用。赵翼《陔余丛考》引宋人张表臣《珊瑚钩诗话》曰:

> 前人作诗,未始和韵。自元、白为二浙观察使,往来置邮筒,相倡和,始依韵。而多至千言,篇章甚富。其自耀云:"曹公谓刘玄德曰:天下英雄,惟使君与操耳。"岂诗人豪气,例爱矜夸耶?此和韵始于元、白之明证也。②

元、白交谊深厚,诗才堪称敌手,以唱和为游戏,故而多有和韵之作。元稹亦自道曰:

> 某又与同门生白居易友善,居易雅能为诗,就中爱驱驾文字,穷极声韵,或为千言,或为五百言律诗,以相投寄。小生自审不能有以过之,往往戏排旧韵,别创新词,名为次韵相酬,盖欲以难相挑耳。

元稹以"戏排旧韵""以难相挑",申明自己的创作动机。对于时人亦

---

① [清]贺裳:《载酒园诗话》卷一·补遗"和诗":"古人和意不和韵,故篇什多佳。始于元、白作俑,极于苏、黄助澜,遂成艺林业海。然如子瞻和陶《饮酒》,虽不似陶,尚有双鹍并起之妙;至子由所和,竟不知何语矣。"(郭绍虞:《清诗话续编》,上海:上海古籍出版社1983年,第282页)
② 转引自[清]赵翼《陔余丛考》卷二三"和韵",石家庄:河北人民出版社1990,382页。

步亦趋仿效他们的作法，以至于出现流弊、受到批评，元稹感到十分委屈：

> 江湘间为诗者复相仿效，力或不足，则至于颠倒语言，重复首尾，韵同意等，不异前篇，亦目为元和诗体。而司文者考变雅之由，往往归咎于稹。①

仿效者画虎不成，确系自不量力，但以元、白身份，足以影响一代诗风，被人仿效也是必然之事。至晚唐皮日休、陆龟蒙，于时局动乱、风雨飘摇中，唯以唱和为事，和韵之体已成；北宋苏轼、黄庭坚以诗坛宗主身份唱一赓十、争奇斗险，天纵诗才，长袖善舞，次韵终于成为一种时尚。明清时期，已是唱和成风，次时人韵、次古人韵、次自作旧诗之韵，甚至达到"非次韵无诗"的程度。乔亿在《剑溪诗说》中说："次韵始于元、白，盛于皮、陆，再盛于坡、谷，后来记丑而博者，专用此擅场。……次韵不难，不次韵难（长篇自当别论）。"② 此语可谓言简意赅、一针见血地指出和韵诗的本质。

从发展历史来看，"和韵"其实是个统称，又可具体分为以下几种类型：1. 用原诗韵部，称为"依韵"；2. 用原诗韵脚，而不要求次序，称为"用韵"；3. 以次用原诗韵脚，称为"次韵"，亦称"步韵"。但是发展到后来，应用最多最广的就是次韵，"首唱者兼有'赋韵'和'探钩'的权力，和者一律被动"③。金埴认为："今人屏去依韵、用

---

① [唐]元稹：《上令狐相公诗启》，《全唐文》卷六五三，北京：中华书局1983年，第6641~6642页。
② [清]乔亿：《剑溪诗说》卷下，《清诗话续编》，上海：上海古籍出版社1983年，第1104页。
③ 启功：《南朝诗中的次韵问题》，《启功丛稿·论文卷》，北京：中华书局1999年，第273页。

韵，专以次韵能事，当称'次韵'，不当混称'和韵'。"① 事实上，以次用原诗韵脚的"次韵"，与梁、陈之时"抓阄排队的次韵"，意义上已有所不同；以次用原诗韵脚和诗，不称"次韵"而称"和韵"，是以和诗用韵、唯此一种的事实为背景的，倒也没有必要严格区别，定要与古人保持一致。

（本节以《从作诗到作韵：和韵诗的变迁》发表于《唐山师范学院学报》2006年第6期）

第二节　和韵原因及心理分析

押韵作为中国古典诗歌最为重要的形式特征之一，突出体现了"戴着镣铐的舞蹈"之美。这种美的实质，在于刻意雕琢与自然天成之间的巧妙平衡。次韵作诗彻底颠覆了这种艺术美的发展模式，终极目标转而变成思考的起点，充满弹性与悬念的动态平衡，成为一种先期存在的固态套路。

几乎从次韵作诗出现伊始，对这种创作模式的批评之声就不绝于耳。批评者的立场与出发点不同，指责重点亦有所不同：

元稹曾在《上令狐相公诗启》中批评某些拙劣的次韵诗"颠倒语言，重复首尾，韵同意等，不异前篇"。和诗既用原诗韵脚，又难出新意，只能蹈袭前篇，这可以说是和韵诗之通病；

清初毛先舒认为"步韵非古也，断勿可为"②，这是泥古、崇古主义者反对和韵的理由，似乎如果步韵"是古"，就无可厚非了。这在逻

---

① ［清］金埴：《不下带编》卷三，北京：中华书局1982年，第55页。
② ［清］毛先舒：《诗辨坻》卷四"学诗径録"，《清诗话续编》，上海：上海古籍出版社1983年，第77页。

辑上显然不通，反映出批评者思维模式的僵化保守，却也代表了一派人对和韵问题的看法；

迁意就韵，束缚了诗意的表达，这是古人对于和韵最为深刻的批评：

> 次韵诗以意赴韵，虽有精思，往往不能自由。或长篇中一二险字，势虽强押，不得不于数句前预为之地，纡回迁就，以致文义乖违，虽老手有时不免。①
>
> 今世之大为诗害者，莫过于作步韵诗。唐人中晚稍有之，宋乃大盛，故元人作《韵府群玉》。今世非步韵写诗，岂非怪事。诗既不敌前人，而又自缚手臂，以临敌失计极矣。愚曾与友人言此，渠曰："今人止是做韵，谁曾做诗？"此言利害，不可不畏。若人不戒绝此病，必无好诗。②
>
> 今有癣疥之疾，而为害甚大，本举手可除，而人乐此美疢，固留不舍，习以成风，安然不觉者，是步韵和人诗。……诗思与文思不同。文思如春气之生万物，有必然之道；诗思如醴泉朱草，在作者亦不知所自来。限以一韵，即束诗思。唐时试士限韵，主司因得易见高下耳，今日何可为之耶？若又步韵，同于桎梏，命意布局，俱难如意。后人不及前人，而又因之以步韵，大失计矣！施愚山曰："今人只是做韵，谁人做诗？"狮子一吼，百兽脑裂。③

这种严厉批评的声音虽然来自具有广泛持久影响力的精英群体，却不能

---

① ［清］赵执信：《谈龙录》，艺海珠尘第6册，第10b页。
② ［清］纳兰性德：《渌水亭杂识》卷四，南京：江苏广陵古籍刻印社1995年影印本。
③ ［清］吴乔：《围炉诗话》卷一，《清诗话续编》，上海：上海古籍出版社1983年，第486页。

阻止和韵成为古代社会晚期最为流行的诗歌创作方式，非是特立独行、见解超群的诗人，都自觉不自觉地在这种积习面前束手就范。究竟是何种原因，赋予"和韵"以如此强大的同化力？

一、外部原因：创作环境—诗歌功能

次韵、和韵之风的盛行，标志着诗歌社会功能的转变。当写诗成为一个社会中文人必备的技能与修养，诗歌在抒情言志之外被附加上交际的功能，就势所必然。在中国的诗教传统中，诗歌很早就与政治捆绑在一起，在相当长的时间内缺乏作为艺术形式的独立性；魏晋南北朝时期，文学虽然进入自觉时代，在梁、陈贵族社会，更一度被作为纯粹艺术样式而狂热追求，但是，应制、应试、应酬的社会环境迅速形成与稳定，很快使诗歌沦为人际交往的工具。酬答他人之诗而步用原韵，本为"趋承贵要之体"[1]，在形式上可以表现出对来诗的尊重，并且最为方便地体现了礼尚往来的观念，和诗于是不可避免地衍生为一种极具同化力的创作模式。

诗人之间等级的高下、地位的尊卑，直接通过和韵诗的标题表现出来。地位相当的人相互酬和，用"和韵""用韵""次韵"，皆无不可；地位高者和地位低者之诗，尤其是帝王和臣下之诗，称为"俯同其韵"，和诗是给对方面子，带有恩赐俯就的意味，如宋徽宗有《上清宝箓宫立冬日讲经之次，有羽鹤数千，飞翔空际，公卿士庶，众目仰瞻。卿时预荣观，作诗纪实来上，因俯同其韵，赐太师以下》、宋孝宗有《召史浩锡宴澄碧殿，俯同其韵》《比幸玉津园，纵观春事，适霁色可喜，洪迈有诗来上，因俯同其韵》等。地位低者和地位高者之诗，尤

---

[1] ［清］吴乔：《围炉诗话》卷一，《清诗话续编》，上海：上海古籍出版社1983年，第486页。

其是臣下和帝王之诗，则称为"恭和""进和""攀和"，谦恭地表达对写诗者的尊敬，能叨光和作对方之诗，于自己来说是非常有面子的事，如汤悦《鼎臣学士侍郎以〈东观庭梅昔翰苑之豪末，今复半枯，向时同僚，零落都尽，素发垂领，兹唯二人，感旧伤怀，发于吟咏〉惠然好我，不能无言，辄次来韵攀和》、钱载《恭和御制题文津阁元韵》等。

和帝王之诗虽然颜面生辉，但未必总是愉快的事，《宋朝事实类苑》记载：

> 或禁直，垂帘人静之际，则有中使忽降，持御诗，宣令属和。则必寻拜谢状后，信宿方和进。如声韵奇险，难以赓载者，必拜章沥恳，陈述寡和之意。优诏多免焉。①

和诗不能太快，要"信宿方和"，除了表示自己的郑重之意，亦暗示来诗用韵水平之高，难于奉和；如遇实在和不出的情况，还要恳切承认自己的无能，让帝王的虚荣心得到充分满足。由此可见，能够得体和诗，实为文人立身处世之必备技能。

对皇权的崇拜，还体现在对"韵"的称呼上，最为突出的就是"元韵"与"原韵"的刻意区分。元代之前，来诗作者不论何种身份，诗韵皆可称为"元韵"，如宋人宋敏求的《史院席上奉和首相吴公元韵》，以"元韵"指称首相之诗；元人陈方的《云林生惠山图次元韵》，以"元韵"指称平辈友人之诗。但是在明清之后，只有奉和御制诗才能称为"元韵"，如钱载的《恭和御制〈题文津阁〉元韵》，这是和乾

---

① ［宋］江少虞：《宋朝事实类苑》卷三十"词翰书籍"，上海：上海古籍出版社1981年，第382页。

隆皇帝所作之诗；对其他人的诗，则只能称为"原韵"。赵翼《陔余丛考》卷二四"元韵、原韵"条对此现象进行分析：

> 近代词章家，和朋友诗则曰"原韵"，和御制诗则曰"元韵"，盖取元音之"元"，以示尊崇。不知"原韵"本应作"元韵"，并非假借也。元者本也，"本来"曰"原来"（按：原文如此，疑"原"为"元"之误），班固《两都赋》"元元本本"是也；若"原"字，则"原蚕""原庙"，皆作"再"字解，初无所谓"本来"之义，不知何以遂替"元"字。顾宁人《日知录》谓"洪武中，臣下有称'元任官'者，嫌于'元朝'之'元'，故改此字"，然则昔以"元"为本字，而以避嫌，改为"原"；今反以"原"为本字，而以应制，特改为"元"。古今事物迁流，随世转移者，固非一端，即此可类推也。①

赵翼考证了元、原改字的历史原因，剖析后世用"元韵"指称御制诗是出于"尊崇"的意图，这可以说是和韵社会功能的极端体现。诗歌的押韵形式被附加了过多的社会内涵，而韵部本身的声情与诗歌内容之间的关系，已根本不在创作构思的考虑范围之内。诗人个体迷失在社会关系的网络之中，诗歌流为庸俗的社交工具；押韵作为古典诗歌最为重要的形式特征，遂随之成为诗歌中既被过分强调、又根本不被重视的因素。

相比于奉和御制诗的压力，普通人之间的唱和相对要自由得多，而这类唱和诗在数量上也是庞大惊人的。中国人很早就在诗学观念上明确强调"诗言志"，诗歌似乎以追求性灵心志的抒发为目的；但在具体创

---

① [清]赵翼：《陔余丛考》卷二四，石家庄：河北人民出版社1990，第398页。

作形态上，却不断地、日益鲜明地体现出追求集体性、功利性与交际功能的倾向。诗歌创作不仅仅是诗人的个体行为、内在需要，更是一种社会行为、群体需要。孔子说"诗可以群"（《论语·阳货》），所谓"群"，何晏《论语集解》引用孔安国的话，释为"群居相切磋"，也就是说，诗歌可以作为交流经验、沟通感情、协和群体的工具。此唱彼和，既可以让诗人体验到群体的归属感，又可以之切磋技艺、进行潜在或显在的创作竞赛。清初曾有这样一个典型事例：顺治十四年（1657）秋天，年仅24岁的王士禛邀朋辈游济南大明湖，赋《秋柳诗》四章，转眼间不胫而走，传遍大江南北，许多诗人如冒襄、曹溶、朱彝尊、顾炎武等，都群起而和之，先后达"数百家"、几千首。后来汪琬作《苏台杨柳枝词》，亦风行一时，王士禛曾作和诗二首，"吴越和者数百人"[①]。时至今日，成百上千首诗大多已荡然无存，即便在当时，《秋柳诗》的一些和作者如朱彝尊、顾炎武等，固然是借以表达明末遗民的故国之思，可是对大多数和诗者而言，通过和诗感受这种群体性的诗歌创作氛围，可能仍是其最主要的动机，尤其是汪琬《苏台杨柳枝词》的数百首和作，更难挖掘出多少思想方面的凝聚力。

且不管和诗对原诗内容的照应达到何种程度，遵循原诗用韵，是首要的默认法则，并且往来叠和，争押险韵，古人干脆称之为"斗韵"或"诗战"，唱者和者乐此不疲，旁观者亦视其为风雅韵事或游戏。元代诗人张养浩曾在《次马伯庸少监〈赠经筵官虞司业〉诗韵》一诗的自注中非常形象地描述这种诗战场面：

[①] [清]王士禛《题〈苏台杨柳枝词〉后二首》（自注：汪钝翁编修首唱，吴越和者数百人）（其一）白傅半格诗曾见，爱说苏州柳最多。今日钝翁吟卷里，雨条风絮奈君何？（其二）雁齿红桥鸭嘴船，曲尘风起艳阳天。明湖忆得吟秋柳，惨绿当年最少年（自注：予赋《秋柳诗》，时顺治丁酉，海内和者亦数百家）。（李毓芙：《王渔洋诗文选注》，济南：齐鲁书社1982年，第211页）

> 伯庸内翰、继学中郎唱酬"河"字韵诗,往返数四,愈出愈奇。然两军相薄,短兵相接,鏖战争胜,未遑退舍。鲁仲连之徒闻之,故特射一矢,以解其纷。①

马、虞二人斗韵,不分胜负,张养浩以居中调节身份,亦以"河"韵作诗,真难说结果是"以解其纷",还是加入混战。王闿运《湘绮楼说诗》则直接表现诗战双方的感受:

> 道台送诗来,请停战,又叠韵调之,诗云:"莫笑羲之逞俗姿,空教楚客赋江蓠。屠苏绿酒人皆醉,书味青烛我独知。几树官梅依画阁,五更残雪洒缁帷。知君不让樊山子,衙鼓声中和九诗。"②

诗战之中,一方招架无力,请求停战;另一方意犹未尽,不依不饶。王湘绮亦算得清末民初诗歌大家,但是这首诗的艺术性却实在让人很难恭维,顶多只是堆砌"羲之""楚客""官梅"几个典故而已。"空教楚客赋江蓠",简直就是直接抄袭李商隐《九日》"空教楚客咏江蓠"之语,改"咏"为"赋",正无异点金成铁。

就诗歌整体发展来看,诗人群体之间这种频繁的唱和活动,使得诗歌创作普及化、生活化,刺激并维持着作诗的兴趣与热情,迫使诗人保持可观的创作数量,并且不断提高写作技能。但是,这种激情的真正目标并不在"诗",而在"诗战",甚或"作诗"行为本身。在这种和韵已成痼习的社会环境下,不肯和韵者会被视为异端,遭到群体的排斥,

---

① [清]陈衍:《元诗纪事》卷十二,上海:上海古籍出版社1987年,第276页。
② [清]王闿运《湘绮楼说诗》卷七,台北:文海出版社1974年近代中国史料丛刊续集第三辑,第19b页。按:樊山子是晚清文人樊增祥(1846~1931)的号。

吴乔《围炉诗话》就曾借问者之口，刻画自己在他人眼中"不肯步韵，人以为傲"的形象，进而申诉不肯步韵的原因是"敬也，非傲也"，还举朱温扑杀"顺口弄人"的门客的事例，表达自己对步韵行为的鄙视：

> 步韵何难，不过顺口弄人耳。朱温将诸客游园，自语曰："好大柳树！"数客起应曰："好大柳树！"温又曰："可作车毂。"数客起应曰："可作车毂。"温厉声曰："车毂须用坚木，柳那可用？书生好顺口弄人，皆此类也。"悉扑杀之。温虽凶人，然此事则不侮，迈俗远矣！诗人自相步韵犹可，步贵人韵，须虑扑杀。①

二、内部原因：思维方式—诗歌传统

和韵者最典型的心理特征是"以不胜人为耻"，结果导致作诗时"必剧力冥搜，纵不可使，亦须强押，正如醉人语言，全无伦类"②。由于预设的韵脚规定了作诗的套路，诗人的注意力多半放在语汇的斟酌、属对的工稳，至于诗情诗意，常常退居次要，甚至根本无暇顾及。因此，和韵诗整体看来是缺乏创造性的，甚而是限制乃至排斥创造性的。这种思维模式与创作空间的限制，使得"诗战"的短兵相接中纵有精彩瞬间，亦往往局限于"奇巧"花招的展现，"螺蛳壳里做道场"，难有超越的目标与可能，留下太多滥竽充数的作品。

问题绝对不仅止于此。和韵诗作得久了、顺了，以韵脚作为构思的起点，就成为一种思维定式，以至于原创诗歌也要套用现成韵脚，自作

---

① ［清］吴乔：《围炉诗话》卷一，《清诗话续编》，上海：上海古籍出版社1983年，第486页。
② ［宋］费衮：《梁谿漫志》卷七"作诗押韵"，太原：山西人民出版社1986年，第79页。

诗亦成为和韵诗。于是，翻开诗集，常常可以看到这样的题目：《晨兴用俞立之韵》（元·张养浩）、《夏夜用谢宣城韵答陆伯阳》（明·杨士奇）、《赏梨花用东坡〈梅花〉韵》（明·王弼）等，这是用他人或古人诗篇韵脚自作诗；还有用自己旧诗之韵再作诗的，如《中秋拨闷用旧韵》（明·陈献章）等。若说韵部与诗情有内在的关联，前诗所在韵部最适宜某种情感的表达，所以用此诗韵部中的韵字作诗，倒也无可厚非；但是一定要亦步亦趋地次前诗之韵，简直称得上是一种畸形的创作状态了。分析此种创作心理，大概包含以下几个方面：

（一）崇古与泥古：习惯了往回看的目光

中国是一个历史感很重的国度，传统既是财富，也是束缚，诗学传统同样如此。从形式上看，古典诗歌格律极度严整完美；从内容上看，在相对稳定的社会结构中，文人在相似背景下以相似手段表达相似的人生感受，不可避免地造成题材的类型化、情感的模式化。同时，古典诗歌被认为在唐代达到高峰，平仄、声韵、词汇、典故，从内部制约着这种文学样式产生重大突破的可能；后世出于仰慕而将其树为范本，则成为一种外部约束力。同时被束缚的，还有诗人乃至整个民族的思维方式。于是乎，到了金陵凤凰台，怎能不想起李白，怎能不次《登金陵凤凰台》韵？重九饮酒赏菊，登高赋诗，怎能忘记杜牧"尘世难逢开口笑，菊花须插满头归"的潇洒？怎能不次《九日齐山登高》韵？即使随便登上一座楼，杜甫的"花近高楼伤客心"（《秋兴八首》之一）亦是挥之不去，必次其"心、临、今、深、吟"韵而后已；即使有感于洪水泛滥或是江水滔滔而赋诗一首，也必用老杜《崔少府高斋观三川水涨》之韵,做足相同的句数①。并不是太阳底下真的没有新鲜事,问题出在没有新鲜的眼光与视角。中国人习惯了向后看,自觉用历史的经验印证鲜活的人生,在印证中获得稳定与归属感。于是,传统无处不在,次韵势所必然。

(二) 极不明智的挑战

当"诗战""斗韵"成为一种创作动机,确实有许多和韵诗是出于一较高下的心理;不仅与诗友相较,而且向古人叫板。对于和韵津津乐道的梁章钜曾在《浪迹丛谈》中记载这样一件事:

> 余不到金山已十六年。今夏,舟至丹徒,为守风,不能渡江;又贪看都天庙会,泊京口者三日。乘暇率恭儿偕其妇婉蕙,挈佳年、俦年两孙,坐红船游金山。适丹徒县官饬纪纲,就山中设午餐,遂憩而饮焉。
>
> 婉蕙喜谈诗,席间问余曰:"金山寺诗,自以唐张祜一首为绝唱,此外果无人不阁笔乎?"余曰:"记得孙鲂亦有诗云:'万古江心寺,金山名日新。天多剩得月,地少不生尘。橹过妨僧定,涛惊溅佛身。谁启张处士,题后更无人?'可谓夸矣,而实不及张之自然。乃李翱亦有诗云:'山载江心寺,鱼龙是四邻。楼台悬倒影,钟磬隔嚣尘。过橹妨僧梦,惊湍溅佛身。谁言题韵处,流响更无人?'后四句全袭孙意,不知何故。三人皆唐人也。郎仁宝谓明人莆田黄谦者,乃次张韵,而又不及,尤为可笑。余谓袭前人名作不可,次名作之韵尤难。然亦视其人之才力何如耳。在京师时,尝与

---

① 按:杜甫此诗为五古,韵脚分别为陆、谷、目、蹙、曲、蹜、鹿、塞、速、洓、覆、秃、轴、宿、哭、蓄、黩、束、足、踘、缩、腹、鹄。《明诗纪事·甲籤卷二十六》收录明初张著的《三川水涨,金别驾用老杜韵题壁间,余续其后》一诗,直到近代,熊英(1888~1943)仍有《江涨,用杜〈三川水涨〉韵》。

吴兰雪谈诗,兰雪极笑黄仲则《黄鹤楼》诗必次崔颢韵为胆大气粗,且'悠'韵如何押得妥?虽以仲则之才,我断其必不能佳耳。适架上有《两当轩诗钞》,余因捡示之。兰雪读至'坐来云我共悠悠',乃拍案叫绝曰:'不料"云"字下但添一"我"字,便压倒此韵。信乎天才,不可及矣!'"①

这段文字揭示了古人在"次名作之韵"问题上既清醒又陷溺的矛盾状况。梁氏解答儿媳疑惑,其观点实分两个层面:一方面,他列举唐及明代三首以金山寺为主题、试图与张祜诗一较高下的和诗,认为和诗者虽然夸下海口,实则每况愈下,张祜《题润州金山寺》确为绝唱,真正是"题后更无人";另一方面,梁氏虽然深知"次名作之韵尤难",但是并不以和韵为非,认为只要有才力,就可以游刃有余,"压倒此韵"。梁氏自以为得意的观点,反映了在好作和诗者之中颇具代表性的认识。"明知山有虎,偏向虎山行",很多人面对名作的挑战,面对群体创作的压力,自觉不自觉地就成了"胆大气粗"者,以为自己可以翻空出新,结果仍是落其窠臼,弄巧成拙,落得"好名而不善取名"②的批评。苏轼"信乎天才",以和韵为挥洒才气的游戏,"《水龙吟》咏杨花,和韵而似原唱;章质夫词,原唱而似和韵"③,"和陶《饮酒》,虽不似陶,尚有双雕并起之妙"④,可是仍有许多和韵之作遭人讥笑:

---

① [清]梁章钜:《浪迹丛谈》卷一,北京:中华书局1981年,第11页。
② [清]贺贻孙《诗筏》:"唐人和诗不和韵,宋人和韵,往往至五六首,虽以子瞻、山谷、少游之才,未免凑泊,他集则如跛鳖矣。此皆好名而不善取名之过也。"(郭绍虞:《清诗话续编》,上海:上海古籍出版社1983年,第163页)
③ [清]王国维:《人间词话》卷上第37条,上海:上海古籍出版社1998年,第8页。
④ [清]贺裳《载酒园诗话》卷一·补遗"和诗",《清诗话续编》,上海:上海古籍出版社1983年,第282页。

下编　古典诗歌创作论

　　嗟夫！诗以道性情，一拘韵脚，纵有高义，或不能用，况短于才者乎？且如东坡天纵，在惠州《寄邓道士》诗，即次韦苏州《寄全椒山中道士》韵，时事尚不同也，庶或可展其才，然拘之，即有工拙。韦云："今朝郡斋冷，或忆山阴客。涧底束荆薪，归来煮白石。欲持一樽酒，远慰风雨夕。落叶满空山，何处寻行迹。"苏曰："一杯罗浮春，远饷采薇客。遥知独酌罢，醉卧松下石。幽人不可见，清啸闻月夕。聊戏庵中人，空飞本无迹。"观此二诗，已觉有性、勉之别。至于韦结二句，先辈以为非复言语思索可到，出自天然，若有神助，然则苏结安能及之？①

郎瑛综合考虑各种因素之后，对苏轼次韦应物诗韵之事作出评价：苏轼是天才，《寄邓道士》诗与《寄全椒山中道士》"时事尚不同"，有生活经历、真情实感；但是二诗终"有性、勉之别"，韦诗发自性灵，苏诗勉力为之。许彦周认为苏轼"空山无人，水流花开"（《十八大阿罗汉颂》）的偈语，境界不在"落叶满空山，何处寻行迹"之下；和诗不及原作，"此非才不逮，盖绝唱不当和也"②。其实许彦周之说也还停留在表层，韦、苏二诗水平高下，实非关乎才能，也并非只因绝唱，问题出在次韵行为本身。苏轼次韦苏州诗韵，其考虑的出发点可能因为所寄对象皆为道士身份，诗中都以表达相忆相念之意为主。不过，事实证明，苏轼到底还是过于自信了。

---

① ［明］郎瑛：《七修类稿》卷三十三"诗文类·和韵"，上海书店出版社2001年，第360~361页。按：此段所引韦应物诗，与现在通行版本略有不同。
② ［宋］魏庆之：《诗人玉屑》卷十五"韦苏州·绝唱"引《许彦周诗话》："苏州云：'落叶满空山，何处寻行迹？'东坡用其韵曰：'寄语庵中人，飞空本无迹。'如东坡《罗汉赞》'空山无人，水流化开'，此八字还许人再道否？"（上海：上海古籍出版社1978年新1版，第317页）

225

(三) 对古人的追慕之情

此类和韵诗的一个突出特点，就是处在与古人相似的情境之下，遂步前人诗韵作诗，其行为本身带有非常明显的追慕之意与人格比附色彩。查阅资料过程中发现，苏轼最为经常地充当此类楷模，足见其人格魅力给后人留下的深刻印象。苏轼因"乌台诗案"系狱，有《狱中寄子由二首》，明代瞿佑《归田诗话》卷下"和狱中诗"条：

> 永乐间，予闲锦衣御狱，胡子昂亦以诗祸继至，同处囹圄中。子昂每诵东坡《系御史台狱》二诗，索予和焉。予在困苦中，辞之不获，勉为用韵，作二首。时孙碧云、兰古春二高士，亦同在圜室，见之，过相赏叹。

苏轼因不满熙宁新法，自请放外任，在杭州为官期间，曾充试院主考，写下《试院煎茶》杂言长诗，"我今贫病长苦饥，分无玉碗捧蛾眉。且学公家作茗饮，砖炉石铫行相随。不用撑肠拄腹文字五千卷，但愿一瓯常及睡足日高时"，足见其满腹牢骚之状。此诗颇得明、清科场试官的青睐，次苏诗之韵赋"偷闲试院且煎茶"①，几成考官专利。最为著名的有阮元《试院煎茶用苏公诗韵》，"开帘放试大快意，况有笔床茶灶常相随。今年门生主试半天下，岂似坡公懊恼熙宁新法时"②，其得意之状，确非坡公所能及。清人陈康祺《郎潜纪闻》"儒官韵事"条记载："渔洋三十九岁，以户部福建司郎官典四川乡试。后乾隆戊午，钱裴山楷亦三十九岁，以户部福建司郎官奉是使。渔洋《蜀道集》用坡

---

① 按：光绪十八年（1887）督学使者张预于湖南桂阳蒙泉亭柱刻"此来柱笏看山，孤负平生能著屐；为客飞符调水，偷闲试院且煎茶"对联一副。（http://www.gyie.com/guiyang/sight.htm）

② [清] 阮元：《揅经室集》卷七，四部丛刊初编。

公密州诗三十九岁事,裴山亦追和其韵,可谓儒官韵事。"①

(四)次韵是最为便捷的诗歌创作模式

这是次韵中最等而下之、庸俗不堪的情形,也是最普遍存在、心照不宣的事实。有法之诗可以学,无法之诗不可学,在古典诗歌演变历程中,押韵由一种高难度的技术要求,演变成最具操作性的方便法门。原创诗歌虽然有时也以一两句灵感突至的诗句为构思的起点,但是在创作过程中,情感与情感表达的形式、方法通常是同时被考虑的;而在次韵诗中,思维的起点是预先规定的若干韵脚,思维的方向常常是韵→词→句→联→篇,整首诗的情感往往是被动呈现出来的。尤其是对诗歌的评判标准由思想情感、表达方式的个性独特,转向用事是否新颖、韵脚是否稳妥等纯粹技术性的问题,次韵方式就越发能够保证缺乏灵感与原创能力的庸才按部就班堆砌出所谓的诗歌。赵执信揭露这种作诗方法说:

> 彼其思钝才庸,不能自运,故假手旧韵,如陶家之倚模制,渔猎类书,便于牵合。或有蹉跌,则曰'韵限也',转以欺人。嘻,可鄙哉!②

施闰章则认为这根本不是在作诗,而是在"作韵":

> 每得一题,守住五字,于《韵府群玉》《五车韵瑞》上觅得现成韵脚子,以句辏韵,以意辏句,扭捏一上,自心自身,俱不照管,非做韵而何?陷溺之甚者,遂至本是倡作,亦觅古人诗之韵而

---

① [清]陈康祺:《郎潜纪闻》(初笔)卷八,北京:中华书局1984年,第162页。
② [清]赵执信:《谈龙录》,艺海珠尘第6册,第10b页。

227

步之。①

陷溺于次韵，绝非少数诗人、偶然现象，而是在创作环境与条件、评价体系与标准等多方面因素的作用之下，成为一种具有同化力的普遍现象。它推动着诗歌创作普及化，也进一步促使诗歌功能社会化、庸俗化。对于绝大多数人来说，因袭不难创造难，尤其是当他们置身于一个以肖、似、巧为评判标准的创作环境中，而不是以创造精神、个性展现为目标的评价体系内。李白登黄鹤楼，发出"眼前有景道不得，崔颢题诗在上头"的感叹，因为他认为自己无法超越崔诗，写出不落窠臼、独具个性的诗篇；在后世多少才华不及李白者看来，却是幸好"崔颢题诗在上头"，可以按照现成韵脚搜求诗料，好歹凑合出一篇合辙押韵的东西。王士禛《带经堂诗话》记载清初声名显赫的诗人龚鼎孳的"怪癖"：

  合肥龚大宗伯鼎孳往往酒酣赋诗，辄用杜韵，歌行亦然。予常举以为问，公笑曰："无他，只是捆了好打耳。"②

"捆了好打"，正说明次韵思路易行的特点。晚清诗人王闿运的《湘绮楼说诗》中亦有"创作谈"，坦然承认和韵可以作为诗思不畅又有诗债需偿时的救急之法：

  又于案头得来纸索题者，因检案头易由甫《琴思词》本，和

---

① ［清］吴乔：《答万季埜诗问》，《清诗话》，上海：上海古籍出版社1978年新1版，第32页。按：王应奎《柳南随笔》卷六亦有类似说法。
② ［清］王士禛：《带经堂诗话》卷二七"诙谐类"第13条，北京：人民文学出版社1963年。

其第一篇韵，以期立成。盖文思不属时，非和韵，必无着手处。以此知宋人和韵，皆窘迫之极思也。①

王闿运在文思不连贯时，尚须借助现成韵脚提示思路，所谓"无聊尾一字，始得意思入"②，对于其他有名无名、有实无实的诗人来说，和韵作为方便途径的意义更是不言而喻。

不过，王闿运说"以此知宋人和韵，皆窘迫之极思也"，虽然指出北宋是和韵蔚然成风过程中一个非常重要的阶段，却未免有点儿"以小人之心，度君子之腹"了。和韵方便易行的一个重要前提条件，是以罗列韵藻为核心的韵书的编纂，宋代这种韵书其实尚不发达。《礼部韵略》以韵字归部为主，注释极少，更谈不上韵藻的收集；即使如南宋时期流行的《附释文互注礼部韵略》《增修互注礼部韵略》等以增补注释为重点的韵书，也尚未形成《佩文韵府》那种"齐下一字"模式的韵藻汇编体系。对于和韵诗而言，诗情退居次要，对诗料（诗人占有的有效词汇量）的要求极度突显。在没有完备的工具书可供方便查检的情况下，和韵是对作诗者学识的严重挑战。因此，宋人写作和韵诗，面临的困难较明清人要大得多。《韵府群玉》堪称第一部以韵藻罗列为核心任务的韵书，这种韵书编排方式的出现，与和韵对诗料的需求之间应该存在必然联系。由《韵府群玉》到《佩文韵府》，在韵书编纂中，审音辨韵皆退居次要，韵藻罗列则达到登峰造极的地步。因此，清人写作和韵诗，享受着宋人所不具备的便利条件，那就是各种韵藻型韵书提供的诗料供给保障；而且在科场试帖诗严格规定韵脚的外部压力下，清人自幼所接受的押韵技巧训练，也比宋人要系统、完善得多。

---

① ［清］王闿运：《湘绮楼说诗》卷六，台北：文海出版社1974年，近代中国史料丛刊续集第三辑，第12a～12b页。
② ［清］黎简：《答友书来所问》，《五百四峰堂诗钞》，嘉庆元年（1796）刻本。

但是，从诗歌这种艺术形式的发展历程来看，清代是没落的，甚至可以说是腐朽的。清代确实出现许多名家名作，清代诗人数量无疑也是空前绝后，可是清代诗歌的创作环境与创作理念都是极度僵化的，其风格也始终摇摆在宗唐、宗宋之间。这固然有诗歌艺术发展规律自身的限制，但是以和韵为代表的创作模式，使人们满足于对典范的追慕，对传统与权威的认同，严重束缚了整个社会群体的创新意识与创造能力，这才是最重要的原因，最可悲的现实。

次韵发展到极致，出现"叠韵"，就是依一首诗（可以是别人的诗，也可以是自己的诗）的韵脚写出若干首诗。清人最热衷于此，乾隆时期与彭元瑞并称"江西两名士"的蒋士铨（1725～1785）即有此癖好，曾作《钟介伯秀才招游禹陵南镇，泛舟溯若耶樵风泾而返，叠用岐亭韵二首》，"以下五古，或顺或倒，连叠苏轼《岐亭五首》原韵不少于十次，矜才使气，争奇斗捷，纯乎文字游戏"①。《制艺丛话》与《试律丛话》的作者梁章钜更有《人日叠韵诗》，叠用自己所作《人日以七种菜饷客，约同人和之》五律韵脚（天、便、篇、筵），多达二十二叠之多！这些诗作于百日之内（正月初七至四月十八），地点是在扬州，几乎是这段时间作者人际交往的诗体全记录，其内容不外乎饮酒赏花、迎来送往，极其琐碎无聊，也实在谈不上什么艺术性。这一极端个案，很能说明次韵叠韵痼习对诗人创作所产生的影响。梁氏诗中曾经提到和韵的创作体会："未敢催诗急，徒惭趁韵便"，但是惭愧归惭愧，次韵、叠韵对他的吸引力仍然非常强大。如果不是因为离开扬州，迫使其生活告一段落，从而中止了《人日叠韵诗》的批量产生，真不知道他将以什么理由收场。

当次韵、叠韵可以与原创诗歌平分秋色，甚至原创诗歌亦带有和韵

---

① 朱则杰《清诗史》，南京：江苏古籍出版社 2000 年重印本，第 282 页。

特征之时,诗歌尽管在技法上可以极尽巧妙委婉之能事,却已经失去了自我超越的可能。古典诗歌作为民族文化的精粹、作为文人高雅风范的象征、作为科举体制推崇的考试项目,终于在一片家弦户诵声中无可挽回地走向衰落。

(本节以《和韵:以"韵"为起点与目标的创作方式》为题,发表于《浙江学刊》2009年第2期)

主要参考文献

基本文献

班固:《汉书》,北京:中华书局1962年。

范晔:《后汉书》,北京:中华书局1965年。

沈约:《宋书》,北京:中华书局1974年。

姚思廉:《梁书》,北京:中华书局1973年。

李百药:《北齐书》,北京:中华书局1972年。

李延寿:《北史》,北京:中华书局1974年。

魏徵等:《隋书》,北京:中华书局1973年。

刘昫等:《旧唐书》,北京:中华书局1975年。

欧阳修、宋祁:《新唐书》,北京:中华书局1975年。

薛居正等:《旧五代史》,北京:中华书局1976年。

脱脱等:《宋史》,北京:中华书局1977年。

脱脱等:《金史》,北京:中华书局1975年。

赵尔巽等:《清史稿》,北京:中华书局1977年。

司马光:《资治通鉴》,北京:中华书局1956年。

李焘:《续资治通鉴长编》,北京:中华书局1979年。

毕沅:《续资治通鉴》,清嘉庆六年(1801)递刻本。

中国第一历史档案馆整理：《康熙起居注》，北京：中华书局1984年。

《清世祖实录》，北京：中华书局1986年影印本。

《清高宗实录》，台北：台湾华文书局1969年。

《清朝野史大观》，上海：上海书店1981年据中华书局1936年版复印。

李秉新等校勘：《清人野史大观》，石家庄：河北人民出版社1997年。

［唐］李林甫等撰，陈仲夫点校：《唐六典》，北京：中华书局1992年。

［唐］杜佑：《通典》，清光绪二十二年（1896）浙江书局本。

［五代］王溥：《唐会要》，上海：中华书局1955年据商务印书馆"国学基本丛书本"原版重印。

［南宋］吕祖谦：《历代制度详说》，清抄本。

［元］马端临：《文献通考》，北京：中华书局1986年。

［元］黄时鉴：《通制条格》，杭州：浙江古籍出版社1986年。

［明］冯梦祯：《历代贡举志》，上海：商务印书馆1935～1937年丛书集成初编据学海类编本排印本。

［明］申时行等修：《大明会典》，明万历十五年（1587）本。

［清］李调元：《制义科琐记》，上海：商务印书馆1922年四部丛刊初编据函海本影印。

［清］昆冈等：《大清会典事例》，台北：文海出版社1969年近代中国史料丛刊三编第67辑。

［清］纳尔善等：《钦定学政全书》，台北：文海出版社1969年近代中国史料丛刊第30辑。

［唐］封演撰，赵贞信校注：《封氏闻见记》，北京：中华书局

2005年。

［五代］王定保撰，姜汉椿校注：《唐摭言》，上海：上海社会科学院出版社2003年。

［北宋］王谠撰，周勋初校证：《唐语林校证》，北京：中华书局1987年。

［北宋］魏泰撰，李裕民点校：《东轩笔录》，北京：中华书局1983年。

［北宋］叶梦得撰，侯忠义点校：《石林燕语》，北京：中华书局1984年。

［北宋］文莹撰，杨立扬点校：《玉壶清话》，北京：中华书局1984年。

［南宋］江少虞：《宋朝事实类苑》，上海：上海古籍出版社1981年。

［南宋］赵彦卫：《云麓漫钞》，北京：中华书局1996年。

［南宋］葛立方：《韵语阳秋》，上海：上海古籍出版社1984年影印宋刻本。

［南宋］吴曾：《能改斋漫录》，上海：商务印书馆1929年丛书集成初编。

［南宋］朱弁撰，孔凡礼点校：《曲洧旧闻》，北京：中华书局2002年。

［南宋］洪迈撰，夏祖尧等校点：《容斋随笔》，长沙：岳麓书社1994年。

［南宋］王栐撰，诚刚点校：《燕翼诒谋录》，北京：中华书局1981年。

［南宋］叶绍翁撰，沈锡麟等点校：《四朝闻见录》，北京：中华书局1989年。

[南宋]王应麟：《困学记闻》，上海：上海书店1985年影印元刊本。

[南宋]赵与时：《宾退录》，上海：上海古籍出版社1983年。

[南宋]费衮撰，傅毓钤标点：《梁谿漫志》，太原：山西人民出版社1986年。

[元]陶宗仪：《南村辍耕录》，北京：中华书局1959年。

[明]郎瑛：《七修类稿》，上海：上海书店出版社2001年。

[清]王士禛撰，张世林点校：《分甘余话》，北京：中华书局1989年。

[清]纳兰性德：《渌水亭杂识》，南京：江苏广陵古籍刻印社1995年影印本。

[清]王应奎撰，王彬等点校：《柳南随笔》，北京：中华书局1983年。

[清]金埴撰，王湜华点校：《不下带编》，北京：中华书局1982年。

[清]赵执信：《谈龙录》，艺海珠尘第6册。

[清]赵翼撰，李解民校点：《簷曝杂记》，北京：中华书局1982年。

[清]陈康祺撰，晋石点校：《郎潜纪闻》，北京：中华书局1984年。

[清]陆以湉撰，崔凡芝点校：《冷庐杂识》，北京：中华书局1984年。

[清]昭梿撰，何英芳点校：《啸亭杂录》，北京：中华书局1980年。

[清]法式善等撰，张伟点校：《清秘述闻三种》（法式善《清秘述闻》、王家相等《清秘述闻续》、徐沅等《清秘述闻再续》），北京：

中华书局1982年。

[清] 法式善：《槐厅载笔》，台北：文海出版社1968年近代中国史料丛刊第32辑。

[清] 吴振棫：《养吉斋丛录》，北京：北京古籍出版社1983年。

[清] 梁章钜撰，陈铁民点校：《浪迹丛谈》，北京：中华书局1981年。

上海古籍出版社编：《宋元笔记小说大观》，上海：上海古籍出版社2001年。

江畲经：《历代小说笔记选》，上海：上海书店1983年。

[魏] 王弼注，[唐] 孔疑达疏：《周易正义》，北京：北京大学出版社1999年。

[清] 王先慎撰，钟哲点校：《韩非子集解》，北京：中华书局1998年。

[北齐] 颜之推撰，王利器集解：《颜氏家训集解》（增补本），北京：中华书局1993年。

[唐] 颜真卿：《颜鲁公集》，上海：中华书局1920~1936年《四部备要》本。

[唐] 韩愈撰，[宋] 文谠注，王俦补注：《新刊经进详注昌黎先生文集》，《续修四库全书》第1309册影印宋刻本。

[唐] 白居易：《白氏长庆集》，文学古籍刊行社1955年据宋本重印。

[唐] 皮日休：《皮子文薮》，明正德十五年（1520）吴门袁表刊本。

[唐] 黄滔：《唐黄御史公集》，上海涵芬楼影印明万历三十四年（1606）曹学佺刊本。

[北宋] 欧阳修：《欧阳修全集》，北京：中华书局2001年。

［北宋］司马光：《温国文正司马公文集》，上海：商务印书馆1922年四部丛刊初编。

李裕民：《司马光日记校注》，北京：中国社会科学出版社1994年。

［北宋］苏轼：《苏轼文集》，北京：中华书局1986年。

［北宋］刘挚：《忠肃集》，清武英殿聚珍版。

［北宋］秦观：《秦观集编年校注》，北京：人民文学出版社2001年。

［南宋］朱熹撰，朱杰人等主编：《朱子全书》，上海古籍出版社、安徽教育出版社2002年。

［元］程端礼：《（程氏）家塾读书分年日程》，清同治七年（1868）湖北崇文书局刻本。

［清］顾炎武著，［清］黄汝成集释，秦克诚点校：《日知录集释》，长沙：岳麓书社1994年。

［清］毛奇龄：《毛西河先生全书》，凝瑞堂本。

［清］朱彝尊：《曝书亭集》，清光绪十五年（1889）刊本，寒梅馆藏版。

［清］袁枚：《小仓山房文集》，《续修四库全书》第1432册影印清乾隆刻增修本。

［清］赵翼：《瓯北集》，上海：上海古籍出版社1997年。

［清］赵翼：《陔余丛考》，石家庄：河北人民出版社1990。

［清］纪昀著，孙致中等校点：《纪晓岚文集》，石家庄：河北教育出版社1991年。

［清］钱大昕：《嘉兴钱大昕全集》，南京：江苏古籍出版社1997年。

［清］孙诒让：《集韵考正》，上海：商务印书馆《万有文库》本。

［清］缪荃孙：《艺风藏书记》，清光绪二年（1876）撰者自刊本。

237

［清］叶昌炽：《藏书纪事诗》，北京：北京燕山出版社1999年。

［清］王先谦：《葵园四种》，长沙：岳麓书社1986年。

［清］章学诚，仓修良主编：《文史通义新编新注》，杭州：浙江古籍出版社2005年。

［清］王国维：《王忠悫公遗书》，海宁王氏1927至1928年铅印暨石印本。

［清］王国维：《观堂集林》，石家庄：河北教育出版社2001年。

［北宋］李昉等编：《太平御览》，北京：中华书局1960年。

［北宋］李昉等编：《太平广记》，北京：中华书局1961年。

［北宋］李昉等编：《文苑英华》，北京：中华书局1966年。

［北宋］王钦若等编：《册府元龟》，北京：中华书局1989年影印宋本。

［南宋］吕祖谦等：《皇（宋）朝文鉴》，上海：商务印书馆1922年四部丛刊初编。

［南宋］王应麟：《玉海》，清光绪九年（1883）浙江书局重刻本。

［金］元好问：《中州集》，上海：中华书局上海编辑所1959年。

［清］董浩等编：《全唐文》，北京：中华书局1983年。

［清］张金吾编：《金文最》，北京：中华书局1990年。

［清］黎简：《五百四峰堂诗钞》，清嘉庆元年（1796）刻本。

［清］张熙宇辑评，王植桂辑注：《七家诗辑注汇钞》，清同治九年（1870）北京琉璃厂刻本。

逯钦立：《先秦汉魏晋南北朝诗》，北京：中华书局1983年。

［清］永瑢等：《四库全书总目》，北京：中华书局1965年。

［北宋］陈彭年等：《广韵》，北京：中国书店1982年据张氏泽存堂本影印。

［南宋］佚名：《附释文互注礼部韵略》，上海：商务印书馆1934

年四部丛刊续编。

［清］张玉书等：《佩文韵府》，岭南潘氏海山仙馆藏版。

［南宋］魏庆之：《诗人玉屑》，上海：上海古籍出版社 1978 年新 1 版。

［南宋］计有功：《唐诗纪事》，上海：上海古籍出版社 1987 年新 1 版。

［清］陈衍：《元诗纪事》，上海：上海古籍出版社 1987 年。

［明］胡震亨：《唐音癸签》，上海：上海古籍出版社 1981 年。

［明］杨慎：《升庵诗话笺证》，上海：上海古籍出版社 1987 年。

［明］王世贞著，罗仲鼎校注：《艺苑卮言校注》，济南：齐鲁书社 1992 年。

［清］何文焕：《历代诗话》，北京：中华书局 1981 年。

丁福保：《历代诗话续编》，北京：中华书局 1983 年。

［清］王夫之等：《清诗话》，上海：上海古籍出版社 1978 年新 1 版。

郭绍虞编选，富寿荪校点：《清诗话续编》，上海：上海古籍出版社 1983 年。

［清］袁枚：《随园诗话》，《续修四库全书》第 1701 册影印清乾隆十四年（1749）刻本。

［清］梁章钜：《试律丛话》，上海：上海书店出版社 2001 年。

［清］王闿运《湘绮楼说诗》，台北：文海出版社 1974 年近代中国史料丛刊续集第 3 辑。

［清］王国维：《人间词话》，上海：上海古籍出版社 1998 年。

［清］毛先舒：《韵问》，昭代丛书乙集。

［清］谢有辉、陈培脉：《韵笈》，师俭阁刻本。

［清］吴敬梓：《儒林外史》，北京：人民文学出版社 1995 年。

239

［清］徐松撰，赵守俨点校：《登科记考》，北京：中华书局1984年。

［清］徐松撰，孟二冬补正：《登科记考补正》，北京：北京燕山出版社2003年。

［清］商衍鎏：《清代科举考试述录》，北京：生活·读书·新知三联书店1958年。

章中和：《清代考试制度资料》，台北：文海出版社1969年近代中国史料丛刊第23辑。

顾廷龙主编：《清代硃卷集成》，台北：成文社1992年。

［清］叶葆：《应试试法浅说详解》，清道光十二年（1832）晋祁书业堂重刊本

近现代人论著（依汉语拼音顺序）。

岑仲勉：《隋唐史》，石家庄：河北教育出版社2000年。

陈飞：《唐代试策考述》，北京：中华书局2002年。

程千帆：《唐代进士行卷与文学》，上海：上海古籍出版社1980年。

程千帆：《程千帆全集》，石家庄：河北教育出版社2000年。

戴逸：《乾隆帝及其时代》，北京：中国人民大学出版社1992年。

邓小军：《唐代文学的文化精神》，台北：文津出版社1993年。

高光复：《赋史述略》，长春：东北师范大学出版社1987年。

黄霖编著：《文心雕龙汇评》，上海：上海古籍出版社2005年。

柯愈春：《清人诗文集总目提要》，北京：北京古籍出版社2001年。

李新魁：《汉语音韵学》，北京：北京出版社1986年。

李毓芙：《王渔洋诗文选注》，济南：齐鲁书社1982年。

梁启超：《王安石》，海口：海南国际新闻出版中心1994年。

刘海峰、李兵：《中国科举史》，上海：东方出版中心2006年。

刘跃进：《门阀士族与永明文学》，北京：生活·读书·新知三联书店1996年。

鲁迅：《鲁迅全集》，北京：人民文学出版社1973年。

宁忌浮：《〈古今韵会举要〉及相关韵书》，北京：中华书局1997年。

启功：《启功丛稿》，北京：中华书局1999年。

启功著，赵仁珪等编：《启功讲学录》，北京：北京师范大学出版社2004年。

钱仲联：《梦苕盦论集》，北京：中华书局1993年。

孙丕任、卜维义编：《乾隆诗选》，沈阳：春风文艺出版社1987年。

童庆炳：《文学理论教程》，北京：高等教育出版社1998年第2版。

王力：《汉语诗律学》，上海教育出版社1979年新2版。

张伯驹：《春游纪梦》，沈阳：辽宁教育出版社1998年。

张杰：《清代科举家族》，北京：社会科学文献出版社2003年。

张树栋等：《中国印刷通史》，台北：财团法人印刷传播兴才文教基金会2004年。

张仲礼著，李荣昌译：《中国绅士——关于其在19世纪中国社会中作用的研究》，上海：上海社会科学院出版社1991年。

周亚非：《中国历代状元录》，上海：上海文化出版社1995年。

周祖谟：《周祖谟语言学论文集》，北京：商务印书馆2001年。

朱则杰《清诗史》，南京：江苏古籍出版社2000年重印本。

《南京大学中文系九十周年系庆论文集》，南京：南京大学出版社2004年。

林冠夫：《李复言考——〈唐传奇丛考〉之一》，《华侨大学学报》（哲学社会科学版）1998年第3期。

平山久雄：《〈切韵序〉和陆爽》，《中国语文》1990年第1期。

王启涛：《永明文学与〈切韵〉》，《四川师范大学学报》（社会科学版）1997年第3期。

王显：《再谈〈切韵〉音系的性质——与何九盈、黄淬伯两位同志讨论》，《中国语文》1962年，第540~548页。

吴承学：《论古诗制题制序史》，《文学遗产》1996年第5期。

张渭毅：《〈集韵〉研究概说》，《语言研究》1999年第2期。

赵振铎：《从〈切韵·序〉论〈切韵〉》，《中国语文》1962年，第467~477页。

后　记

本书稿由我的博士论文《诗赋取士与诗歌用韵研究》第四编"创作编"修改而成，此次列入《多维人文学术研究丛书》出版。该论文于2005年6月5日通过答辩，遗憾的是，我的导师启功先生是时已缠绵病榻，6月30日永远离开我们。未能将自己的点滴成果奉献于先生生前，于我为终生憾事。

至今清晰记得2002年7月11日我第一次走进先生所居浮光掠影楼，向先生谈起对杜诗注本的兴趣。先生提醒我杜诗注本情况复杂，研究不易，但仍尊重我的想法，同意我以《杜诗注释史》作为博士期间的研究课题，并就研究角度、注意事项等给予具体指导。此后大约一年的杜诗研究中，"古典诗歌用韵超时稳定"问题却在我的视野中日渐清晰，强烈吸引我去探寻这一现象背后的原因。但是此时开题在即，仓促之间，还能更换题目吗？对新课题我几乎毫无把握，知识储备很可能严重欠缺，更主要的是时间不够用。在经历一番激烈的思想斗争后，我忐忑不安地向先生陈述了希望暂时搁置杜诗注本，转向诗歌用韵研究的想法。先生宽容地同意我改弦易辙，并就开题报告中存在的问题逐一分析，其精力之旺盛、思路之清晰、反应之敏锐，让人一时之间竟忘了眼前侃侃而谈的老人已是92岁高龄。虽然囿于学力与时间，我未能在博士论文中解决我设想的全部问题，但是这次转变却为我打开了一扇新的窗口。没有先生的温厚宽容、循循善诱，这一切也许根本没有可能。我感谢他。

本书稿和我的博士论文，凝聚着赵仁珪老师的心血。从初步构想到开题报告，从写作过程中大小问题的探讨到论文初稿逐字逐句的细致审读，都有赵老师无私的奉献。我感谢他。

清华大学的谢思炜和刘石老师、北京师范大学的过常宝和李真瑜老师出席了我的论文答辩会，他们的意见和建议，极大地促成了本书稿的完成。我感谢他们。

我读硕士时的导师李山老师和长期关心我的学业的张海明老师，对论文选题的确定、资料的搜集以及写作中诸多问题，都曾给予悉心指导。我感谢他们。

承蒙《浙江学刊》《晋阳学刊》《辽宁大学学报》等刊物素未谋面的编辑先生们谬爱，使本书稿的部分章节得以发表。我感谢他们。

永远难忘博士研究生那段艰苦、紧张而又充满快乐的日子。感谢曾经朝夕相处、学业上互相切磋、生活上互相帮助的室友，感谢我的同门师兄妹们。是他们的鼓励与启迪，使我得以一次次逾越论文写作中遭遇的困境。虽然大家云散各地，美好的记忆却永存心底。

我所就职的中国地质大学虽然是一所以地学为核心、为特色的专业型院校，但是诸位领导对中国文化的高度重视，为我的研究提供了保障。近几年来，我在《中国古代选举制度与中国文化》的教学中，加深了对科举制度与中国文化的认识，加深了对本书稿课题的理解。我对学校和人文经管学院领导所给予的支持深表感谢。

此外，我在工作中有幸接触到当今国内考试研究领域的一些著名专家学者，如北京语言大学的谢小庆教授、彭恒利教授，国家汉办考试处的张晋军处长，以及一些实际从事人才考录工作的国家机关工作人员。他们的理论和实践，丰富了我对考试这一人才选拔、测评手段的理解，

<<< 后　记

纠正了单纯依靠文史文献探究科举制度得失利弊的偏颇，拓宽了思考的角度，提升了认识的高度，更不断提醒我在对中国古代科举制度的研究中时刻保持对现实的人文关怀意识。为此，我感谢他们。

最后，我要感谢我的父母和家人。他们以无私的爱和无限的宽容，支持我走过这些岁月。我的这本书，以及我可能取得的所有成就，属于他们。

杨春俏
记于北京